돌보는 마음

돌보는 마음

김유담 소설집

민음사

차례

1부

대
추

할머니가 좋아하는 대추를 사 가자며 나는 앞서가는 엄마를 불러 세웠다. 우리 할머니보다 열 살은 족히 많아 보이는 할머니가 대로변 인도에 자리를 깔고 앉아 대추와 깐 마늘, 쪽파 등을 팔고 있었다. 대추가 담긴 검은 비닐봉지를 흔들며 병원으로 향하는 길에 엄마는 대춧값이 너무 아깝다고 말했다.

"대추를 돈 주고 사 먹는다는 게 나는 여전히 적응이 안 되네. 집에 넘쳐 나는 게 대추였는데."

외가는 동네에서 대추나무 집으로 통했다. 마당 한편을 차지한 커다란 대추나무는 엄마보다 더 나이가 많았다. 외가 식구들 손을 많이 타고 자란 나 역시 대추나무 집에 대한 추억이 많다. 내부 생활공간은 현대식으로 고쳤지만, 서까래와 기와지붕 등을 남기고 집의 뼈대는 옛것 그대로 살려 둔 운치 있는 고택이었다. 할머니는 그 집 마루에 한쪽 무릎을 세우고 앉아 마당을 내려다보며 담배를 피우곤 했다. 나는 할머니처럼 담배를 멋있게 피우는 여자를 본 적이 없다. 나중에 어른이 되면 나도 반드시 저 자리에서 같은 포즈로 담배를 피워 보겠다는 다짐을 몰래 품었다. 하지만 재작년 경매에서 집을 낙찰 받은 사람이 구옥을 헐고 2층짜리 양옥을 지으면서 그 꿈은 물거품이 됐다. 가끔 그 집 앞을 지날 때마다 내가 어른이 되기도 전에 남의 손에 집을 넘긴 외삼촌이 원망스러웠다. 담장 위로 비죽 솟은 대추나무만은 그대로라 괜히 더 부아가 치밀었다.

할머니는 5인 병실 제일 구석진 자리에서 침대 등받이를 절반쯤 올리고 앉다시피 한 자세로 우리를 맞았다. 제대로 누울 수 없는 건 중증 폐암 증상 중 하나였다. 못 본 사이 머리숱도 많이 줄고, 낯빛도 나빠져 있었다. 올케언니 어디 갔느냐는 엄마의 질문에 할머니는 손가락으로 복도 쪽을 가리켰다. 그러고는 나를 쳐다보며 "석이는?" 하고 물었다.

"나도 몰라요."

실은 알았지만 모른다고 했다. 학교 운동장에서 농구를 하고 있다고, 좀 전에 소정이 내게 카카오톡 메시지를 보내왔다. 어쩌라고, 하는 생각이 들었지만 'ㅋㅋㅋㅋ'라고 답장을 보냈다. 소정은 영석을 좋아했다. 영석을 좋아하는 여자애들은 소정 외에도 많았다. 영석과 나는 집 근처 남중과 여중을 각각 졸업했고, 고등학교는 같은 곳으로 배정받았다. 1학년 학기 초, 여자 반 교실 앞을 지나던 영석이 복도로 난 유리창 밖에서 내 이름을 부르며 손을 흔들자 아이들이 몰려와 무슨 사이냐고 물었다. 영석과 나는 사촌 사이로, 우리는 어려서부터 한 동네에서 같이 자랐다. 영석과 나는 열흘 차이로 태어났지만 할머니는 영석의 태몽만 꿨다. 꿈에서 앞마당에 나갔는데 나무에서 알이 굵은 대추가 우수수 떨어져 치마폭을 벌려 대추를 한가득 받았다고, 그게 영석의 태몽이라고 했다. 내 태몽일 수도 있지 않느냐고, 아니면 대추가 여러 알이니 그중에 하나는 나일 수도 있는 거 아니냐고, 할머니를 붙들고 떼를 쓰듯 물어본 적이 있다. 할머니는 단호하게 고개를 저었다.

"대추는 아들이다. 이건 석이가 나중에 큰 인물 된다는 꿈이야."

할머니는 늘 그렇게 좋은 건 죄다 영석의 앞에 갖다 붙였다.

외숙모가 칫솔을 손에 든 채 병실로 들어왔다. 얼굴에 살이 많이 내려 보였다. 외숙모와 인사를 제대로 나누기도 전에 할머니가 외숙모에게 손짓했다.

"석이한테 전화해 보거라. 희영이가 여기 있으니 석이도 학교 마쳤을 텐데, 석이는 왜 안 오냐."

영석은 전화를 받지 않았다. 할머니는 계속 외숙모를 채근했다.

"석이 못 본 지 일주일이 넘었다. 애비도 얼굴 비춘 지사흘이 지났다. 최씨 남자들 인정머리 없는 거야 내가 제일 잘 알지만 이건 해도 해도 너무 한다 싶다."

할머니가 가쁜 숨을 몰아쉬면서 말했다. 할머니는 지난해 폐의 절반 이상을 잘라 내는 수술을 했다. 외숙모는 할머니 병간호 때문에 마트 캐셔 일을 그만뒀고, 1년 내내 입원과 퇴원을 반복하는 할머니를 챙기느라 엄마도 신경이 잔뜩 곤두서 있었다. 보다 못한 내가 석이는 지금 학교 운동장에서 농구하는 중이라 전화를 못 받을 거라고 말했다. 내 말에 외숙모는 더 곤란한 표정을 지으며 외삼촌에게 전화를 걸었다.

"어머님, 애비가 지금 학교 가서 석이 데리고 오겠대요."

할머니는 말없이 고개를 끄덕였다.

나는 병실 세면대에서 대추를 한 알 한 알 깨끗이 씻었다. 할머니는 틀니를 끼지도 않은 채 내가 씻어 온 대추를 하나 입에 집어넣었다.

"엄마, 틀니를 끼고 드셔야지. 잇몸으로만 드시면 까끌까끌할 텐데."

할머니는 딸의 말에는 아랑곳하지 않은 채 대추를 입

안에 한참 머금어 퉁퉁 불린 후 혀와 잇몸으로 그걸 으깨려 했다. 나와 엄마, 그리고 외숙모까지 세 여자가 할머니의 오물거리는 입 모양만 쳐다보고 있었다. 할머니가 드디어 입을 열었다.

"휴지 좀 다오. 못 먹겠다."

엄마는 티슈를 한 장 뽑아 손바닥 위에 펴 올렸다. 엄마가 입 앞에 손을 갖다 대자 할머니가 퉤퉤 소리를 내며 대추 조각들을 뱉어 냈다. 나는 어서 집에 가고 싶어졌지만, 영석과 외삼촌이 오고 있다는 말에 혼자 자리를 뜰 수도 없었다.

영석이 땀 냄새를 풍기며 들어오자 할머니의 얼굴이 일순간 환해졌다. 할머니는 영석의 등을 두드리며 냉장고에서 음료수를 꺼내 먹으라고, 집에 갈 때 몇 병 챙겨 가라고 했다. 영석은 비타500을 단숨에 들이켜고 나서 내가 씻어 놓은 대추를 한 움큼 입안에 털어 넣었다.

"오우, 완전 맛있는데요? 엄마, 이거 어디서 났어요?"

"고모가 사 오신 거야. 할머니는 별로 안 좋아하셨는데."

"할머니, 대추 진짜 달고 맛있어요. 보자, 우리 할머니 틀니를 안 하셨구나. 그래서 맛을 못 느낀 거예요. 틀니 끼고 다시 한번 드셔 보세요. 제가 입에 넣어 드릴게요."

영석은 태어나서부터 할머니와 계속 한집에 살아 스스럼이 없었다. 저 정도면 인정머리가 있는 편 아닌가,

나는 속으로 생각했다. 아니 어쩌면 인정머리가 아니라 자신감이 넘치는 쪽인지도 모르겠다. 영석은 본인이 잘생긴 걸 알았고, 사람들이 저를 좋아하는 걸 잘 알았다. 영석의 조근조근한 설득에 할머니는 못 이기는 척 틀니를 끼웠다.

할머니는 대추 두 알을 한꺼번에 입에 넣고 우물거리다가 다시 퉤하고 뱉었다.

"떫구나. 못 먹겠다."

"항암제 때문에 입맛이 없으셔서 그래요."

외숙모가 할머니의 입 앞에 손을 갖다 대 씹다 만 대추를 받으며 말했다.

"내가 대추 맛도 모를까 봐. 저런 건 대추도 아니다. 우리 집 대추 먹다가 다른 대추는 못 먹는다. 돌아가신 너희 할아버지가 집 마당에서 가장 양지바른 곳에 심은 대추나무야. 지금쯤이면 한창 실하게 대추가 열릴 때다. 우리 집 대추가 먹고 싶구나."

우리 집이 아니라 이제 남의 집이죠, 라는 말은 아무도 하지 않았다. 외삼촌은 가족들의 시선을 피하며 헛기침을 했다. 나 역시 대추를 잘못 사 왔다는 타박을 들은 기분이었다.

"에미야, 소피 좀 봐야겠다."

"네, 어머님."

할머니의 말이 끝나기가 무섭게 외숙모가 침대 밑에

서 플라스틱 간이 변기를 꺼냈다. 암세포가 골반뼈까지 전이되면서 얼마 전부터 외숙모가 할머니의 대소변을 받아 낸다는 말을 전해 듣기는 했지만 회색 간이 변기를 직접 본 순간 눈이 휘둥그레졌다. 저기에 오줌을 눈다고? 그러니까, 지금 여기서?

"석이랑 애비는 나가 있거라."

영석과 외삼촌은 익숙한 일이라는 듯 아무렇지 않은 얼굴로 병실 밖으로 나갔다. 외숙모가 할머니의 침대 주변을 한 바퀴 돌면서 커튼을 쳤다. 침대 모서리에 붙어선 내 어깨에 커튼이 걸렸다. 한쪽 어깨에 커튼이 걸쳐진 채 어쩔 줄 몰라 하는 나를 엄마가 밖으로 잡아끌었다.

"애, 이리 나와."

할머니 발치에서 한 걸음쯤 떨어져 서 있던 엄마는 자연스럽게 커튼 밖으로 밀려나 있었다.

커튼 속에서 쪼르르 하는 소리가 너무도 적나라하게 들려왔다. 할머니의 소변이 플라스틱 용기로 떨어지는 소리를 들으며 괜히 내 얼굴이 붉게 달아올랐다. 폐암에 걸린 것도, 화장실을 혼자 못 다니게 된 것도 결코 할머니의 잘못은 아니지만, 그 순간 나는 앞으로 절대 담배 같은 건 피우지 않기로 다짐했다. 엄마는 내 옆에서 무덤덤한 얼굴로 휴대폰을 보고 있었다.

엄마는 집에 가는 길 내내 할머니 흉을 봤다.

"그럴 줄 알았다. 엄마가 그 대추 안 드실 줄 알았어. 노인네가 얼마나 예민한지 몰라. 우리 엄마지만 나도 지긋지긋하다."

그럴 줄 알았으면 아까 대추를 살 때 왜 말리지 않았던 걸까. 엄마는 처음에는 잠자코 있다가 나중에 일이 뭔가 잘못되면 그럴 줄 알았다며 목소리를 높이는 게 특기였다. 외삼촌이 집을 담보로 대출을 받아 사업을 한다고 했을 때는 입을 다물고 있더니, 나중에 살던 집과 할머니 재산 대부분을 날린 다음에야 그를 찾아가 그럴 줄 알았다며 이제 어쩔 거냐고 따져 물었다. 그때는 이미 할머니도, 외삼촌도 어쩔 수 있는 일이 별로 없었는데 말이다.

"그러게, 외숙모가 너무 힘들어 보였어."

나는 엄마의 말에 맞장구를 치면서 외숙모 쪽으로 슬며시 화제를 돌렸다.

"우리 엄마 같은 노인네 비위 맞추는 게 보통 일이 아니지. 그래도 주말에는 내가 교대해 주잖아. 병원비도 내가 대고 있는데."

"그래도 주말뿐이잖아."

"병간호할 사람이 없는데 그럼 어쩌겠어. 간병인을 쓰려고 해도 한두 푼이 아닌데 지금 오빠네 형편으로는 감당이 안 될 거야. 할머니가 네 외삼촌에게 전 재산을 다 건네주지만 않았어도, 노인네 고생 덜했을 텐데."

엄마가 길게 한숨을 쉬었다.

돈을 날린 게 외삼촌이지 외숙모는 아니잖아, 라고 말하려다 그만 입을 다물었다.

영석이 방과 후에 대추를 따러 옛집에 가자고 했을 때 나는 진짜 갈 생각이냐고 여러 번 물었다. 그 사람들이 문을 열어 주고 대추를 내줄 이유가 없지 않느냐고 내가 말하자, 영석은 오히려 안 줄 이유는 뭐냐고 되물었다. 다 죽어 가는 사람이 대추 몇 알 먹고 싶다고 부탁하는데 거절하면 그게 사람이겠냐고, 나를 꾸짖듯 말해서 별수 없이 따라나섰다.

열 번도 넘게 초인종을 누른 끝에 집주인이 나왔다. 파리한 인상의 집주인 여자는 대문을 열어 놓고 서서 영석의 말을 한참 경청했다. 영석은 여자의 눈을 바라보며 여러 번 서글서글하게 웃었고, 최대한 공손하고 예의 바른 말투로 이 집에 찾아온 이유를 설명했다. 여자는 중간중간 고개를 끄덕였고, 영석이 웃을 때 희미하게 따라 웃기까지 했다. 여자는 우리를 이해한다고 했고, 영석이 너무 기특하다고도 했다. 일이 쉽게 풀리려나 했지만 마지막에 여자는 우리를 집에 들일 수는 없다고 매몰차게 거절했다.

"아니, 집에 들어가겠다는 게 아니라 마당까지만요. 저기 지금 보이는 대추나무에서 대추 몇 알만 따가게 허

락해 달라고 부탁드리는 거예요. 할머니가 암 투병 중이
신데, 이 집 대추 맛을 너무 그리워하세요."

"미안해요. 지금 이 집에 나 혼자밖에 없는데 낯선 사
람들을 들이기가 썩 내키지 않네요. 솔직히 시장에 가
면 널린 게 대추인데 꼭 저 대추여야 한다는 말도 이해
가 가지 않고요."

집주인 여자는 잠깐의 실랑이 끝에 일방적으로 대문
을 닫아 버렸다. 영석이 다급하게 문을 두드리며 몇 마
디 더 했지만 아무 대꾸도 없었다.

"씨발년, 이럴 줄은 몰랐는데."

영석이 갑자기 욕을 내뱉으며 눈물을 쏟았다. 대추를
얻지 못해 속상한 마음보다는 집을 빼앗겼다는 울분과
서러움이 몰려온 것처럼 보였다.

"아까 그년이 말하는 거 너도 들었지?"

"뭐?"

"내가 이 집에 살았다는 이유만으로 대추를 맡겨
놓은 것처럼 굴어서는 안 된다고. 씨발 그게 무슨 뜻
이냐?"

영석이 주먹을 쥐고 씩씩거렸다.

"그건…… 그냥 대추를 주기 싫다는 뜻이겠지."

집 뒤로 돌아가면 담을 넘기 쉬운 포인트가 있다고 영
석이 말했다. 예전보다 담장이 특별히 높아지진 않았으

니 넘을 수 있을 거라는 영석에게 그때는 돌담이었고, 지금은 시멘트 담장이라 더 넘기 어려울 거라는 이야기는 굳이 하지 않았다. 말릴 거였으면 처음부터 말려야 했다고, 대추나무 집까지 따라왔으니 같이 도와야 한다고 생각했다. 영석은 담장 밑에 자전거를 바짝 붙여 댔다. 내게 자전거를 붙잡으라고 한 다음 자전거 위로 올라가 심호흡을 몇 번 하더니 담장을 타고 넘어갔다. 순식간에 벌어진 일이었다. 이 집에 세콤 같은 건 없나. 영석이 돌아올 때까지 나는 담장 밑에 서서 발을 동동 굴렀다. 10분도 지나지 않아 영석이 담 너머에서 나를 불렀다.

"지금 던진다. 받아!"

영석이 대추를 담아 봉한 비닐봉지를 담 너머로 던졌다. 그 순간 나는 교내 체육대회 피구 결승전 때보다 더 큰 집중력을 발휘해 대추 봉지를 받았다. 배구공 절반 정도 크기의 봉지였지만 받을 때는 배구공과 비교가 안 될 정도로 가슴팍이 아팠다. 내가 조금 흥분한 목소리로 잘 받았다고 말하자, 영석이 낑낑거리며 담장 위로 올라왔다. 교복 바지 양쪽 주머니가 대추로 가득 차 불룩했고, 어디서 긁혔는지 한쪽 손은 피가 철철 흐르고 있었다. 이번에는 거꾸로 담장을 잡고 내려와 자전거 안장에 발을 디뎌야 하는데 손을 다쳐 여의치 않아 보였다. 영석은 담장 위에 쪼그려 앉아 잠깐 고민하다가 3미터는 족히 되어 보이는 담장 위에서 뛰어내려 버렸다. 착지하는 순간에 영석은 손으로 땅을 짚었고, 그 순간 거의 괴물 같은 비명을 지르며 땅바닥을 굴렀다. 영석의 교복 바지에서 굵직한 대추가 흘러나와 굴러다녔다. 나는 잽싸게 뛰어가 땅에 떨어진 대추를 주웠다.

"괜찮아? 너 어디 부러진 건 아니지?"

내가 영석에게 다가가 물었다.

"아니야. 살짝 삔 거 같아."

영석이 손을 털며 일어났다. 눈가에 살짝 눈물이 고여 있었다.

"그래도 병원 가 봐야 하는 거 아냐? 손은? 긁힌 거야, 찢어진 거야?"

"됐어. 나는 병원이라면 지긋지긋하다. 우리 엄마 머리부터 발끝까지 병원 냄새나. 너 오늘 일 어른들한테 얘기하지 마라. 그냥 집주인이 문 열어 줬다고 해."

나는 고개를 끄덕였다. 책가방에서 손수건을 꺼내 건네자 영석이 받으며 피식 웃었다.

나는 손을 다친 영석 대신 자전거를 끌면서 느리게 걸었다. 나란히 걷던 영석이 핸들을 잡느라 남는 손이 없는 내게 대추 한 알을 입에 넣어 주었다. 붉고 커다란 생대추를 깨물자 이 사이로 단물이 배어 나왔다. 눈물이 날 정도로 달았다. 영석이 왜 인기가 많은지 알 것도 같았다. 할머니가 영석을 지독하게 편애하는 이유도 그 순간만큼은 이해할 수 있었다.

"야, 너 진짜 효심 하나는 인정. 완전 찐사랑이다, 찐!"

나는 엄지를 치켜세웠다.

"할머니가 좋아하시겠지?"

"당연하지. 할머니는 원래 그냥 너 쳐다만 봐도 좋아해. 어제도 못 봤냐, 너 병실에 들어서자마자 얼굴 환해지는 거. 할머니 이 대추 드시면 자리 털고 일어나실지도 몰라. 이게 보통 대추냐, 네 정성 때문에라도 할머니 오래 사시겠다."

"그건 아닌데."

영석의 얼굴이 급격하게 어두워졌다.

"어? 뭐가?"

"대추나무에 그래서 올라간 건 아닌데."

"무슨 소리야?"

"할머니가 마지막으로 대추를 기분 좋게, 맛있게 드시고, 그리고…… 빨리 죽었으면 좋겠어. 올가을이 지나기 전에 꼭."

영석이 서늘한 목소리로 말했다. 나는 대추씨를 뱉으려다 말고 놀란 눈으로 영석의 얼굴을 쳐다보았다. 영석은 나와 눈을 마주치지 않은 채 무표정한 얼굴로 앞만보고 걸었다. 나도 더 이상 영석에게 말을 걸지 않고 고개를 다시 앞으로 돌려 천천히 걸어갔다. 대추씨를 머금고 입안에서 굴리다가 잘근 깨물었다. 대추씨는 너무 단단해 쪼개지지 않았다.

안 (安)

엄마 돌아가셨다. 장례식장은 A병원.

　　큰집 오빠가 보내온 문자메시지였다. 갑자기 날아든
큰엄마의 부고가 당혹스럽기만 했다. 발신자인 사촌오
빠에게 전화를 걸었지만, 연결이 되지 않았다. 답답한
마음에 사촌 올케언니를 주소록에서 검색했다. 오빠가
결혼한 지 얼마 되지 않았을 때 집안 행사 자리에서 전
화번호를 받아 둔 기억이 났다. 큰엄마는 새아기와 윤미
모두 같은 서울에 있으니 자주 보고 연락하고 지내면 되
겠다고 신이 난 얼굴로 말했다. 큰엄마 앞에서 어색한
웃음을 지으며 서로 연락처를 주고받기는 했지만 그 후
로 언니와 연락한 적은 없었다.

새언니는 그때 내 전화번호를 저장하지 않은 눈치였다. 발신인이 누구인지 모르는 상태에서 경계하는 기색이 역력했다.

"네, 그런데 누구시라고요?"

"언니, 저 윤미요. 기환 오빠 작은집 사촌동생이요."

"아, 네. 아가씨."

"큰엄마 어떻게 되신 거예요? 이게 무슨 소리인지…… 진짜 돌아가신 거예요?"

"네, 맞아요. 그저께 어머님이 위독하시다는 연락 받고 오빠가 급하게 내려갔어요."

차분하고 담담한 말투였다. 언니와는 달리 나는 믿기지 않는 소식에 호흡이 가빠지고 말이 빨라졌다.

"위독이요? 가, 갑자기요? 제가 한 달 전에 통화했을 때만 해도 길게 말씀도 하시고, 괜찮으셨는데요. 코로나 좀 잠잠해지면 제가 한번 내려간다고도 했는데, 이럴 수가 있는 건가요?"

"그러게요. 갑자기 그렇게 되신 것 같아요. 뇌졸중이 왔다는데 저도 자세한 건 몰라요."

"뇌졸중요? 언제요? 쓰러지신 건가요? 한 달 전까지만 해도 진짜 멀쩡하셨잖아요. 언니는 마지막으로 통화한 게 언제였어요?"

새언니는 대답 없이 잠깐 머뭇거렸다. 잠시 후 그녀가 목소리를 깔며 내게 되물었다.

"아가씨, 제가 시어머님이랑 통화한 내역까지 아가씨한테 보고드려야 하나요?"

"아니, 그게 아니라 갑자기 이렇게 되셨다니 너무 당황스러워서요."

"제가 의사도 아닌데 갑자기 악화된 연유까지 어떻게 알겠어요. 그동안 코로나 때문에 요양병원 면회가 안 됐잖아요. 오빠도 그저께 연락 받고 내려갔는데 코로나 검사 결과 나올 때까지 기다렸다가 어제 오후에 겨우 얼굴 뵈었대요. 방호복 입고서라도 임종 지킨 게 다행이죠. 저도 지금 준비해서 내려가는 중이에요. 장례식장에서 봬요."

나는 휴대폰을 손에 든 채 한동안 멍하니 서 있다가 훌쩍훌쩍 울기 시작했다. 임종, 장례식 같은 단어를 내뱉는 언니의 말투가 지극히 건조하고 사무적이라 통화하는 동안에는 미처 느끼지 못했던 격한 감정이 전화를 끊고 나서야 몰려왔다. 큰엄마는 나에게 엄마나 마찬가지였다. 씻으러 욕실에 들어가서도 눈물이 멈추지 않았다. 회사에 나가 급한 업무를 처리하고 휴가를 낸 후 A시로 내려가야겠다고 생각하면서도, 몸이 마음대로 움직이지 않았다. 엄마의 전화가 아니었더라면 한참을 더 울었을 것이다.

"큰엄마 소식 들었지? 너 그렇게 울고 있을 줄 알았다. 나 죽을 땐 안 울어도 큰엄마 죽었다는 소식엔 세상이 무너지지?"

"엄마, 무슨 말을 그렇게 해? 큰엄마 어떡해? 너무 불쌍해."

나는 큰엄마라는 말을 뱉자마자 다시 울음을 터뜨렸다.

"그러게 말이다. 복 없는 양반······. 정신 사나우니까 그만 울어. 여기 와서 실컷 울 텐데 미리 힘 뺄 일 뭐 있어. 공 서방도 같이 오니? 지금 옆에 있어?"

"아니, 나 혼자 갈 거야. 요즘 우리 따로 지내."

"결혼이 애들 장난이니? 무른다고 그게 물러질 일이냐고."

"엄마, 그만. 그건 내가 알아서 할게."

내 목소리가 차갑게 식었다.

"네가 늘 그런 식이지. 엄마 말은 무시하고 너만 잘났잖니."

사실 엄마는 내가 잘났다고 생각하지도 않았다. 어려서부터 나는 엄마 기준에 한참 모자란 딸이었다. 아무리 노력해도 그 기준을 충족시킬 수가 없었다. 상위권의 성적을 받아 와도 올 백이 아니면, 전교 1등이 아니면 의미가 없다는 엄마 앞에서 나는 늘 쓸모없는 존재가 된 것처럼 몸을 움츠렸다. 아들 없이 딸만 하나 낳은 엄마는 내가 아들보다 잘난 딸이 되길 바랐다. 여자라서 차별받거나 제약받는 세상이 아니라고, 네가 원하는 건 뭐든지 될 수 있다고 말해 놓고도 내가 성에 차지 않는 점수를 받아 오면 이 험한 세상에서 여자가 자기 앞가림하며 살기가 얼마나 힘든지 아느냐며 정신을 단단히 차려야 한다고 몰아붙였다.

"의대나 약대. 꼭 전문직이어야 해. 아무도 너를 만만하게 볼 수 없어야 한단 말이야. 그러니까 여자도, 아니 여자일수록 능력이 있어야 해."

이과 적성이 아니라 의대나 약대는 어려울 것 같다고 해도 엄마는 교차 지원이 가능한 학교 목록을 들이밀며 이 학교에 들어가지 못하면 네 인생은 끝나는 거나 마찬가지라고 목에 핏대를 세웠다. 나는 의대나 약대에 가고 싶지 않았지만, 그래도 열심히 공부했다. 엄마가 정해 준 곳까지는 아니라도 내가 원하는 학교에 갈 정도의 성적은 거두었다. 서울 소재의 사립대 사회학과에 원서를 내겠다고 했을 때 엄마는 차라리 집에서 다닐 수 있는 지방 교대에 가라며 한숨을 푹푹 쉬었다.

"너는 그동안 엄마가 하는 말을 귓등으로 듣고 넘긴 거니? 무조건 안정적인 직장이 있어야 한다니까."

나는 결국 엄마의 반대를 무릅쓰고 서울로 왔다. 등록금을 내주면서도 엄마는 내게 격려가 아닌 저주의 말을 쏟아 냈다. 이제라도 전문직이나 안정적인 직장을 찾지 못한다면 네 인생은 글러 먹은 거라고, 내 말을 듣지 않아서 나중에는 결국 땅을 치고 후회할 거라는 엄마의 말을 귓등으로 들었다면 차라리 좋았을 것이다. 어린 시절부터 엄마에게 귀에 못이 박히도록 들었던 많은 말들이 내 마음속 깊은 곳에 고여 있었다. 그 고인 말들은 쉽게 흘러 나가지도 않고 썩은 물처럼 출렁거렸다.

엄마는 A시에서 20년 넘게 수학 전문 학원을 운영하고 있다. P시에서 일본 기업을 주 거래처로 하는 해운 회사를 운영했던 아버지의 사업이 고꾸라진 직후, 엄마와 나 둘이서만 아버지의 본가가 있는 A시로 왔다. 처음에 엄마는 일본으로 돈을 벌러 간 남편이 돌아올 때까지만 A시에서 기간제 교사로 일하며 버틸 생각이었다고 한다. 결혼 전 수도권 지역의 고등학교에서 수학 교사로 근무했던 엄마는 교직이 적성에 맞지 않는다는 이유로 결혼과 동시에 일을 그만두었다. 하지만 남편의 사업 실패 후 졸지에 가장이 된 그녀는 고작 적성 문제 따위로 정년이 보장된 학교를 뛰쳐나온 것을 뒤늦게 후회했다. 엄마는 큰아버지의 소개로 A시에 있는 중학교에 기간제 교사로 근무하게 되면서 큰집 근처로 나를 데리고 이사 왔다. 여섯 살 난 나를 할머니에게 맡기고 학교에 나가 돈을 벌기 위해서였다. 하지만 정작 나를 돌본 것은 엄마의 시어머니가 아닌 손윗동서, 그러니까 나의 큰엄마였다.

2년 후 아버지가 일본에서 빈털터리로 돌아왔을 때 엄마는 앞으로 A시를 쉽게 떠날 수 없음을 자명하게 깨달았다. 기간제로 근무하던 학교에서는 아이까지 딸린 기혼의 여교사를 정식으로 채용해 줄 생각이 없었으므로, 계약 종료 후 엄마는 학원을 차렸다. 그 당시만 해도 A시에는 제대로 된 수학 전문 학원이 없었다. 엄마는 사범대 졸업장과 교사 경력을 내세워 학생들을 모집했다. 아버지는 학원 승합차를 몰았다. 초등학교에 다니던 나는 하교 후에 큰집으로 가서 시간을 보내야 했다.

어린 내 눈에 큰집은 위압감을 느낄 정도로 넓고 큰 집이었다. 방 두 칸짜리 연립주택인 우리 집과 달리 방이 네 칸에 마루도 널찍한 단독주택이었다. 하지만 이제와 돌이켜 보면 거주하는 가족 수에 비해 너무 비좁은 곳이었다. 당시 큰집에는 할머니와 큰아버지 부부, 중학교와 초등학교에 다니는 두 명의 사촌오빠, 그리고 결혼하지 않은 막냇삼촌까지 같이 살고 있었다. 그 많은 식구들의 끼니와 빨래를 챙기고 집 안 청소를 하는 것은 오로지 큰엄마의 몫이었다. 그 와중에 작은집도 챙겨야 했다. 큰집 사람들은 우리를 작은집이라고 불렀다. 할머니는 큰엄마를 큰애, 우리 엄마를 작은애라고 부르며 큰 사람이 작은 사람을, 큰집이 작은집을 돌보는 게 당연한 일이라고 말했다. 큰엄마는 학교에서 돌아온 작은집 조카를 먹이고 씻기며 돌봤고, 작은집 식구들의 저녁 식사까지 챙겨야 했다. 어느 해 겨울에는 해산한 막냇고모까지 갓난아기를 데리고 와 몸조리를 했다. 추운 겨울, 기저귀를 하얗게 삶아 빤 후 언 손을 녹이면서 빨랫줄에 널던 큰엄마의 모습을 기억한다. 항상 커다란 솥에 국을 끓이느라 가스 불 앞에 오래 서서 땀을 흘리던 큰엄마의 얼굴을, 다리를 벌리고 앉아 붉은색 고무 대야에 한가득 깍두기를 담그던 큰엄마의 앉음새를, 스테인리스 들통에 뜨거운 물을 끓여 내 머리를 감겨 주고 목욕을 시켜 주던 손길도 기억한다. 손발톱을 깎아 줄 때 혹시나 생채기가 생기지나 않을까 집중하던 눈빛도. 어떻게 그 모든 일을 얼굴 한 번 찌푸리지 않고 할 수 있었던 걸까.

큰엄마에게 나를 맡겨 놓고도 엄마는 별로 고마워하지 않았다. 큰집에 올 때마다 남편 잘못 만나 이게 무슨 고생이냐며, 돈은 안 벌어 와도 괜찮으니 학원에 빚쟁이가 찾아오는 일만 없었으면 좋겠다며 앓는 소리를 했다. 그럴 때면 할머니와 큰아버지는 딴청을 피웠고, 큰엄마가 엄마를 달랬다. 서방님도 잘해 보려고 그런 거라고, 동서가 조금 참고 기다려 주면 좋은 날이 올 거라고 말하며 큰엄마는 부드럽게 웃었다. 그런 날이면 엄마는 집에 돌아와 나를 붙들고 하소연을 했다. 큰엄마 때문에 늘 자신만 나쁜 사람이 된다며, 형님에게는 사람을 미치게 만드는 재주가 있다고 했다. 그런 재주라면 엄마 역시 만만치 않았다. 나야말로 큰엄마가 아닌 엄마 손에서 컸다면 미치지 않고서는 못 배겼을 것이다. 엄마는 늘 내가 잘되길 바라는 마음뿐이라고 했지만, 나를 깎아내리지 못해 안달인 사람처럼 보였다. 내가 대학 졸업 후 언론 고시를 준비하다가 작은 인터넷 언론사에 들어갔을 때, 엄마는 겨우 그런 데나 다니려고 그 고생을 했냐며 나를 타박했고, 공과 결혼하겠다고 했을 때에도 별로 달갑게 생각하지 않았다. 왜 그렇게 빨리 결혼하려 하느냐고, 경력을 쌓아 메이저 언론사로 이직한다더니 역시 너는 빈말만 요란하다며 엄마 특유의 빈정거리는 말투로 쏘아붙였다. 세속적인 기준으로만 본다면 공은 내게 과분한 신랑감이었다. 그럼에도 엄마는 내가 아까워 죽겠다고 했다. 딸 결혼에 보태 줄 수 있는 게 없어서 괜한 어깃장을 놓는 것처럼 보일 정도였다.

"얘, 내가 수학 선생이야. 나는 계산기 안 두드려 봤겠니. 어떤 결혼이든 그건 여자한테 손해야, 이 맹추야."

내 결혼식 날 엄마는 식장 입구에 서서 침울한 얼굴로 손님들을 맞다가 예식이 시작한 후엔 혼주석에 앉아 화장이 다 번지도록 울었다. 모르는 사람들이 보면 기구한 사연이 있어 보일 정도로 서럽게 울었기 때문에 나는 결혼식 내내 굳은 얼굴로 양쪽 혼주석을 번갈아 보며 눈치를 봐야 했다.

"엄마 그만 좀 울어, 제발."

본식이 끝나고 가족사진을 찍기 전 엄마에게 눈짓으로 그만하라는 신호를 보냈다.

"네가 자처해 지옥 불로 걸어 들어가는 거니까 나중

에 다른 사람 원망하지 마."

내게만 들릴 정도로 목소리를 낮추고 끝까지 독설을 내뱉는 엄마의 말에 그간 묵혀 왔던 설운 감정이 울컥 올라왔다. 콧날이 시큰거리고 눈가가 따가워지려는 그 순간 내 옆으로 큰엄마가 다가와 등을 토닥이며 말을 걸어 주지 않았다면 드레스를 입은 채 눈물을 흘렸을지도 모른다.

"우리 미야, 욱수로 이쁘네. 이렇게 이쁘니 사랑받고 살겠다. 표정이 와 그라노? 신부는 웃어야 된다."

큰엄마가 두툼한 손으로 부케를 들고 있는 내 왼팔과 손등을 연신 쓸어내렸다. 내가 마음을 가라앉히고 다시 옅은 웃음을 보일 때까지.

*

공과 결혼하면서 나는 12년간의 자취 생활을 청산하고 방이 아닌 집에서 살게 됐다. 공이 부모의 도움을 받아 마련한 뉴타운의 28평대 아파트는 내가 살아 본 집 중에서 가장 쾌적하고 아늑한 공간이었다. 공이 자신의 명의로 된 아파트를 가지고 있다는 이유만으로 그와 결혼한 건 아니다. 하지만 아파트가 없었더라면 공과 사귄 지 6개월 만에 결혼을 결심하기는 어려웠을 것이다. 전 셋집이라도 마련할 돈을 모을 때까지 결혼을 미룰 수밖에 없었을 테고 그사이 연애 기간이 길어지면서 관계가 지지부진해졌을 수도 있다. 공을 만나기 전 겪었던 몇 번의 지난 연애가 그랬듯이.

공과는 우연한 계기에 술자리에서 만났다. 문화부 선배가 자신이 사회를 보는 독립영화 GV행사 예매가 너무 저조하다며 와서 자리를 채워 달라는 부탁을 거절하지 못해 영화관에 찾아간 날이었다. 아니나 다를까 상영관은 한산했다. GV까지 마쳤을 때 관객석에는 나와 공을 포함해 다섯 명 남짓한 사람들만 남아 있었다. 감독이 끝까지 남아 준 관객들에게 고맙다는 인사를 하며 원한다면 다 같이 뒤풀이에 가자는 제안을 하는 바람에 얼떨결에 공과 합석을 하게 됐다. 공과 나는 서로 옆자리에 앉았는데, 내가 사회자인 박 기자와 선후배 사이라는 말이 나오자 놀란 얼굴로 물었다.

"기자분이셨어요?"

"네. 왜요?"

"저는 그냥 저처럼 일반인인 줄. 기자처럼 안 보이세요."

"기자도 일반인인데요."

그날 나는 공과 명함을 교환했다. 공은 생리대와 휴지를 만들어 파는 제지 회사에서 근무하고 있었다. 학창 시절엔 시네필이었고, 지금은 '다양성 영화'를 혼자 보러 다니는 것을 취미로 삼은 직장인이라고 자신을 소개했다. 나는 다양성 영화라는 단어를 기사가 아닌 실제 입말로 내뱉는 사람을 처음 봤고, 그 자리에서 크게 웃어 버렸다. 공은 그 웃음을 자신에 대한 호감으로 받아들인 모양이었다. 이후 우리는 몇 번 더 만나다가 정식으로 사귀게 됐다. 주말마다 종로나 광화문에서 만나 영화를 보고, 맥주나 와인을 곁들인 저녁 식사를 하며 함께 본 영화에 관해 시간 가는 줄 모르고 떠들었다. 나는 공과 함께하는 시간이 좋았다. 대학 시절 전공 공부에는 손을 놓고 영화만 주구장창 보느라 학사 경고를 받은 것이 삶에서 유일한 일탈이었다고 고백하며 후회 막심한 표정을 짓는 그가 귀엽고 사랑스러웠다. 성실하고 반듯하면서도 영화를 보는 시선만큼은 섬세하고 날카로운 그에게서 매력을 느꼈다. 공은 안정감을 주는 상대였다. 30대에 접어들면서 물불 가리지 않는 뜨거운 연애보다 내 일과 일상을 풍요롭게 지탱해 주는 관계가 더 소중하다는 것을 알게 됐다. 이처럼 대화가 잘 통하는 남자를 만나기도 드물다고, 나는 생각했다. 지금 생각해 보면 나는 공을 사랑하는 마음보다 그를 놓치기 싫은 마음에 결혼을 서둘렀던 것 같기도 하다.

지옥 불로 걸어 들어간다는 엄마의 악담은 결혼 생활을 하는 내내 귓전에 맴돌았다. 지옥 불까지는 아니지만 엄마가 걱정한 것이 무엇인지, 엄마가 말리고 싶어 했던 삶이 어떤 것이었는지는 피부로 와닿게 느끼고 있었다. 결혼 후 우리 부부는 토요일마다 한 시간 거리인 공의 본가에 가서 하룻밤 자고 왔다. 신혼여행 후 첫 주말에만 그렇게 하려던 참이었는데, 어쩌다 보니 매주 가는 것이 주말의 일과가 되어 버렸다. 시모는 식단을 공지하듯 다음 주 메뉴를 말해 주며, 자연스럽게 다음 주말을 기약했다.

"이번 주에는 소고기를 먹었으니 다음 주에는 해산물이 어떻겠니. 연포탕을 해 놓을 테니 먹으러 와라. 다음 주 금요일에 장을 봐서 밑반찬도 새로 해 둘 테니 가져가고."

친정과 도보 10분 거리에 사는 공의 누나도 토요일 낮이면 남편과 세 살 난 아이를 데리고 왔다. 매주 토요일마다 어른 여섯에 아이 하나가 6인용 식탁에 둘러앉아 함께 점심을 먹었다. 식사가 끝나면 그들이 내놓는 밥그릇과 국그릇만 해도 각각 일곱 개씩 열넷에다가 반찬 그릇과 냄비와 프라이팬, 물컵 등을 합치면 싱크대 개수대가 넘쳐 날 정도의 설거짓거리가 쌓였다. 나는 밥을 먹고 일어서자마자 앞치마를 두르고 바로 설거지를 시작했는데, 종종거리며 설거지를 끝내면 그다음에는 과일과 차를 내놓을 차례였다. 남겨진 빈 과일 접시와 포크, 커피 잔을 씻고 나면 다시 다음 끼니가 돌아왔다. 여섯 명의 성인과 아이 하나가 한 공간에서 하루를 보내려면 종일 싱크대 앞에만 서 있어야 하는 누군가

가 필요했다. 먹고 치우고, 먹고 치우고, 먹고 치우고. 음
식을 준비하는 건 나와 시모의 몫이었고 먹는 것은 모두
함께였지만, 치우는 건 며느리인 나 혼자만의 몫이었다.
내 목에 두른 앞치마가 마치 죄수에게 씌운 칼처럼 묵직
하게 느껴졌다. 나는 사극에 나오는 죄수처럼 똥머리를
틀어 올리고 싱크대 쪽으로 고개를 떨군 채 부엌일을 했
다. 다른 가족들이 소파에 앉아 과일을 먹으며 담소를
나누는 동안에도 허리 한 번 펼 새가 없었다. 다른 식구
들의 눈을 피해 틈틈이 공을 노려보는 게 내가 할 수 있
는 유일한 반발이었다. 내 눈치를 보며 공이 설거지라도
할라치면 시모가 용수철처럼 자리에서 일어나 말렸다.
대체 결혼 전에는 이 모든 설거지를 누가 한 거냐고 공
에게 물었다.

"주로 누나가 많이 했지. 누나 임신하고 아기 낳은 뒤
로는 못 하지만."

주말마다 아이를 데리고 친정에 오는 공의 누나는 언
제나 지친 기색이 역력했다. 조카는 엄마와 잠깐이라도
떨어지면 자지러지게 울었다.

"올케, 미안해. 내가 같이해야 하는데."

공의 누나는 아이를 품에 안은 채 내게 미안하다고
말했다. 공의 가족 중에서 그런 말이라도 해 주는 사람
은 그녀밖에 없었다.

매주 금요일 저녁이 되면 가슴이 두근거리고 호흡이

가빠졌다. 주말이 다가오는 게 겁이 났다. 평일 내내 격무에 시달리다가 주말은 통으로 시가에 빼앗기는 일상의 반복이었다. 그런 걸 일상이라고 할 수 있을까. 주말마다 시가에서 설거지를 하고 그 집 싱크대와 가스레인지를 반짝거릴 정도로 닦아 내느라, 정작 살고 있는 집은 청소할 시간조차 부족해 묵은 먼지가 쌓여 갔다. 시가에 다녀온 주말 끝에 신혼집 침실에서 잠을 청할 때마다 그런 의문은 더 커져 갔다.

결혼 직후부터 나는 공과 자주 다투었다. 내가 시가에 가기 싫다고 말하면, 공은 내가 외동으로 형제 없이 외롭게 자라 가족들이 모여 밥 먹는 기쁨을 모르는 거라고 말했다. 나는 형제는 없었지만 외롭게 자라지는 않았다. 대가족이 모여 밥 먹는 기쁨이 무엇인지 모르지 않았다. 나는 그런 것을 어려서부터 봐 왔고, 좋아했다. 큰집에 모여들던 친척들의 환한 얼굴을 떠올리면 나도 모르게 입가에 미소를 띠게 되고, 접시 위에 산처럼 쌓여 있던 큰엄마의 음식을 생각하면 금세 입에 침이 고였다. 그 왁자지껄하고 따스한 온기가 지금도 내 피를 돌게 한다고 느낀다.

할머니가 정정하던 시절, 큰집에서는 명절 차례를 포함해 1년에 열 번쯤 제사를 지냈다. 제사나 할머니 생신날이면 할머니가 낳은 사 남매 내외와 일곱 명의 손자 손녀 들이 모두 모여 상을 펴고 둘러앉아 밥을 먹던 풍경이 지금도 눈에 선하다.

둘째 며느리인 엄마는 제사상 준비도, 생신 잔치 음식 마련에도 참여하지 않았다. 제사상이든 생일상이든 준비가 모두 끝나고 상이 차려질 무렵 나타나 있는 듯 없는 듯 조용히 밥을 먹었다. 엄마는 식사가 끝나자마자 일어나 설거지를 돕다가 다과와 술상이 차려지기 시작하면 학원에 나가 봐야 한다며 바쁘게 자리를 떴다. 아버지는 그런 엄마를 모른 체하며 형제들과 둘러앉아 술을 들었다. 사촌들과 놀고 싶으니 큰집에 더 있다가 가자는 내 등짝을 세게 내리치며 나를 끌고 집 밖으로 도망치듯 빠져나오던 엄마가 어떤 심정이었는지, 왜 큰집에 갈 때마다 1분도 더 머물기 싫어했는지, 나는 결혼을 하고 나서야 엄마의 마음을 절절히 이해하게 됐다. 동시에 어린 딸의 손을 억지로 잡아끌면서 신발조차 제대로 꿰어 신지 않고 현관문을 나서던 엄마의 뒷모습을 망연하게 바라보던 큰엄마의 표정과 눈빛도 눈에 아른거린다. 최근 들어 유난히 그때의 장면이 자주 떠올랐다. 대가족 밥상에 음식이 잔뜩 차려져 있던 풍경을 곱씹고 곱씹게 됐다.

공은 취재 현장에서 밤을 새우는 일도 불사하는 내가 '고작' 설거지가 힘들다고 이렇게까지 인상을 쓰는 게 이해가 되지 않는다고 했다. 나는 공에게 내 감정을

'설명'해야 한다는 사실에서부터 좌절감을 느꼈다. 머릿속에 그려 온 결혼 생활과 실제는 달라도 너무 달랐다. 주중에 각자의 일을 하고 집에 돌아와 함께 잠들고, 주말에는 시내로 나가 좋아하는 영화를 보며 데이트를 한 후에 헤어지지 않고 다시 손을 잡고 집으로 돌아오는 삶을 꿈꿨을 뿐이다. 공도 그것을 원한다고 했다. 서로의 삶을 더 사랑할 수 있게 하는 부부가 되자는 약속은 아주 쉽게 허물어졌다. 심지어 공은 그것이 허물어졌다는 것조차 제대로 인식하지 못하고 있었다.

연애 시절 매주 즐겼던 영화나 뮤지컬 한 편 보기가 왜 이렇게 어려운 거냐며 따져 묻는 내게 공은 시가에 다녀와서 일요일 저녁에 영화를 보러 가면 되지 않느냐고 대꾸했다. 시가에서 1박 2일을 보내고 돌아온 일요일 저녁에는 영화는커녕 손가락 하나 까딱하기가 싫어서 저녁밥조차 거르고 침대에 누워 있기 일쑤였다. 내가 성난 얼굴로 대답을 하지 않자 공이 "그럼 내가 엄마한테 말해서 이번 주만 빠지는 걸로 얘기할게. 허락해 주실 거야."라고 말했을 때 그게 왜 허락씩이나 받아야 하는 일인지 이해가 가지 않았지만, 더 이상 싸우기 싫은 마음에 그러기로 했다.

공의 본가에 가지 않은 첫 주말의 토요일, 나는 결혼 후 처음으로 늘어지게 늦잠을 잤다. 느지막이 일어나 아침 겸 점심을 먹고 나니 시내 중심가로 나가는 것도 귀찮아졌다. 마을버스를 타고 집 근처의 멀티플렉스 영화관에 가서 요즘 가장 흥행한다는 영화를 봤다. 영화의 제목도, 내용도 그리 중요하지 않았다. 주말에 우리끼리 시간을 보내며 영화관에서 영화를 본다는 게 중요했다. 일요일에는 둘이서 대청소를 했다. 원래는 집에서 한 발짝도 나가지 않고 빈둥거리겠다는 게 계획이었는데 종일 집에 있다 보니 곳곳에 보이는 먼지를 닦아 내고 싶어졌다. 미뤄 둔 이불 빨래도 했다. 침대 시트와 이불을 세탁기와 건조기에 차례대로 넣고 돌렸다. 간만에 맞은 평화롭고 여유로운 주말이었다. 저녁을 먹고 나서 건조기에서 갓 꺼낸, 온기를 고스란히 품은 이불을 몸에 감은 채 침대에 누워 발가락을 꼼지락거리며 눈을 감았다. 이만하면 괜찮은 주말이었다는 생각이 들면서 슬며시 웃음이 나왔다. 주말 동안 재충전을 했으니 내일부터 출근해 다시 열심히 일해야겠다고, 오늘은 평소보다 조금 일찍 잠들어야겠다고 생각하던 참이었다.

그 순간 휴대폰 벨 소리가 울렸다. 나는 억지로 몸을 일으켰다. 전화의 발신인은 시모였다. 공의 엄마는 내게 주말 잘 보냈느냐고, 오늘 어디 갔었느냐고 물었다. 왜 공이 아닌 내 번호로 전화를 걸었는지 좀 의아했지만 대놓고 싫은 티를 내지는 못하고 어딜 간 게 아니라 밀린 청소를 하느라 좀 바빴다고 대답했다.

"두 식구 코딱지만 한 살림에 청소가 밀릴 게 뭐가 있다고. 그럼 종일 집에 있으면서 여기 와 보지도 않았던 거니?"

공의 엄마는 내게 서운하다고 말했다. 매일 보던 아들 얼굴을 일주일에 한 번이라도 보겠다는 게 무슨 큰 욕심이냐고도 했다. 나는 공에게 눈짓을 보내며 전화기를 넘겼다.

"엄마, 윤미도 힘들어. 평일 내내 직장에서 시달렸는데 주말이라도 좀 쉬어야지."

"우리 식구 됐으면 자주 보고 어서 정 붙여야지. 힘들면 여기 와서 쉬면 되지, 내가 밥도 다 해 주는데 힘들게 뭐가 있니? 요즘 시댁이 어디 시댁이냐? 우리 시대에 비하면 아무것도 아니지. 요즘 시어머니들은 다들 며느리 눈치 보고 산다."

시모의 목소리가 전화기 밖으로 고스란히 들려왔다.

그 후로 나는 주말 당직에 자주 지원했다. 내가 출근하는 주말에는 공만 혼자 본가에 다녀왔다. 그런 날이면 공의 표정이 좋지 않았다. 공은 주말 출근으로 피로한 나를 붙들고 자신의 부모님은 나쁜 분들이 아니라고, 내가 그것을 알아야 한다고 이야기했다. 나 역시 그분들이 나쁘다고 말한 적은 없었다. 공이 자신의 가족들이 얼마나 좋은 사람인지 길게 설명하면 할수록 내가 나쁜 사람이 되는 것 같았다. 나는 공에게, 공의 식구들에게 공격받는 기분이 들었다. 그러면 내가 나쁜 며느리인 거냐고, 공에게 되물었다. 공은 그것을 자신에 대한 공격으로 받아들였다.

우리는 말꼬투리를 잡으며 서로를 물어뜯었다. 서로를 이어 줬던 것들, 우리가 함께 사랑한 시간과 장소 들이 공격의 빌미가 됐다. 결혼 후 같이 영화 한 편 보기가 왜 이렇게 어려운 거냐고, 씨네큐브에 마지막으로 가 본 게 언제인지 기억이나 하느냐고 내가 따지듯 묻자 공은 영화가 무슨 대수냐고, 씨네큐브 못 간다고 세상이 무너지기라도 하느냐고 응수했다. 급기야 서로에게 매력을 느끼게 만들었던 상대의 취향마저 공격의 대상이 됐다. 공은 내게 오즈 야스지로를 좋아하면서 부모님의 깊은 정은 헤아리지 못한다고 비난했다. 나는 켄 로치를 좋아하는 공에게 일상의 차별에는 그리도 둔감하면서 사회 부조리에 대한 고발에 열광하는 게 얼마나 위선적인 줄 아느냐고 비꼬았다.

처음에 공은 나를 달래 보려 하다가 나중에는 '공평'이라는 단어를 꺼내 들었다. 부모님이 이런 집을 마련해 주셨는데 그 정도는 우리가 하는 게 공평하다는 말에, 나는 '그 정도'에 해당하는 가사 노동과 감정 노동이 대체 얼마만큼인지를 가늠할 수 없었다. 내가 평생 월급을 모아도 살 수 없는 집에 대한 대가라고 생각하면 내 남은 생의 모든 노동력을 지불해도 모자랐다. 공은 그럴수록 더 잘해 드려야 하는 거 아니냐고, 감사하는 마음을 가져야 하는 거라고 고압적으로 말했다. 공의 발언은 얼핏 들으면 제법 논리적인 것처럼 들렸지만 '더 잘해야 한다.'는 당위의 문장 앞에 주어는 생략되어 있었다.

"부모님이 주말에 자식들이랑 모여 밥 먹는 게 가장 큰 낙이시라는데 그게 그렇게 힘들어? 엄마가 나 집안일 하는 건 눈 뜨고 못 보겠다고 하시니 어쩔 수 없잖아. 대신 우리 집에서는 내가 더 많이 할게. 조금만 참아 주라, 자기야."

달래듯 말하는 공에게 내가 물었다.

"나만 참아야 하는 거야? 그럼 너는 뭘 참니?"

"나도 힘들어. 내가 중간에서 얼마나 눈치 보는 줄 알아?"

공이 울상을 지었다. 나는 고개를 저었다. 아무래도 이건 공평하지 않았다. 공은 당장 힘든 일을 생각하지 말고 더 큰 걸 봐야 한다고도 했다. 이를테면 지금 우리가 살고 있는 뉴타운의 아파트에서 바라보는 서울의 야경 같은 것들. 우리가 쉽게 포기할 수 없는 것을 떠올리라고 말했다.

"윤미 너 정말 배부른 소리 한다. 이 집에서 나가고 차라리 우리 힘으로 자유롭게 살자고? 우리 자유대로? 우리 둘만 벌어서 서울에서 변변한 집 한 칸 가지는 게 가당키나 하다고 생각하니? 너는 그렇다 쳐. 그러면 우리 아이는? 나중에 아이 키우는 환경을 생각한다면 여기 떠나자는 소리 못 하지. 내가 이 이야기는 아껴 두고 천천히 하려고 했는데……. 지금 부모님 사시는 잠실 아파트도 결국 나중에 누구 거 될 거 같아? 그거 앞으로 재개발되면 시세 차익이 엄청날 텐데 누나 주실 거 같아? 절대 아닐걸. 나는 나중에 우리가 잠실 들어가 살고, 지금 우리 사는 집으로 재테크 잘해서 그거 다 우리 아이에게 물려줄 생각이야. 우리 부모님처럼."

공이 바라는 삶이 나는 쉽사리 그려지지 않았다. 아버지 재산을 공이 물려받고, 다시 공의 아이에게 그것을 물려주는 삶. 아마도 (아직 존재 여부조차 확정할 수 없지만, 만약에 그런 아이가 생긴다면) 그 아이는 내가 낳은 아이일 테고 공씨 성을 물려받게 되겠지. 그들이 부(富)와 성(姓)을 대물림하는 동안 나는 무엇을 얻는 거지? 공의 할머니가 공의 어머니에게 물리고, 공의 어머니가 내게 물리는 삶. 그러면서도 요즘 여자들은 옛날에 비해 팔자가 늘어졌다는 평가를 윗세대 여성에게 받는 삶……. 그것은 대물림이라기보다는 '되물림'이라는 표현이 더 어울리지 않나. 아니면 되풀이나 되갚음에 가까운지도 모르겠다. 나는 뒷덜미를 세게 물린 것 같은 통증을 느꼈다.

큰엄마는 내가 성품이 착하기 때문에 결혼해서 사랑받고 잘 살 거라고, 좋은 남편 만나 행복하게 살라는 말을 매일같이 했다. 아마도 그것은 큰엄마가 해 줄 수 있는 최상급의 축복이었을 거라고 나는 생각한다. 큰엄마는 내가 신혼여행에서 돌아와 시가에 가는 날에 맞춰 고속버스 당일 특송으로 이바지 음식을 보내왔다. 상견례 때 양가 부모님은 예단과 이바지 등 허례허식은 일절 생략하기로 합의했고, 그것은 나와 공 역시 바라던 바였다. 큰엄마가 내게 의논 한마디 없이 보낸 택배 박스를 뜯어 보니, 그 안에는 색색깔의 보자기로 아이스박스를 한 번씩 더 싼 보따리가 총 여섯 개나 들어 있었다. 한꺼번에 들지도 못하고 주차장을 여러 번 오가며 옮겨야 할 만큼 많은 양이었다. 시부모는 말로는 뭘 이런 걸 보내셨냐며 부담된다는 표정을 지었지만, 내심 기분이 좋은 눈치였다. 가족들이 모두 둘러앉아 곱게 동여맨 보자기 매듭을 하나하나 풀었다. 시모는 과일과 떡, 얼린 생선과 한우가 담긴 보따리 하나하나에 반색하는 표정을 짓다가, 마지막 아이스박스를 풀어 전복장과 장조림, 젓갈 등 큰엄마가 직접 만든 반찬이 도자기 단지에 정갈하게 담긴 것을 보고는 감탄사를 내뱉었다.

시모의 입가에 미소가 떠나지 않았다. 보따리를 풀 때마다 사진으로 남기기까지 했다.

"친구들에게 보여 주려고, 우리 며느리 친정에서 보낸 이바지 음식이라고. 내 주변에서 이런 이바지 음식 받은 사람 없을걸. 요즘은 그런 거 다 생략하니까."

그 말에 시부가 헛기침을 하며 말했다.

"아무리 시대가 바뀌어도 제대로 된 집안에서는 챙길 건 챙기는 법이지."

공의 부모님이 기뻐하는 모습이 싫지 않았다. 솔직히 말하자면, 이바지를 안 해 왔으면 어쩔 뻔했나 하는 생각이 들 정도였다. 환대받고 인정받았다는 기분이 들었다.

큰엄마에게 시부모님이 몹시 좋아하셨다며 고맙다는 인사를 전했다.

"어른들이 좋아하셨다니 다행이다. 너그 엄마가 법도를 모르니 내라도 챙기야지."

큰엄마는 내 전화를 반가워하는 와중에도 엄마에 대한 불만을 표하는 것을 잊지 않았다. 엄마와 큰엄마가 서로 대놓고 갈등을 드러내는 대신 나를 중간에 두고 상대방에 대한 험담을 하는 것은 오래된 행태였다.

큰엄마가 미운 동서의 딸아이를 어떤 마음으로 돌봤는지, 그 아이가 자라 성인이 되고 결혼을 한 후에도 왜 이토록 곡진하게 챙기는지 그 마음을 나는 모른다. 그러나 큰엄마 덕분에 내가 배곯지 않고 정에 굶주리지 않은 아이로 컸다는 것만큼은 확실히 안다. 엄마 역시 언제나 내게 최선을 다했다는 걸 알고 있다. 엄마는 늘 내게 더 큰 꿈을 가지라고, 내 삶에 한계나 제약을 둘 필요는 없다고 가르쳤다. 나는 큰엄마의 대가 없는 보살핌과 엄마의 무한한 기대를 받으며 자랐다.

말하자면, 나는 두 엄마의 합작품 같은 존재였다.

그래서 나는 어른들 다과상을 내면서 사과 껍질을 깎지도 않고 내놓는 건 어디에서 배웠냐는 시모의 질책에 바로 대답할 수 없었다. 큰엄마와 엄마 모두 항상 사과를 껍질째로 잘라 내놓았으니까. 나는 평생 사과 껍질을 깎지 않고 먹었다. 큰엄마는 할머니께 사과를 드릴 때도 껍질을 깎지 않았다.

시어른 다과상에 사과를 이렇게 내놓는 법이 어디 있느냐는 시모의 호통에, 나는 기어 들어가는 목소리로 말했다.

"저희 집에서는 이렇게 먹어요……."

"앞으로는 그러지 말거라. 어른 다과상에는 껍질을 예쁘게 깎아 놓은 과일만 내놓는 거란다."

시모는 얼굴을 돌려 공의 누나를 바라보며 말했다.

"너는 혹여나 시댁에 가서 과일 이렇게 깎아 내지 말거라. 친정 욕한다."

시모의 말이 내 가슴을 날카롭게 파고들었다. 나는 굳은 얼굴로 사과 접시를 돌려받았다. 과도를 쥐고 사과 껍질을 깎는 와중에 손이 떨려서 칼날이 자꾸 미끄러졌다. 집에 돌아와서도 그 말이 잊히지 않았다. 시모의 말을 곱씹고 곱씹을수록 소화가 되지 않는 기분이었다. 나를 윽박지르던 시모와 그 상황을 말간 얼굴로 바라보던 시누이를 떠올리면 잠이 오지 않을 지경이었다. 무엇보다 그 자리에서 아무 말도 하지 못했던 나 자신에게

참을 수 없을 정도로 화가 났다.

진심으로 억울하고 궁금한 마음에 큰엄마에게 전화를 걸어 물어보았다. 어른들께 내놓는 사과는 반드시 깎아 드리는 게 법도냐고, 진짜 그게 맞고 우리가 틀린 거냐고. 내 주변에서 큰엄마만큼 법도를 잘 아는 사람은 없었다.

큰엄마는 대답 없이 한참 웃기만 했다. 내가 대답을 채근하자 그녀는 나지막하게 말했다.

"미야, 어른들이 시키는 기 다 옳은 기다. 따지지 말그라. 사과 껍데기 그거 깎으면 되지 그기 뭐가 힘드노."

큰엄마는 별일 아니라며, 마음에 담아 두지 말고 웃어넘기라고도 했다. 큰엄마 특유의 인자한 웃음소리가 수화기 너머로 들려왔다. 나는 그 웃음소리를 좋아했지만, 그 순간만큼은 큰엄마를 따라 웃을 수 없었다.

이튿날에도 마음이 풀리지 않아 엄마에게 전화로 시가에서 겪은 일을 털어놓았다. 엄마와 같이 시모의 험담을 하면 기분이 좀 나아질 줄 알았는데, 나보다 더 길길이 뛰며 화를 내는 엄마의 모습에 당황했다.

"나 원 참, 기가 막혀서. 감히 남의 집 귀한 딸을 잡아? 안 봐도 눈에 선하다. 돈 좀 있다고 유세 떨면서 식모 취급하는 거잖아. 그러게 내가 뭐랬니. 넌 엄마 말 안들어서 후회하게 될 거라고 했지. 니가 능력이 없으니그렇게 하대받는 거라고. 의대나 약대를 갔어야지. 의사

며느리를 봤으면 그 집에서 그렇게 했겠니?"

엄마의 논리가 이상하게 전개되자 나는 항변하고 싶은 충동을 느꼈다.

"엄마, 그런 거 아니야. 내가 의사가 아니라서 그러는 것도 아니고, 나를 예뻐하시는데 그냥 편하게 생각하셔서 그런 거야. 그렇다고 하대나 식모 취급까지는 절대 아니고……. 다들 좋은 분들이셔."

나는 어느새 엄마 앞에서 공의 집안 사람들을 옹호하고 있었다. 설명이 길어질수록 말이 더 꼬였다. 나중에는 그들은 조금도 이상하지 않은데 그저 나 혼자 속상해하는 것일 뿐이라는 취지의 말까지 나와 버려서 스스로 깜짝 놀랐다. 감정이 상한 엄마가 내 결혼에 대해 온갖 부정적인 말들을 쏟아냈고, 우리 모녀는 결국 마지막에 말다툼을 하다가 전화를 끊었다. 괜한 말을 꺼냈다는 후회가 들었다.

며칠 후 엄마가 카카오톡으로 종편 건강 프로그램 동영상이 재생되는 인터넷 링크를 하나 보내왔다. 의학박사가 나와 사과를 껍질째 먹어야 하는 이유와 효능에 대해 설명하는 영상이었다.

시어머니한테 보여 줘. 사과는 껍질째 먹는 거라고, 그게 더 몸에 좋다고 말씀드려.

나는 그저 웃었고, 따로 답신은 하지 않았다.

이후로도 비슷한 일이 반복됐지만 엄마나 큰엄마에게는 말하지 않았다. 내가 시가에서 겪은 일로 속상해할 때마다 남편은 그럴 일이 아니라고, 별거 아닌 일로 너무 예민하게 군다고 했다. 객관적인 입장에서 제삼자의 의견을 들어 보고 싶었지만 친구나 동료에게 속내를 털어놓는 건 내 치부를 드러내는 것 같아 꺼려졌다. 젠더 이슈와 성평등 문제에 대해 진보적인 시각의 기사를 쓰는 기자인 내가 정작 시가에서는 주말마다 설거지를 하느라 녹초가 된다는 사실을 그 누구에게도 알리고 싶지 않았다. 대신 결혼 준비를 하면서 가입했던 인터넷 카페에 들어가 비슷한 사례가 없는지 찾아보곤 했다. 예비 신부와 기혼 여성을 위한 그 카페에는 시가에서 상처받은 에피소드를 공유하며 의견을 구하는 글이 많았다. 게시판에는 내가 겪은 일과는 비교조차 할 수 없는 비상식적인 결혼 생활 사연이 비일비재했다. 나는 매일 밤 카페에 접속해 기혼 여성들의 고민 상담 글을 읽었다. 그런 이야기는 아무리 읽어도 질리지가 않았다. 저마다 강도는 다르지만 모두 비슷한 고통을 겪고 있다는 사실에 묘한 위안을 얻기도 했다. 인터넷 카페에 올라오는 고민 상담 글을 중독된 것처럼 읽어 가면서 일종의 패턴을 발견하게 됐다. 자신의 고통을 강하게 호소하는 글의 대부분은 시가에서 경제적인 지원을 받은 적이 없음을 강조하고 맞벌이 여부와 소득 수준에 관한 정보를 꼭 밝혔다. 그것이 상식과 비상식을 판단하는 가장 중요한 기준이라도 된다는 듯이.

참고로, 집값은 반반이고 맞벌이인데 소득도 제가 더 많아요.
ㄴ 굳이 참고 사실 필요 없네요. 남편보다 더 많이 버는데 할 말 하고 사셔도 될 듯요!
ㄴ 시어머니가 해 준 것도 없는데 바라는 것만 많네요. 완전 염치없는 거 아닌가요.
ㄴ 참지 마세요. 뭐가 모자라서 그러시나요. 이 댓글, 남편도 꼭 보여 주세요.

나는 '유부 고민 상담 게시판'의 사연과 수십 개의 댓글까지 샅샅이 읽으면서 두통에 시달렸다. 익명의 회원들을 일일이 붙잡고 물어보고 싶은 심정이었다. 신혼집의 집값을 절반씩 부담하지 못하면, 맞벌이더라도 남편보다 소득이 낮거나 경제활동을 하지 않는 전업주부라면, 부당하고 비상식적인 일을 겪어도 당연하게 받아들여야 하는 것인지 진심으로 궁금했다. 결혼이 그런 정량적인 계산으로 성립되는 것이라면 내가 감당해야 하는 수고와 부담은 대체 어느 만큼인지도 차라리 누가 정확히 알려 주길 바랐다. 나는 내 고민을 담은 글을 여러 번 썼다가 업로드하지 않고 지웠다. 결혼에 대해 몰라도 너무 몰랐던 나 자신의 잘못이 컸다는 생각이 들었다. 내 안에서 스스로를 책망하는 목소리가 커질수록 이 모든 일이 내가 돈 많이 버는 전문직이 아니라서, 내가 능력이 없어서라는 엄마의 목소리까지 겹쳐졌다.

*

장례식장에 도착했을 때 엄마는 보이지 않았고, 아버지는 조문객들과 술을 마시고 있었다. 눈에 익은 친척들의 얼굴이 여럿 보였다. 코로나 시국임에도 아버지의 사촌, 오촌, 육촌 등 먼 친척까지 모두 걸음을 해 줬다. 그들 중 큰엄마가 준 밥을 안 얻어먹은 사람이 없었다. 장례식장을 찾은 친척들은 큰엄마의 음식 솜씨가 얼마나 좋았는지, 마음 씀씀이가 얼마나 컸는지를 입에 침이 마르도록 상찬했다. 큰엄마 덕에 집안에 큰소리 한 번 안 나고 평안했던 거라고, 아까운 분이 가셨다고, 영정 사진 앞에서 머리를 조아리며 눈물을 글썽이기도 했다. 3년 전 할머니가 돌아가실 때까지 큰엄마는 집에서 노모를 모시며 병구완을 했다. 지난해 파킨슨병을 진단받은 큰엄마가 제일 먼저 했던 말은 할머니를 먼저 보내 드린 후라서 다행이라는 말이었다.

나는 그 말이 진심이라는 걸 안다. 하지만 평생 김씨네 맏며느리 역할만 하다가 할머니가 돌아가신 후에야 그 굴레에서 해방된 큰엄마에게 남은 시간이 이렇게 짧았다는 건 지나치게 가혹하지 않은가. 울고 싶은 기분이었지만 아무도 소리 내어 울지 않는 분위기라 억지로 눈물을 참았다.

큰엄마의 여동생이 눈물이 뒤범벅된 얼굴로 장례식장으로 뛰어 들어왔다. 그녀는 큰엄마와 몹시 닮은 얼굴에 덩치는 큰엄마보다 왜소하고 목소리가 앙칼졌다. 큰엄마의 동생은 빈소에 놓인 영정 사진을 보자마자 자리에 털썩 주저앉아 발을 구르며 엉엉 울었다. 큰엄마와 똑 닮은 사람이 땅을 치고 곡을 하는 모습이 낯설면서도 어쩐지 후련한 마음이 들었다. 나도 그녀와 함께 크게 소리를 내어 울어 버렸다. 큰엄마의 동생은 나를 끌어안은 채 한참을 울었다.

"하이고, 니가 작은집 조카딸이구나아. 나도 얘기 많이 들었다. 우리 언니가 어찌나 자랑을 했다고. 서울 가서 기자 한다고. 어려서부터 그렇게 똑똑하고 야무지고. 우리 언니가 딸이 없어서 니를 진짜 딸처럼 생각하더라. 요즘 아이답지 않게 어질고 착하게 커 갖고 시집가서 시어른들한테도 그래 잘하고 사랑받고 산다고 언니가 맨날 자랑을 하더라. 매주 주말마다 시댁에 가서 하룻밤 자고 온다고. 요즘에 그런 새댁이 어디 있노. 우리 언니한테도 아들이나 며느리보다도 더 자주 전화하고 마음 많이 써 준다고. 고맙다 고마워. 아이고, 불쌍한 우리 언니. 언니도 딸을 낳았어야 했는데 요즘 세상에 아들은 소용이 없는 기라."

그 순간 큰집 오빠들과 올케언니의 표정이 굳었다. 나는 그들의 눈치를 보며 큰엄마의 동생에게 붙잡힌 내 손을 슬그머니 뺐다. 큰엄마의 동생이 빈소에서 나와 테이블에 앉자 새언니가 밥과 국을 내왔다.

"이모님, 많이 드세요."

큰엄마의 동생, 그러니까 언니의 시이모는 조카며느리와 눈도 마주치지 않고 대답조차 하지 않은 채 계속 내게만 말을 걸었다. 그 외에도 새언니에게 호의적이지 않은 집안 어른들의 눈빛을 상을 치르는 내내 느낄 수 있었다. 아무도 대놓고 언니에게 비난을 퍼붓거나 부정적인 말을 하진 않았지만 낌새와 분위기로 충분히 알아차릴 수 있는 공격이었다. 나는 그런 분위기를 쉽게 알아차릴 수 있다. 친척들이 우리 엄마를 바라보던 눈빛이었으니까. 남들의 시선에 전혀 개의치 않았던 엄마와는 달리 새언니는 피로하고 주눅 든 얼굴이었다. 언니는 속에서 올라오는 어떤 감정을 억지로 참고 억누르고 있는 것처럼 보였다. 그것은 고인의 죽음을 슬퍼하는 마음과는 다른 종류의 감정처럼 느껴졌기에, 내 입장에서는 조금 서운한 마음이 들기도 했다.

이튿날 오후, 손님이 없는 틈을 타 빈소 안쪽에 마련된 수면실에서 잠깐 눈을 붙이던 참이었다. 까무룩 잠이 들었다가 큰집 형제들끼리 크게 다투는 소리에 깼다. 조의금을 두고 분쟁이 생긴 모양이었다.

"딴건 몰라도 나랑 니 형수 회사 사람들한테 받은 조의금은 우리가 챙기는 게 맞지. 우리가 나중에 갚아야 하는 빚이나 마찬가지인데 그 돈을 내놓으라고?"

"그 두 군데에서 온 부조금이 제일 많은데 그걸 빼면 장례비는 누가 해결하고?"

"니가 해결하면 될 거 아니냐. 그동안 엄마 병원비도 내가 다 냈는데. 마지막으로 아들 노릇 한다고 생각하면 되겠다."

"뭐? 아들 노릇? 그러는 형은 아들 노릇 했나? 말이 나왔으니 말인데 형이랑 형수가 한 게 뭐 있는데?"

작은오빠가 화를 내자 큰오빠도 발끈했다. 급기야 형제들은 멱살까지 잡고 드잡이를 했다. 그 광경을 본 큰아버지가 소리를 질렀고, 새언니는 불편한 얼굴로 자리를 떴다. 밖이 깜깜해질 때까지 새언니는 나타나지 않았다.

저녁 시간이 되자 조문객이 몰려들었다. 코로나 때문에 손님이 별로 없을 거라 생각해서 도우미를 몇 명 부르지 않았다는데 A시는 확진자가 적은 지역이라 그런지 생각보다 손님들이 꽤 있었다. 3년 전 할머니 장례식처럼 줄을 서서 조문을 하는 정도는 아니라도 최근 서울에서 보았던 장례식보다는 상대적으로 조문객이 많은 편이었다. 장례식장 직원이 상주를 찾으며 음식 추가 주문 여부를 물었지만 오빠들은 조문을 받느라 바빴고, 새언니는 전화조차 받지 않아 결국 내 임의대로 음식을 주문했다. 서빙할 사람이 모자라 나와 몇몇 사촌들이 저녁도 먹지 못한 채 손님 뒤치다꺼리를 해야 했다.

밤 9시가 다 되어서야 새언니가 장례식장에 나타났다. 상복을 입은 채로 돌아다니다가 동네 사람들 눈에 띈 건 아닌지 염려스러웠다. 나는 새언니에게 귓속말로 속삭였다.

"언니, 어디 가셨어요? 계속 문상객 몰려드는데 자리 그렇게 비우시면 안 돼요. 친척들이 찾으셨어요."

내 딴에는 언니가 어른들에게 또 싫은 소리를 들을까 봐 속삭이듯 말했는데 언니에게는 내 말이 바로 그 싫은 소리였던 모양이었다. 내 말에 급격하게 어두워지는 언니의 표정을 보고 괜한 소리를 했다는 걸 깨달았다.

손님들이 좀 뜸해져서 혼자 밥을 먹고 있는데 새언니가 내 앞에 앉아 말을 붙였다.

"어머님이 아가씨를 진짜 딸처럼 생각하신 것 같아요. 문상 온 어머님 친구들이 그러시는데, 아들 며느리보다 조카딸 자랑을 많이 하셨대요."

"그랬대요? 우리 큰엄마, 언니도 많이 예뻐하셨어요."

나는 머쓱한 표정을 지으며 어색하게 웃었다.

"우리 결혼할 때 어머님이 저를 딸처럼 생각하겠다고

하시긴 했는데, 그렇지만 아가씨도 결혼 생활 해 봐서 알잖아요. 며느리를 딸처럼 생각한다는 게 얼마나 말이 안 되는 소리인지."

"네, 그래도 큰엄마는 다른 시어머니들에 비해 시집살이 안 시킨 편 아니에요? 워낙 남한테 싫은 소리 못하는 분이시라."

"그게 꼭 싫은 소리를 들어야 시집살이인가요? 아가씨도 결혼했으니 며느리 마음 알잖아요."

"네, 그렇죠."

나는 더 이상 대꾸하지 않고 수저를 바쁘게 놀리며 밥을 먹는 데만 집중했다. 언니는 자리를 뜰 생각을 하지 않고, 턱을 괸 채 내가 밥 먹는 모습을 빤히 바라보았다.

"아가씨, 저 하나만 물어봐도 돼요? 아가씨네 집값 많이 올랐죠?"

"갑자기 그건 왜 물어보세요?"

"왜라뇨, 부러워서 그러죠. 요즘 서울에 아파트 있는 사람들만 살판난 세상이잖아요. 그 집 결혼할 때 시댁에서 해 준 거라면서요."

"그 얘기는 어디서 들으셨어요?"

"저도 다 듣는 귀가 있는데 그게 무슨 비밀이라고요. 저희는 결국 작년에 경기도로 이사 갔어요. 거기서도 집 못 사고 전세 살아요. 이번 생에 내 집을 가질 수나 있을까 모르겠어요. 아가씨 너무 좋겠어요. 저도 그런 시댁이면 문지방이 닳도록 오가죠. 주말마다 가는 게 대수겠어요. 저라면 매일 아침저녁 문안 인사도 가능해요."

나는 언니의 말을 들으면서 밥알을 천천히 씹었다. '그런 시댁'이라는 말이 묘하게 가슴을 후벼 팠다. 나는 그 말이 꽤 모욕적이라 느꼈는데 그것이 내 결혼 생활에 대한 모욕인지 아니면 언니의 시댁, 그러니까 내 친가에 대한 모욕인지 구분이 되지 않았다. 나는 우리 집안이 별로 대단할 것도 없다고 생각했고, 그에 대한 별다른 애착이나 자부가 없는 사람이라 여겼는데 새언니의 그 말만큼은 그냥 듣고 넘기기 어려웠다. 나는 숟가락을 놓고 새언니를 싸늘한 눈빛으로 노려보았다.

"언니, 지금 여기가 어딘지 몰라요? 시어머니 장례식장에서 하실 이야기는 아닌 거 같네요."

언니는 내 표정이 험악해지자 새초롬하게 입을 다물고 자리에서 일어났다. 나는 분한 기분이 사그라들지 않아 빈소로 향하는 그녀의 뒤통수를 매섭게 쩌려보았다. 언니는 그런 시댁이 아니라서 시모가 죽어 가고 있는 동안에도 전화조차 하지 않고 지냈다는 소리인가. 고인을 욕보여도 유분수이지. 그녀를 돌려세워 놓고 말조심하라고 호통이라도 치고 싶은 심정이었다. 그 순간 주변을 둘러보다가 이상한 감정에 휩싸였는데, 나이 어린 내가 새언니에게 삿대질을 하며 화를 낸다고 해도 이곳에서는 그것이 용인될 거라는 사실이 갑자기 무서워졌다. 나는 새언니에게서 시선을 거두고 남은 밥을 국에 말아 입에 떠 넣었다. 음식이 목에서 잘 넘어가지 않았다.

발인제를 지내고 화장장에 도착할 때까지 나는 새언니와 말을 섞지 않았다. 친척들 중에 그걸 눈치챈 사람은 아무도 없었다. 쪽잠을 자고 새벽부터 일어나 바삐 움직이느라 모두들 정신이 없는 상태였다. 나 역시 온몸이 묵직하고 눈꺼풀이 감겨 왔다. 몸을 가누기 힘든 피로가 몰려들면서 슬픈 감정을 잠식해 버리는 기분이었다. 더 이상 울 힘도 없다는 생각이 들 무렵, 큰엄마의 여동생이 화장장 장내가 울릴 정도로 목청을 높여 우는 소리가 들려왔다.

"고생만 하다 간 우리 언니, 불쌍한 사람. 남의 집 맏며느리 역할만 하다가 좋은 날은 누려 보지도 못하고 갔네. 아이고 아이고. 불쌍한 우리 언니."

큰엄마의 여동생이 언니의 관을 끌어안고 오열했다. 장례 기간 내내 눈물을 보이지 않았던 큰집 오빠들도 모친의 관이 화로로 들어가는 광경 앞에서는 몸을 떨면서 흐느꼈다. 나는 화장장에서 울지 않았다. 큰엄마 동생의 울음소리가 커지면 커질수록 민망하고 괴로운 마음이 커졌다. 큰엄마가 평생 동안 겪어 온 고생의 목록에 내가 차지하는 비중도 적지 않았을 거라는 생각이 들어서였다.

지난해 파킨슨병을 진단받은 큰엄마는 스스로 요양병원에 들어가겠다고 먼저 말을 꺼냈다. 아직 초기라 충분히 집에서 일상생활이 가능한데 왜 시설로 들어가려고 하느냐고, 아들들이 반대했지만 큰엄마의 생각은 변함이 없었다. 주방에서, 살림에서 놓여나고 싶다고, 남이 해 주는 세끼 밥 먹고 편히 쉬고 싶다는 큰엄마를 아무도 말릴 수 없었다. 지금 생각해 보면, 그녀는 자신의 병이 빠르게 악화되고 있다는 것을 이미 알아차린 것 같다. 말년에 암 투병을 했던 할머니의 병시중을 오래 들면서 큰엄마는 자식들에게 폐를 끼치지 않고 건강할 때까지만 살다 가는 게 소원이라고, 절에 갈 때마다 빈다고 했다.

나는 요양병원에서 지내는 큰엄마에게 종종 안부 전화를 했다. 어떠시냐고, 식사는 잘하고 계시냐고 전화를 걸어 물을 때마다 큰엄마는 목소리를 들려줘서 고맙다고 말했다. 큰엄마는 꽃꽂이도 배우고, 그림도 배우면서 즐겁게 지내고 있다고 들뜬 목소리로 그곳에서의 일상을 들려줬다. 병이 진행되면서 말이 느려지고, 발음이 어눌해지기는 했지만 대화를 나누는 데 지장이 있을 정도는 아니었다. 나는 일부러 아무렇지 않은 척하며 통화를 이어 가곤 했다.

한 달 전 큰엄마와의 마지막 통화가 떠올랐다. 그때 나는 공과 별거 중이라는 이야기를 털어놓았다. 공 서방의 안부를 묻는 큰엄마에게 거짓말하기가 싫어서 그냥 얼버무렸더니, 큰엄마는 부부 싸움이라도 했느냐며 웃었고, 남자는 아무리 커도 아이나 다름없으니 공을 이해해 주라고 말했다. 늘 듣던 소리였다. "너는 네 엄마랑은 다르니까. 나를 보고 배운 착한 아이니까."라고 덧붙인 마지막 말 또한 한두 번 들어 온 소리도 아니었는데, 그날따라 너무 거북하게 들렸다. 그녀의 착각을 깨뜨려 주고 싶은 마음이 들었다. 나는 공과 이혼할 생각이라고 말했다. 큰엄마는 놀란 기색을 보이며 더 길게 이야기하려 들었지만 내 쪽에서 급히 전화를 끊어 버렸다. 그 후로 몇 번 더 전화가 걸려 와도 받지 않았다. 큰엄마는 문자메시지를 여러 번 보내기도 했다. 내가 잘못 생각하고 있다고 했고, 내 마음을 돌리고 싶어 했다. 그녀에게 받은 마지막 메시지는 보름 전의 것이었다.

미야, 큰엄마 말 들어라. 나 하나 불편하면 모두가 편하고 웃게 된다. 결혼해서 여자는 그런 마음으로 살면 되는 거다. 아무도 알아주지 않을 것 같지만 다 안다. 다른 사람들이 안 알아주면 부처님이라도 알아주신다.

큰엄마다운 말이었고, 그건 큰엄마가 한 말이라서 힘이 있는 말이었다. 나는 큰엄마가 어떻게 살아왔는지를 알아서, 큰엄마 덕에 모두가 편했다는 것 또한 봤기 때문에 그것이 잘못된 말이라고, 잘못된 삶이라고 말할 수는 없었다. 하지만 큰엄마 아닌 사람들이, 나를 큰엄마처럼 살게 하고 싶은 사람들이 그런 말을 하는 것은 결코 용납할 수 없었다. 그리고 큰엄마라고 하더라도 나에게 그렇게 살라고 강요할 수는 없었다. 나는 더 이상 큰엄마 뒤만 졸졸 따라다니던 어린아이가 아니었다. 그렇다고 해서 굳이 아픈 큰엄마 앞에서 그런 선언을 할 필요까지는 없었는데. 일이 이렇게 될 줄 알았더라면 그 소식은 전하지 않았을 것이다. 큰엄마가 평소 바람대로 조카딸이 좋은 남자 만나 잘 살고 있는 것으로 알고 세상을 떠났더라면 좋았을 것을, 나는 장례식 내내 마음이 불편했다.

공은 나를 편하게 해 주고 싶다고 말했다. 집안의 경조사를 핑계로 주말이 아닌 주중에도 시가에서 호출을 받는 일이 잦아지면서 내가 일에까지 지장을 받게 되는 상황을 토로하자 공은 회사를 그만두는 게 어떻겠느냐고, 나를 편안하게 해 주고 싶다고 했다.

"윤미 너 회사 다니기 싫다며. 매일 아침마다 출근하기 싫다고 몸을 뒤틀었잖아. 그렇게 힘들면 회사를 그만두고 좀 쉬는 게 어때? 주중에는 보고 싶은 영화도 보고 책도 보고 지내다가 주말에만 부모님 댁에 다녀오면 스트레스가 덜하지 않을까. 주말마다 우리 집 가느라 너 쉬지도 못한다고 불만이 많았잖아."

공은 나를 진지하게 설득하려 들었다. 앞으로 아이도

낳아야 할 텐데 야근이 잦은 기자 일을 계속하기는 어려울 거라고, 쉬면서 편안하게 지내라는 말을 선심 쓰듯이 하는 공의 얼굴을 바라보며 말문이 막혔다. 나는 제대로 반박도 하지 못한 채 고개를 저으며 싫다는 의사만 표현했다.

"사랑하는 사람을 저버릴 만큼 그 일이 그렇게까지 중요하니?"

공이 상처받은 얼굴로 물었다.

그때서야 나는 정신이 번쩍 드는 기분이었다. 공의 얼굴을 바라보며 또박또박 말했다.

"아니, 내 일을 포기할 정도로 너를 사랑하지 않아."

*

장례식이 끝나자 친척들은 뿔뿔이 흩어지고 엄마와 나, 단둘이 남았다. 마침 발인이 금요일이라 나는 주말까지 A시에서 이틀 더 머물기로 했다. 서울로 대학을 가면서 떠난 고향 집은 그대로였고, 엄마 역시 변한 게 없었다. 나는 그것이 싫지 않았다. 큰엄마의 장례를 치르면서 변함없이 여일한 삶이 감사하고 다행하다 여겨졌다.

"너희 아버지는 큰아버지 걱정된다고 당분간 큰집에서 지내겠대. 원래 마누라나 딸은 본체만체하고 본인 형제들 챙기는 건 선수시잖냐."

아버지 험담을 시작하려는 엄마의 관심을 다른 데로 돌리기 위해 내가 선수를 쳤다.

"엄마, 배고파. 뭐 먹을 거 없어?"

"3일 내내 집을 비워서 먹을 만한 게 딱히 없는데. 라면 끓여 줄까?"

"좋지, 계속 장례식장 음식만 먹었더니 라면이 당기네."

엄마는 부엌 찬장에서 삼양라면 두 봉지를 꺼냈다. 엄마는 옛날부터 삼양라면을 가장 좋아했다. 아버지를 포함해 큰집 식구들은 신라면만 먹었다. 엄마와 큰집 식구들은 라면 취향부터 맞지가 않았다. 나도 라면만큼은 햄 맛이 나는 삼양 취향이었다.

"라면 보니까 큰엄마 생각나. 큰집에서도 라면 진짜 많이 먹었는데……. 엄마, 근데 그거 알아? 큰엄마는 내가 삼양라면 제일 좋아하는 거 알면서도 따로 끓여 준 적이 한 번도 없었어. 오빠들이랑 똑같이 신라면 먹으라고. 어린 마음에도 그건 서운하더라."

"그랬어? 그 형님이 그렇다니까. 이타적인 척하지만 이기적이야."

나는 피식 웃었다. 예전에는 엄마가 큰엄마에 대해 부정적으로 이야기할 때면 괴로운 마음이 들었는데, 장례까지 모두 치른 마당에도 큰엄마를 책잡을 건수가 생기자 눈을 빛내는 엄마의 모습을 보니 웃음이 나왔다.

"그거 외에는 큰엄마한테 서운한 거 아무것도 없어.

고마운 마음이 더 커."

엄마가 자신의 그릇에 담긴 라면을 내 그릇으로 옮겨 주며 넌지시 물었다.

"엄마한테는 고마운 거 없냐?"

"많지."

"뭔데?"

"되게 많다니까. 그중에서도 가장 고마웠던 건 내가 기자 되는 거 반대하면서도 언론 고시 준비하는 동안 생활비 보내 준 거? 지금 생각해 보면 고맙다기보다는 미안하기도 하고⋯⋯. 그때 그렇게 욕하면서도 왜 지원해 준 거야?"

"네가 하고 싶다며. 너는 하고 싶은 거 못 하고 살면 병나는 성격이야. 나 닮아서."

"엄마, 있잖아. 공민수가 나 회사 관두래. 돈 벌지 말고 집에서 편하게 살림만 하고 살래."

"공 서방 미친 거 아냐? 내가 너 가르치느라 얼마나 고생을 했는데 지가 뭔데 너를 주저앉혀?"

"엄마도 맨날 그랬잖아. 나 지금 다니는 회사 마음에 안 든다고, 기자 때려치우라고 할 땐 언제고?"

"그건 다른 일 하라는 거지. 아예 일을 하지 말래? 말이 나왔으니 말인데 너 지금이라도 로스쿨 가는 건 어때? 의사가 못 됐으면 변호사라도⋯⋯."

"엄마, 제발 그만해. 난 그냥 내가 좋아하는 일 하면서 사는 게 좋아. 그래서 말인데 나 진짜 이혼할까 봐. 계속 이렇게 시달리다 병날 거 같아."

엄마는 잠시 아무 말 없이 내 얼굴을 바라보다가 고개를 끄덕였다.

"그래 윤미야, 이혼해."

"엄마 진심이야? 나 진짜 해."

나는 눈을 크게 뜨며 재차 물었다. 엄마가 나를 흘겨보며 말했다.

"그럼 그동안 말한 건 가짜 이혼이었냐."

"이혼하지 말라고 펄펄 뛰며 말릴 땐 언제고."

"말린다고 네가 안 하겠냐. 네가 언제 내 말 들었다고. 내 말만 들었어도 너 그렇게 안 됐어."

"또 그 얘기야? 내가 의대 못 간 거 아직도 속상해?"

"의대 가라고 한 건 너 어디서든 대우받고 싫은 거 안 하고 살았으면 해서 그런 거였어. 난 우리 딸이 눈물 빼고 가슴에 멍들면서 사는 거 싫어."

"엄마, 그렇게 말해 줘서 고마워. 그런데 엄마도 나한테 상처 주고 눈물 나게 한 건 만만치 않거든?"

"야, 그건 다 너 잘되라고 그런 거지. 나야말로 너랑 네 아버지 때문에 흘린 눈물 모으면 수영장도 짓겠다."

엄마와 다투면서도 내가 엄마를 많이 닮았다는 건 인정할 수밖에 없었다. 아버지가 집에 들어오거나 말거나 혼자서도 씩씩한 엄마를 보면서 나 역시 공과 헤어진 후에도 그럭저럭 잘 살 수 있을 것 같다는 생각이 들었다.

큰엄마의 삼우제까지 지내고 서울로 오는 길에 공의 전화를 받았다. 장례 기간에도 메시지가 몇 번 왔지만, 답을 하지 않고 있던 터였다. 나는 공에게 큰엄마의 부고를 전했다. 공은 왜 이제야 말을 한 거냐며 화를 냈다.

"너는 끝까지 나를 나쁜 사람으로 만드는구나."

"엄마도 아니고 큰엄마인데 뭘. 조카사위가……."

"네가 큰어머니를 어떻게 생각하는지 내가 아는데 이건 아니지."

정말 그 마음을 알까, 공이? 나는 그렇지 않다고 생각한다. 내가 엄마와 큰엄마를 각기 다른 결로 사랑하면서도 결국 똑같이 지긋지긋해하는 마음에 대해, 그는 절대 알지 못할 것이다.

"큰엄마도 이해하실 거야."

나는 피로한 목소리로 말했다. 빨리 전화를 끊고 싶은 마음뿐이었다. 더 이상 공에게 내 삶에 대해, 나를 둘러싼 사람들에 대해 설명해야 할 필요성을 느끼지 못하는 상태였다.

"그건 네 생각이지……. 다른 친척들은 뭐라고 안 하셔?"

"그렇다니까. 아무도 상관 안 해. 끊을게. 나 너무 피곤해. 우리 당분간 서로 시간 갖기로 한 거잖아. 내가 다시 연락할 때까지 연락하지 말아 줘."

빈말이 아니라 큰엄마는 공이 장례에 참석하지 않은 것을 충분히 이해할 것이다. 오히려 사회생활 하는 남자가 처 백모 장례 치르느라 휴가를 낸다는 것을 말이 되지 않는 일이라고 생각할 사람이다.

하지만 큰엄마는 죽어서도 나를 이해하지 못할 것이다. 내가 큰엄마가 겪은 것의 10분의 1에도 가닿지 못할 일들을 견디지 못하고 공과 헤어지려는 이유를, 돌아가신 큰엄마는 끝끝내 이해하지 못할 것이다. 큰엄마의 큰마음으로도 그것만은 이해하기 어려울 것이다. 그건 큰엄마와는 달리 내가 너무 작은 사람이라서, 내 그릇이 그것밖에 안 되는 거였다고…… 그렇게 생각해도 상관없다. 나는 그것이 내 잘못이라 생각하지 않는다. 엄마는 내가 공부를 덜 해서, 고소득 전문직이 못 된 탓이라고 했고, 큰엄마는 내가 공부를 너무 한 게 문제라고 했다. 심지어 공의 엄마는 내가 친정에서 제대로 못 배우고 자라 이 모양이라고 했다. 나는 그들의 말이 모두 틀렸다고 생각했지만 일일이 바로잡기는 어려웠다. 큰엄마 안금자, 친엄마 정은주, 공의 엄마 윤혜숙까지 세 엄마의 삶과 부딪치면서 지금의 내가 되었고, 나는 그저 그들과는 다르게 살기로 결심했을 뿐이다.

나는 결혼한 지 2년 만에 공과 헤어졌고, 공의 집에

서 나왔다. 처음 이혼 이야기를 꺼냈을 때 나는 편하게 살면서 호강에 겨운 줄 모른다는 소리를 들었고, 이혼 과정에서는 혼자만 편하려고 모두를 불편하게 만든 여자라는 비난을 들어야 했다. 나는 전세 대출을 받아 새로운 방을 얻었다. 최대한도로 대출을 받았기 때문에 결혼 전에 혼자 살던 집보다는 넓고 쾌적한 편이었고, 공과 살던 신혼집에 비하면 누추하고 협소했다. 지금 내가 예전의 나보다 나아졌다고 할 수 있을까. 편안해졌다고 할 수 있을까. 나는 여전히 잘 모르겠다.

지난 주말, 종로에 영화를 보러 나갔다가 우연히 공을 만났다. 공의 가족들은 이제 더 이상 토요일마다 모여 화기애애한 분위기 속에서 만찬을 즐기지 않게 되었다고 한다. 그 말을 듣고 마음 한구석이 불편해졌지만, 어쩔 수 없다고 생각했다. 공은 여전히 우리가 이혼한 결정적인 이유를 모르겠다고 말했다.

"넌 어때? 이제 편해졌니?"

공이 내게 물었다.

"나라고 마음이 편하진 않아."

나는 공에게 잘 지내라는 인사를 하며 짧게 손을 흔들었고, 영화관의 반대편으로 등을 돌려 천천히 걸어갔다.

경자

이경자는 부친의 사촌 여동생으로, 내가 그녀를 마지막으로 본 건 30년 전이다. 아홉 살 되던 해, 조부의 환갑잔치가 열리던 날이었다. 1980년대 후반만 해도 환갑은 크게 축하할 집안 행사였기에 부친의 형제들은 물론 일가친척, 조부의 친구들까지 집 안 전체에 사람이 가득 찼다. 마당에 천막을 치고 잔치를 벌이던 중에 활짝 열린 대문 밖으로 노란색 택시가 우리 집 쪽으로 천천히 다가오는 모습이 보였다. 번호판에 서울이라고 적힌 택시가 대문 앞에 정차하자 진녹색 투피스 정장을 입은 늘씬한 여자가 차에서 내렸다. 떠들썩하던 우리 집 마당이 일순간 조용해졌다. 모두가 얼어붙은 것처럼 숨죽이고 있는 가운데 대문 안으로 걸어오는 이경자의 하이힐

소리만 또각또각 들려왔다. 서양 귀부인처럼 챙이 달린 검은색 모자를 쓰고 있었지만, 그녀의 미모는 조금도 가려지지 않았다. 아홉 살의 나는 이경자가 당황스러울 정도로 예쁘다고 생각했고, 나도 모르게 침을 꿀깍 삼키며 그녀를 올려다보았다. 뒤이어 교통순경처럼 푸른색 옷을 입은 택시 기사가 차 트렁크에서 박스 여러 개를 꺼내 층층이 쌓아올린 채로 들고 따라 들어왔다. 기사가 손에 든 박스를 집 마당에 내려놓기도 전에 조부의 불호령이 떨어졌다.

"네가 감히 여기가 어디라고 낯짝을 내밀어? 앞으로 내 집은 물론 고향 땅에 얼씬도 하지 마라. 우리 집안에 너 같은 종자는 없다. 크게 내세울 건 없어도 사람 도리는 지키고 살았단 말이다. 그동안 우리 집안에 감옥소 간 사람 없고, 이혼한 사람 없고, 첩질한 사람 없다. 사내놈이 첩질을 해도 다리를 분질러 놓을 일인데 하물며 너는……. 내 입에 담기도 망측하다. 죽은 니 애비가 저세상에서도 피눈물을 흘릴 일이다."

이경자는 큰아버지의 환갑을 축하하기 위해 서울에서 택시까지 타고 고향에 내려왔지만, 마당에 서서 홀대만 당하고 돌아갔다. 그 후로 가족 중에서 이경자를 본 사람은 없다. 환갑보다 더 요란했던 조부의 칠순잔치에 이경자는 나타나지 않았다. 조부의 팔순 때는 식구들끼리 밥 한 끼 먹는 것이 다였다. 언제부터인가 그런 잔치를 크게 열지 않는 것으로 마을 분위기가 바뀌었다. 조부는 구순을 한 해 앞두고 세상을 떠났다. 죽기 전 두 해 정도 병상에 있었던 조부는 종종 자리에 누운 채로 이경자 이야기를 꺼냈다. 큰아버지가 죽을 날이 가까워져도 코빼기조차 비칠 생각을 하지 않는다며 경자 년 그년은 참말로 독한 년이라고 분통을 터뜨리기까지 했다. 환갑잔치 자리에서 조카를 세워 놓고 악담을 퍼부으며, 다시는 내 앞에 나타나지 말라고 소리쳤던 일을 잊으신 거냐고 나는 묻고 싶었지만 그러지 않았다. 조부에게 나는 그저 참하고 귀한 손녀였다. 조부가 나의 이혼 사실을 모른 채 돌아가시기를 모친이 바랐기에 나는 가끔 집에 올 때마다 말을 극도로 아꼈다.

부친 역시 이경자를 경자 년이라고 불렀다.

"경자 년이 어려서부터 얼굴 반반한 거 하나 믿고서는 찧고 까불더니 결국은 그렇게 사고를 치더구나. 작은아버지가 일찍 돌아가셔서 그럴 수 있었겠지만, 그래도 그때는 할아버지가 살아 계시던 시절이다. 집안의 질서가 엄했지. 딴따라는 절대 안 된다고 할아버지께서 호통을 치며 반대하시니 결국은 어리숙한 작은어머니를 꼬드겨 기어코 두 모녀가 서울로 야반도주를 해 버렸다. 살던 집과 전답은 몰래 헐값에 넘겨 버린 채 말이다. 그게 그 모녀 재산이더냐. 작은아버님 몫으로 집안에서 떼어 준 우리 집안 재산이란 말이다."

이경자는 어려서부터 춤과 노래에 재주가 있었고, 배우가 되고 싶어 했다. 집안 어른들의 반대도 그 꿈을 꺾을 수 없었고, 그녀는 모친을 설득해 몰래 고향을 떠나기로 했다. 서울로 올라간 이경자는 연극영화과에 진학했다. 고향에서 가지고 올라온 돈은 비바람을 피할 만한 집 한 칸 겨우 얻을 정도에 불과해 이경자와 그의 모친은 경제적으로 어려움을 겪었다. 이경자는 배우 오디션을 보러 다니면서 밤무대 업소에 나가 노래를 부르는 아르바이트를 했다. 그러다 권력자들의 술자리에 불려가 노래를 부르는 일이 있었고, 그들 중 누군가의 눈에 띄게 된 모양이었다. 이경자는 권력자의 첩이 되었다.

그때는 그런 게 가능한 시대였다.

권력자가 술자리에 여대생을 부르고, 본처가 있는데도 젊은 여자와 따로 살림을 차릴 수 있는……. 남자는 안기부에서 일한 적이 있는 고위 관료라고 들었다. 부친은 과거의 독재자는 지금까지 옹호하면서도 그 부하의 첩이 된 이경자는 경멸했다.

모친의 생각은 달랐다. 모친은 이경자를 생각하면 눈물이 날 만큼 고맙다고 했다.

"경자 아가씨가 얼마나 정이 많은 사람인데. 마음도 얼굴만큼이나 고왔다. 내가 스물한 살에 시집왔을 때 경자 아가씨는 그때 열여덟 살 여고생이었다. 층층시하 시어른들 모시고 시집살이하느라 허리 한 번 펴기 힘든 내 손을 끌고 아가씨가 작은집에 데리고 가곤 했다. 가사 숙제로 자수 놓기를 해야 하는데 새언니 도움이 필요하다면서 제 방에 데려가 쉬게 해 줬지. 그뿐이 아니야. 기태 일만 생각하면 나는 지금도 경자 아가씨 앞에서 절을 해도 모자란다. 너희 외삼촌이 군대에 있을 때 내가 경자 아가씨에게 연락을 했다. 이건 시어른들도 모르는 일이다. 친정 일로 경자 아가씨를 찾았다는 걸 어른들이 아시면 경을 치겠지만 그래도 일단 기태부터 살려야겠다 싶더라. 남동생이 지금 최전방 부대에서 고초를 겪고 있는데 이 일을 어찌하면 좋으냐면서 아가씨한테까지 염치 불구하고 부탁을 한 거지. 지푸라기라도 붙잡는 심정으로 전화통을 붙들고 울었어."

　나의 외삼촌 박기태는 평소 치질을 앓아 왔는데 입대해 철책선을 지키는 최전방 부대에 배치받은 후 고질병이 도졌다. 당시 외삼촌이 있던 부대는 군기가 세고 얼차려도 심하기로 유명한 곳이었다. 군대에서 첫 겨울을 맞은 이병 박기태는 치질 증상이 심각해져 앉고 일어설 때마다 극심한 통증에 시달렸으며 제대로 걷는 것조차 힘든 상태에 처했다. 그럼에도 이병 박기태는 제대로 치료를 받기는커녕 밤마다 일렬로 엎드려뻗쳐를 한 자세로 볼기를 맞아야 했다. 항문에 생긴 치핵이 터져 팬티와 바지가 피범벅이 되도록 맞았다. 이러다가 정말 죽을 것 같다고, 제발 여기에서 좀 꺼내 달라는 남동생의 편지를 받고 모친은 가슴을 치며 울었다. 박기태의 부친, 그러니까 나의 외조부는 소식을 듣고 다음 날 당장 강원도의 군부대로 찾아갔지만 특별훈련 기간이라는 이유로 면회조차 하지 못하고 돌아왔다.

모친이 이경자에게 사정을 이야기한 지 며칠 지나지 않아 정체불명의 지프가 박기태의 부대에 찾아왔다. 박기태는 그 차를 타고 국군병원에 입원했고, 치질 수술을 받았다. 수술 후 회복을 마친 박기태는 원래 속해 있던 최전방 부대가 아닌 집 근처의 다른 부대로 전출됐다. 이병 박기태는 이러한 행운이 어디에서 비롯된 것인지 알 수 없었고, 누구에게 물어볼 수도 없었다. 1984년의 일이다. 그때는 그런 게 가능한 시대였다. 나는 이 이야기를 하도 여러 번 들어 처음부터 끝까지 외울 수도 있다.

"경자 아가씨를 만나 보면 어떨까. 네가 한번 찾아가 봐라."

모친은 내게 이경자를 만나 보라고 말했다. 수원 구치소에서 우현의 면회를 마치고 나오는 길에 들른 해장국집에서였다. 나는 국밥을 한술 뜨려다가 이경자라는 이름이 모친의 입에서 나온 순간 지금은 2020년이라고, 대체 무슨 생각을 하시는 거냐고 되물으며 숟가락을 테이블 위에 내려놓았다. 모친은 내 말에 대답하지 않고 국밥에 숟가락을 담가 놓은 채로 울기만 했다. 말이 없기는 부친도 마찬가지였다. 부친은 뚝배기에 코를 박고 국물을 쉴 새 없이 들이켰다. 마치 국밥을 먹기 위해 세 시간 넘게 고속버스를 타고 이곳에 온 사람처럼. 나는 숟가락을 들어 다시 밥을 먹어 보려다가 영 내키지 않아 그냥 내려놓고 냉수를 들이켰다. 내 발밑에는 스테로이드제가 함유된 로션이 든 종이 가방이 놓여 있었다. 우현에게 주려고 내 이름으로 대용량 로션을 처방받아 왔지만 구치소 내에 반입이 불가했다. 지낼 만하냐고, 밥은 먹었느냐는 부모의 질문에 우현은 몸이 너무 가려워서 잠을 잘 수 없다며 괴로운 표정을 지었다. 면회 도중에도 그 아이는 팔다리를 피가 나도록 긁어 댔다. 어려서부터 우현은 아토피피부염이 심해 가족들의 걱정을 샀다. 아토피 증상이 심해질 때면 모친은 그 아이가 몸을 긁지 못하도록 양팔을 붙잡았고, 나는 열한 살 차이 나는 남동생의 전신에 두세 시간 간격으로 로션을 발라 주느라 잠을 설쳐야 했다.

성인이 된 후에도 우현은 아토피피부염을 관리하기 위해 식이요법을 철저히 지켰고, 술은 입에도 대지 않았다. 그런 아이가 소주를 석 잔이나 받아 마셨으면, 불편하고 힘든 자리였을 것이다. 우현은 어렵사리 취업한 회사에서 수습 종료를 앞두고 있었다. 보름 전 우현이 전화를 걸어와 큰 문제가 없다면 정규직으로 채용이 확정될 거라고, 정규직이 되면 내게 빌린 돈을 갚겠다고 해서 나는 그 돈에 대해 마음 쓰지 않아도 된다고 했다. 우현의 직장 상사, 그 팀장이라는 자가 술을 거절하는 우현에게 억지로 술을 먹이고 운전을 시켰다. 술은 의지로 마시는 것이다. 사회생활도 의지다. 이렇게까지 내 술을 거절하는 너는 나와 함께 일할 의지가 없는 것이다. 팀장의 강압적인 태도에 우현은 소주를 석 잔 받아 마셨다. 회식 자리가 파할 때쯤 대리운전을 불렀는데 그날따라 기사 배정이 바로 이뤄지지 않아 30분 이상 대기를 해야 한다는 메시지가 뜨자 팀장은 우현에게 차 키를 줬다. 너는 술을 얼마 마시지 않았으니 운전을 할 수 있을 것이다, 대신 대리비는 너에게 줄게. 하며 선심이라도 쓰듯 운전대를 떠넘겼다. 내가 아는 우현은 술을 석 잔씩이나 마실 수 없고, 그런 상태에서 절대 운전을 할 사람이 아니다. 거부할 수 없는 강압이 작용했을 거라는 걸 나는 안다. 하지만 그런 것은 중요하지 않다. 강요가 있든 없든 잘못을 저지른 건 우현이니까. 우현은 술을 마신 채로 운전을 했고, 사람이 다쳤다.

스물한 살의 라이더라고 했다. 배달을 마치고 다른 가게로 픽업을 가기 위해 급하게 달리다가 우현이 몰던 차와 교차로에서 만나 충돌했다. 배기량이 큰 팀장의 SUV 차량은 상대적으로 멀쩡했던 반면 오토바이는 포물선을 그리며 튕겨 나갔다. 그 라이더는 지금 중환자실에 있다.

나는 이경자를 만날 생각이 없었다. 그녀에게 전화를
건 것은 모친에게 나 또한 할 만큼 했다는 것을 보여 주
기 위해서일 뿐이었다. 전화를 받은 이경자는 나를 기억
하고 있다며 어떻게 컸는지 궁금하다고 말했다. 이경자
를 만나러 간 건 결코 내 의지가 아니었고, 그녀에게 뭔
가를 기대한 것은 더욱 아니었다.

이경자가 사는 삼성동 아파트 내부로 들어가는 일
이 구치소 면회 절차보다 복잡하게 느껴졌다. 공동 현
관문 앞에서 경비를 서는 안전 요원은 내게 몇 호의 누
구를 찾아왔는지 미리 약속이 되어 있는지 물었고, 엘
리베이터를 타기 전 안내 데스크에서는 방명록을 작성
하고 발열 체크를 해야 했다. 원래 경비가 삼엄하기로
유명한 아파트 단지였고, 코로나19로 외부인 출입이 더
까다로워진 모양이었다. 제복을 입은 안내 데스크 직원
이 함께 엘리베이터 입구까지 따라와 카드 키를 찍어 준
다음에야 이경자가 사는 17층으로 올라갈 수 있었다.
벨을 누르자 집안일을 돕는 아주머니가 나와 문을 열어
주었다.

이경자의 집은 밖에서 보던 것보다 훨씬 더 넓었다.
현관에 들어서자 긴 복도가 이어졌고, 복도 형태의 현관
을 지나 유리로 된 중문을 밀어젖힌 후에야 거실로 들어
갈 수 있었다. 하얀색 대리석 바닥에 미색의 벽지로 마
감된 이경자의 거실은 밝고, 환하고, 깨끗했다. 으리으

리한 세간살이를 갖추고 화려하게 꾸민 집 안 풍경을 예
상했던 나는 생각보다 그 집에 가구나 물건이 별로 없다
는 사실에 조금 놀랐다. 벽에 고정된 커다란 벽걸이 텔
레비전 아래에 낮은 장식장이 하나 놓여 있었고, 맞은
편에 기역 자로 된 4인용 소파와 소파 테이블이 놓여 있
는 것 외에 거실 대부분의 공간은 비어 있었다. 50평은
족히 되어 보이는 아파트 거실에 그림 한 점, 화분 하나
보이지 않았다. 말끔하게 치워진 거실은 좋게 말하면 모
던한 느낌이었지만, 어쩐지 황량하다는 인상을 주기도
했다. 왠지 모르게 사람을 위축시키는 인테리어였다.

이경자가 안방에서 천천히 걸어 나왔다. 캐시미어 소
재의 버건디색 니트 반팔 티에 스판기가 있는 베이지색
바지를 입은 이경자는 30대 후반의 나보다 훨씬 더 날씬
했다. 60대를 바라보는 이경자의 얼굴 또한 세월을 비껴
갈 수는 없었지만, 나이에 비해서는 관리가 잘된 편이었
다. 아니 더 적나라하게 말하자면 실제 나이보다 열 살
은 젊어 보일 정도로 팽팽한 피부 상태는 평생 관리에만
열과 성을 다해 온 얼굴처럼 느껴졌다.

이경자가 기역 자로 된 소파의 머리 부분에 앉으면서
내게 앉기를 권했고, 나는 그녀의 오른편에 무릎을 모
으고 앉았다. 둘 사이에 정적이 흐르는 가운데 도우미
아주머니가 차와 과일을 가지고 나왔다. 이경자 역시 나
와의 자리가 어색한 눈치였지만, 애써 부드러운 미소를

지으며 나에 대해 이것저것 물었다. 나이와 결혼 여부, 하는 일과 사는 곳 등의 질문은 오랜만에 만난 친척 조카에게 물어보기에 가장 보편적인 화제였다. 그녀의 식상한 질문에 나는 최선을 다해 답했다. 올해 서른아홉이 되었고, 혼자 후암동에 살면서 종로에 있는 홍보대행사로 출퇴근하고 있다는 것. 그리고 친한 사람들이 아닌 이상 굳이 밝히지 않는 이혼 사실까지 털어놓았다. 굳이 이혼 이야기까지 하게 된 것은 왠지 이경자 앞에서 솔직하게 굴어야 할 것 같은 압박감을 느낀 동시에 그녀라면 내 이혼을 흠잡지 않을 거라는 생각이 들어서였다. 그녀는 내가 이혼했다는 사실에 놀란 기색을 보이며 이혼은 왜 하게 됐느냐고 물었다. 나는 굳은 얼굴로 입을 다물었다. 3년간의 결혼 생활과 이혼에 대해 할 말이 많았지만, 나는 그 누구에게도 그것에 대해 상세하게 이야기한 적이 없었다.

"어머, 미안. 이건 좀 실례 같네. 말하기 싫으면 하지 마요. 누구에게나 말 못할 사연은 있는 법이니까."

이경자가 내게 툭 던진 말에 묘한 기시감이 느껴졌다. 누구에게나 말 못할 사연이 있다는 건 모친이 이경자를 두둔할 때 곧잘 하던 말이었다. 이경자가 친척들 사이에서 입방아에 오를 때면 모친은 그녀에 대한 험담을 자르며 "자네들이 경자 아가씨 속에 들어갔다 나오기라도 했나? 누구에게나 말 못할 사연은 있는 법이야.

모르는 사람들이 왈가왈부할 게 아니지."라고 말하곤
했다.

다시 정적이 흘렀다. 대화를 이어 나가려면 내가 이
경자에게 뭔가를 물어야 할 테지만, 그녀에게 물어볼
만한 것이 딱히 떠오르지 않았다. 그녀야말로 말 못할
사연이 많은 사람이니까. 20대 초반에 다니던 대학을
자퇴하고, 권력자의 내연녀로 아이 없이 살아왔다는
것, 부동산 투기로 꽤 많은 돈을 벌었다는 소문은 이미
전해 들은 상태였다. 물론 내가 들은 것이 정확한 사실
인지조차 알 수 없었기 때문에 그것에 대해 아는 척을
할 수도 없었다.

창밖의 사위가 어둑해지기 시작할 무렵, 옷을 바꿔
입고 나온 도우미 아주머니가 퇴근 인사를 했다. 아주
머니는 "그럼 놀다 가세요."라고 말하며 나에게 짧게 목
례를 했고, 그 순간 내가 놀러 온 것이 아니라는 사실을
깨달았다.

도우미 아주머니가 집을 떠난 후 나는 어렵사리 우
현의 이야기를 꺼냈다. 이경자는 내 이혼 얘기에 흥미를
가지던 것과는 달리, 다소 지루하고 귀찮다는 표정을
지으며 우현의 이야기를 듣고 있었다. 이경자의 무심한
얼굴을 보면서 나는 모종의 모욕감을 느꼈고, 그러면서
도 최선을 다해 우현의 억울함을 전달하려 애썼다. 이경
자가 심드렁한 표정을 지을수록 나는 초조해졌고 그녀

를 설득해야 한다는 압박감에 휩싸였다. 그녀가 우현의 재판관도 아닌데 나도 모르게 한마디씩 내뱉을 때마다 눈치를 보고 반응을 살피게 됐다. 말이 길어지면서 사연이 점점 구구절절해지고 스스로 구차해지고 있는 지경이라는 것을 알면서도 나는 계속 말을 이어 나갔다. 우현이 얼마나 착하고 성실한 아이였는지에 대해, 그리고 지금 그 아이가 앓고 있는 아토피피부염에 대해서까지도. 이경자는 그만 듣고 싶다는 듯 손을 내저었다.

"그래, 뭐 대충 상황은 알겠는데 이 일 때문에 나를 찾아온 건가?"

나는 순간 움찔하며 그녀의 말에 대답하지 못했다. 딱히 뭔가를 기대한 건 아니었다. 그저 모친의 심부름을 한다는 생각으로, 모친에게 이경자를 만나 우현의 사정을 전했다고 말할 근거가 필요했을 뿐이다. 하지만 적어도 도움이 되지 못해서 안타깝다거나, 가슴이 아프다는 위로 정도는 들을 수 있으리라 생각했다. 앞길이 창창한 청년이 전과자로 살게 됐다는 이야기에 눈 하나 깜짝하지 않는 이경자의 태도가 매정하게 느껴졌다. 여기를 찾아온 것 자체가 잘못이라는 듯이 굴어서 자존심이 상하기도 했다.

이경자가 손톱을 매만지며 다시 물었다.

"그 배달원은 중환자실에 있다고? 가족들은 만나 봤고?"

"네, 찾아가긴 했는데 그쪽 가족들도 제정신이 아니라 대화를 나누기는 어려웠어요."

"잘못을 했으면 벌을 받아야지. 나는 그렇게 생각해."

이경자의 말에 울컥한 나는 목소리를 높이며 우현을 변호했다.

"동생이 잘못한 건 맞지만, 그래도 이건 억울한 부분이 많아요. 인사권을 쥔 팀장의 요구를 어떻게 거절할 수 있겠어요?"

"누구도 한 톨의 억울함도 없이 잘못한 만큼만 벌을 받지는 않아."

이경자는 약간 비웃듯이 말했고, 나는 그런 그녀의 모습에 발끈하고 말았다.

"한 다리 건너라고 말 참 편하게 하시네요. 어차피 도움을 기대하고 찾아온 건 아니에요. 하지만 말을 이렇게 하셔야겠어요?"

"흥분을 잘하는 성격을 보니 아버지를 닮았구나. 도움을 줄 수 없다고는 이야기하지 않았다."

이경자가 나를 쳐다보며 진정하라는 손짓을 했다. 나는 그 말이 도움을 주겠다는 것처럼 들려 당황하며 다시 자세를 고쳐 앉았다.

"물론 네 외삼촌 때처럼 다음 날 당장 그 아이를 빼내 어디론가로 옮겨 주는 일은 불가능하겠지. 그래도 도움이 될 만한 변호사 정도는 알아봐 줄 수 있을 것 같구나."

"방법이 있을까요?"

"처벌을 피하긴 어려울 거다. 그래도 어떤 변호사를
만나느냐에 따라 달라질 부분이 많지. 하지만 아주 비
쌀 거야. 동식 오빠, 너희 아버지 말이다. 사촌 오빠가
그런 돈을 감당할 수 있을지."

"아버지는 우현이를 위해서라면 집이라도 파실걸요."

"그깟 시골집 팔아 봤자 얼마 한다고?"

이경자는 냉소적인 얼굴로 웃었다. 나는 입안이 바짝
말랐다.

"경찰에서는 합의부터 하는 게 우선이라고 했어요.
그쪽 가족들 뜻이 너무 완고해요. 환자가 깨어난 후에
합의하겠다고만 해요. 저희는 하루가 급한데 환자가 깨
어나지를 못해서 아직 합의를 못 하고 있어요."

"사경을 헤매고 있다면서……. 진짜 그 사람이 깨어
나는 게 좋을 거 같아?"

"그게 무슨 소리세요?"

"그건 이쪽에게 좋은 일이 아니야. 오히려 상황을 더
복잡하게 만들지."

"네? 뭐가요?"

"그 사람이 살아 있는 게 아마 합의를 더 어렵게 만들
거야. 언제나 문제를 일으키는 건 살아 움직이는 사람들
이니까."

나는 순간 눈이 휘둥그레져서 이경자의 얼굴을 빤히

바라보았다. 그녀의 표정은 미동조차 없었다. 이경자는 지금 자신이 무슨 말을 한 건지 알고나 있는 걸까? 나는 의아한 눈빛으로 그녀를 바라보았다. 하지만 이경자가 내 얼굴을 바라보며 지은 옅은 미소를 보면서 나는 그녀가 방금 내뱉은 말의 뜻을 스스로 잘 알고 있으며, 나 또한 그 의미를 깊이 이해하고 '정말 그편이 우현에게 더 유리한 걸까.' 하는 생각까지 하게 됐다는 사실에 소스라치게 놀랐다.

"저녁 시간이네. 어차피 혼자 먹어야 하는데, 같이 먹고 가겠니?"

"죄송합니다. 오늘은 선약이 있어서 가 봐야 할 것 같아요. 다음에요."

나는 그녀와 마주하고 있는 것이 두려워져서 핑계를 대며 서둘러 그 집을 떠났다. 엘리베이터에 올라 휴대폰을 꺼내 봤더니 모친으로부터 부재중 전화가 여러 통 와 있었다. 모친이 내게 이경자를 만나 보라고 그렇게까지 애원한 까닭을 알 것도 같았다. 이경자는 우리 집안에서 가장 부유하고, 가장 힘에 가까운 사람이었다. 그것은 집안 사람들 모두가 그녀에게 손가락질한다고 해서 달라지지 않는 일이었다.

이경자의 아파트에서 나왔다는 메시지를 보내자마자 모친에게 전화가 왔다. 모친은 이경자가 변호사를 알아봐 줄 수 있다고 한 말에 반색하면서도, 우현이 쉽게 풀

려나올 수 없을 거라는 말에 울음을 터뜨렸다.

"그래. 이제 경자 아가씨 남편도 옛날처럼 힘이 있는 게 아니니까. 시대가 변한 건 나도 안다."

모친이 울음 섞인 목소리로 말했다. 지금은 그런 시대가 아니다. 그때와는 다른 시대가 됐다. 외삼촌처럼 정체불명의 지프가 나타나 우현을 구치소에서 데리고 나와 적절한 치료를 받게 해 주고 따뜻한 음식을 주고…… 어떤 권력자도 그렇게 해 줄 수 없는, 그래서는 안 되는 시대가 됐다. 모친 또한 그걸 모르지 않으면서도 낙담한 기색을 보였다. 나는 모친을 달래다가 정신이 아득해졌다. 그런데 정말 그런 게 가능하면 그래도 되는 건가. 우현은 해서는 안 되는 일을 했고, 그로 인해 지금 누군가의 생명이 위험하고, 그 가족들의 인생 또한 흔들리고 있다. 그러므로 그 아이는 적법한 절차에 의해 벌을 받아야 한다. 우현에 대해 그렇게 생각하다가도 온몸을 긁어 대며 고통스러워하던 그 아이의 모습을 떠올리면 가슴이 내려앉는 것 같았다. 그 순간 이경자로부터 문자메시지가 왔다. 변호사의 명함을 찍은 사진 한 장이 전부였다. 나는 이경자에게 고맙다고 메시지를 쓰면서 나중에 또 인사드리겠다는 말을 해야 할지 머뭇거렸다.

2부

연주의 절반

연주의 아들 재준이 마지막으로 한 말은 "두유!"였다. 연주는 설거지를 하다가 등을 돌려 아이에게 되물었다.

"두유? 우유?"

아이는 엄마를 쳐다보지 않은 채 거실 창에 붙어서 창밖을 바라보면서 소리쳤다.

"두유 먹을래, 두유!"

연주가 다용도실로 들어가 냉장고에서 두유를 꺼내온 사이 재준은 사라졌다. 당시 아이의 나이는 다섯 살이었다.

순식간의 일이었다. 5월의 마지막 토요일이었고, 더운 바람이 불기 시작하면서 반팔 티셔츠를 입었지만 에

어컨을 틀 정도는 아니라고 생각해 거실 창문을 열어 두었다. 아이는 러닝셔츠와 삼각팬티만 입고 있었다. 또래에 비해 마른 편이긴 해도 베란다 난간 사이로 빠져나갈 정도로 몸집이 작지는 않았다. 적어도 그 일이 일어나기 전까지는 그렇게 보였다. 베란다에 설치된 철제 난간은 어른 팔뚝 하나가 겨우 들어갈 정도로 촘촘한 편이었다. 그 사이로 아이가 스스로 팔다리와 몸을 통과시켜 떨어져 죽을 수 있다는 상상은 해 보지 않았다. 그런 부주의가 아이를 죽음에 이르게 했다는 후회와 자책을, 연주는 지난 5년간 곱씹고 또 곱씹으며 반복해 왔다.

그러면서도 연주는 때때로 자신에게 일어난 일을 실감할 수 없다고 말했다. 결혼을 했었고, 아이를 낳아 길렀으며, 그 아이가 11층 아파트에서 떨어져 사망했다는 사실을. 그 모든 일을 겪고도 이렇게 멀쩡하게 밥을 먹고 잠을 자면서 지낸다는 사실이 믿기지 않는다고 말하며 몸을 떨었다.

나는 연주의 결혼식에 갔고, 그녀의 신혼집에도 가봤다. 다섯 명의 입사 동기들이 1인당 20만 원씩 갹출해 100만 원짜리 수표로 만들어 그녀에게 축의금으로 줬다. D물산 입사 초 동기 모임에서 우리 중 가장 먼저 결혼한 사람에게 100만 원을 주기로 한 약속이 있었다. 여섯 명의 동기들 중 여자는 연주와 나, 단둘뿐이었다. 내게 연주는 사회생활을 하면서 처음으로 만난 친구였고, 그만큼 각별했다.

적어도 나는 그렇게 생각했다. 연주는 홍보 팀, 나는 구매 팀으로 일하는 팀이 서로 달랐지만 일주일에 한 번은 약속을 잡아 점심을 같이 먹었고, 퇴근 후 둘만 따로 만나 맥주를 마시기도 했다. 나는 연주와 만나 회사 생활의 고충에 대해 털어놓고 수다 떠는 시간을 좋아했다. 연주에게만큼은 숨길 게 없다고 생각했다. 대학 시절부터 사귀고 있던 남자 친구와의 연애 문제에 대해 길게 상담했고, 팀장 몰래 다른 회사의 신입 공채 시험에 지원했다는 사실까지도 목소리를 낮춰 알려 줬다.

연주가 그동안 내 이야기에 맞장구만 쳐 줬을 뿐 자신의 이야기는 한 번도 제대로 하지 않았다는 것을, 사회생활을 하면서 만난 사람은 친구가 아니라 그저 동료로 여겨야 한다는 것을 나는 연주의 결혼 소식을 접하고 나서야 뒤늦게 깨달았다. 나는 심지어 연주에게 애인이 있다는 사실조차 몰랐다. 그녀가 결혼 보름 전 사내 게시판에 웨딩스튜디오 촬영 사진과 함께 올려놓은 모바일 청첩장을 보고도 나는 상황 파악이 잘 되지 않아서 한동안 사무실 모니터 앞에 멍하니 앉아 있었다. 이어서 동기들의 카카오톡 채팅방에 축하 메시지가 올라왔다. 동기 중 하나가 '그래도 우리한테는 먼저 말해 줬어야지. 사내 게시판 공지로 소식 들으니 서운하다.'라는 메시지를 남기고, 연주가 '미안해. 갑자기 그렇게 되어 버렸어. 따로 소식을 알릴 겨를도 없었네.'라고 답을 하는 동안에도 나는 이 상황을 어떻게 이해해야 할지 몰라서 휴대폰만 들여다보았다.

연주에게 뒤통수를 맞은 기분이었다. 최소 열 달 전에는 예약해야 가능하다는 유명 호텔의 그랜드볼룸 연회장에서 결혼을 하면서 갑자기 결정된 일이라 따로 얘기할 겨를이 없었다고? 자신이 즐겨 보는 드라마와 웹툰 이야기, 회사 근처에 새로 생긴 맛집 외에 개인사에 대해 일절 입에 올리지 않았던 연주를 나는 왜 그렇게까지 친밀하게 생각했는지 스스로가 바보처럼 여겨질 정도였다. 연주가 유명 병원의 병원장 딸이라는 사실도, 오랫동안 사귄 의사 남자 친구가 있었다는 것도 결혼식장에서 주례를 통해 들었다. 같은 회사를 다니면서 같은 연봉을 받고 구내식당에서 같은 밥을 먹었지만, 연주와 나는 전혀 다른 세계에 사는 사람이었다는 걸 그제야 알게 됐다. 그 후로 연주와는 거리를 뒀다.

신혼여행을 다녀온 연주가 같이 점심을 먹자는 메시지를 보내왔을 때 바쁘다는 핑계를 대며 거절했고, 연주가 신혼집에 동기들을 초대해 집들이를 하던 날 분위기에 이끌려 따라가긴 했지만 뚱한 얼굴로 권하는 음식도 먹는 둥 마는 둥 했다. 내가 일부러 데면데면하게 굴어도 그녀는 전혀 개의치 않아 해서 약이 오르기까지 했다. 그러고 나서 언제부터인가 연주가 회사에서 눈에 띄지 않았는데, 임신 후 배가 불러 오면서 휴직이 아닌 퇴사를 결정했다는 이야기를 인사 팀 선배를 통해 전해 들었다. 예전에 비해 좀 소원해졌기로서니 어떻게 말 한마디 없이 회사를 떠날 수 있는지 연주의 행동이 이해가 되지 않았다. 하지만 따져 보면 그녀가 내게 특별히 나쁘게 굴거나 손해를 끼친 것도 아니었다. 그저 서운한 내 감정이 문제였는데, 그건 정말 나만의 문제였을 뿐이다.

잊고 지내던 연주를 다시 떠올리게 된 것은 찬형과의 결혼을 앞둔 때였다. 퇴사 후 4년간 한 번도 연락하지 않았던 그녀에게 결혼 소식을 전하기가 겸연쩍었지만, 나와 찬형이 그녀의 결혼식 때 냈던 축의금이 각각 20만 원씩 총 40만 원에 달한다는 것을 떠올리면 본전 생각을 지우기도 어려웠다. 나는 고민 끝에 간단한 안부 인사와 함께 모바일 청첩장을 첨부해 그녀에게 문자메시지를 보냈다. 그녀는 아무런 답이 없었다. 서로 개 닭 보듯 지냈던 동기 찬형과 어떻게 결혼까지 하게 됐는지 놀랍다는 반응을 보일 연주에게 그간의 일을 어떻게 설명할지 미리 생각하고 있던 나로서는 약간 맥이 빠지기까지 했다. 전화번호가 바뀌었나 싶어서 직접 전화를 걸었는데 연결이 되지 않았다. 나는 이상한 오기가 치솟는 것을 느끼면서 다음 날, 그다음 날에도 또다시 전화를 걸었다. 수십 번의 발신 끝에 드디어 연주가 전화를 받았을 때, 나는 약간은 격앙된 목소리로 물었다.

"배연주 씨 전화 맞나요?"

"네, 맞아요. 민선이지? 무슨 일로 이렇게 전화를 많이 하는 건데?"

연주는 성마르고 신경질적인 목소리로 내게 용건이 뭐냐고 물었다. 냉랭한 연주의 말투에 나는 당황했고, 말을 더듬거렸다.

"으응. 나…… 나는 네가 연락이 안 돼서 전화번호 바뀐 줄……. 오, 오랜만이지? 나는 그러니까 오랜만에 안부도 묻고, 내 소식도 전하고 겸사겸사……. 나 실은 결혼해. 누구랑 하는 줄 알면 깜짝 놀랄걸? 너도 아는 사람이야. 하하."

연주 쪽에서는 아무 대답이 없었다. 너무 조용해서 일방적으로 전화를 끊어 버린 게 아닌지 다시 한번 확인까지 한 후에 나는 어색하게 말을 이어 나갔다.

"집이야? 너무 조용하네. 아이는? 지금쯤이면 유치원에 있을 시간인가? 이제 몇 살 됐어? 많이 컸겠다."

"죽었어. 두 달 전에."

연주의 말투는 담담했고, 목소리에는 아무런 감정이 실려 있지 않았다. 하지만 그 말을 내뱉자마자 떨리는 숨소리가 전해져 왔다.

내가 그날 전화를 어떻게 끊었는지 기억이 나지 않는다. 너무 놀란 나머지 연주에게 위로의 말 한마디도 건

네지 못했던 것이 못내 미안했다.

　그러고는 나는 또 연주를 잊었다. 결혼 준비로 바빴고, 연주 외에도 연락해야 할 사람들이 많았다.

　이후에도 나는 첫 직장에 계속 남아 일했고, 대리를 거쳐 과장으로 승진했다. 어느새 입사 10주년을 맞았을 때 사뭇 감회가 새롭기도 했다. 신입 사원 시절 처음 만난 연주는 10년의 세월이 흐르는 사이 '지인'의 범주에 넣기도 어려운 사람이 됐다. 직장 생활을 하면서 인간관계로 스트레스를 받게 될 때면 연주에게 상처받았던 사회 초년생 시절을 떠올렸다. 내 인생에서 중요하지 않은 사람들 때문에 마음을 다칠 필요가 없다고, 어차피 회사를 떠나면 보지 않을 사람들이니 적당히 선을 지키면 될 일이라고, 나는 사람을 믿지 않고 되도록 말을 아끼려 애썼다. 찬형과 사내 연애를 하다가 결혼까지 이르게 되면서부터 더욱 조심했다. 연주처럼 의뭉스럽게 굴어야 한다고 생각하다가도 한편으론 연주가 나에게 왜 그렇게까지 했는지는 이해하기 어려웠다. 하지만 나 역시 결혼을 앞두고 연주에게 그렇게까지 집요하게 연락을 할 필요는 없었는데, 괜한 오기를 부렸다는 후회가 들었다. 연주가 굳이 내 결혼 소식을 알 필요가 없었듯 나 역시 그녀가 겪은 비극적인 사고에 대해 몰랐더라면 차라리 마음이 편했으리라는 생각을 하기도 했다.

임신을 하고 아이를 낳아 기르면서 드문드문 연주 생각이 났다. 작고 말랑하고 따뜻한 아기를 품에 안으면서 벅찬 행복을 느꼈고, 이 아이 없이는 살 수 없겠다는 생각이 강하게 들었다. 연주는 어떻게 살고 있을까. 제정신으로 살 수나 있을까. 그러면서도 나 역시 제정신이라고는 할 수 없는 나날을 보내고 있었다. 10년간 꼬박꼬박 출퇴근하던 회사에 육아휴직을 내고, 아이와 하루 종일 지내는 일상에 쉽사리 적응이 되지 않았다. 아이를 돌보는 데 전력을 다하는 것으로만 채워진 하루 일과에 숨통이 옥죄인다는 느낌을 받을 때도 많았다. 자지러지게 울어 대는 아이를 그냥 내팽개치고 밖으로 나가 버리고 싶다는 충동이 든 어느 날, 연주의 일이 생각났다. 만약 그랬다가 내가 없는 사이 아이가 잘못된다면? 나는 고개를 세차게 흔들었다. 등줄기에 땀이 흘렀다. 그런 끔찍한 상상을 한 것만으로 죄책감을 느꼈다. 어쩌면 연주의 비극적인 사건을 떠올리면서 스스로의 불평불만을 잠재우고 싶어 했는지도 모르겠다. 나는 아이와 보내는 시간이 고단하고 버겁다고 느낄 때마다 의식적으로 연주를 떠올렸다. 지금 내가 얼마나 행복한지, 무탈한 일상에 감사해야 한다고 최면을 걸듯 속으로 읊조렸다.

연주를 동네에서 우연히 마주쳤을 때 나는 근래에 연주 생각을 너무 자주 해서 그녀를 닮은 사람을 봤다

고 생각했다. 유아차를 끌며 동네 공원을 산책하던 길이
었다. 걸음걸이와 뒷모습이 연주와 비슷했지만 그 여자
가 연주일 리는 없다고 생각했다. 내가 아는 연주는 대
낮에 선캡을 쓰고 빠른 속도로 공원을 걸어 다닐 사람
이 아니었다. 연주라면 고급 피트니스 클럽이나 필라테
스 스튜디오 같은 곳에서 우아하게 운동을 하는 모습이
어울렸다. 아디다스 트레이닝복 상하의 세트를 입고 선
캡을 쓴 채 빠르게 걷는 여자와 유아차를 밀면서 어슬렁
거리는 나의 거리는 점점 더 벌어졌고, 여자는 호수 모
퉁이로 사라졌다. 나는 유아차 안에서 아이가 잠든 것
을 확인한 후 벤치에 앉아 텀블러에 담아 온 차를 마셨
다. 조금씩 찬바람이 불기 시작한 늦가을 오후였고, 후
리스 점퍼의 지퍼를 목까지 끌어올리며 슬슬 겨울옷을
꺼내야겠다고 생각하던 참이었다. 여자가 모퉁이를 다
시 돌아 내 쪽으로 빠르게 걸어왔다.

"유민선?"

벤치에 앉은 나를 내려다보며 여자가 물었다. 선캡
을 벗자 땀방울이 송골송글 맺힌 연주의 맨얼굴이 드
러났다.

연주에게 근처에 살고 있는 줄 몰랐다며 언제 한번
집으로 놀러 오라는 말을 하긴 했지만, 그녀가 내 초대
에 응할 거라고는 예상하지 못했다. 며칠 후 트레이닝

복 바지 위에 얇은 경량 패딩 점퍼를 걸치고 우리 집에 찾아온 연주는 거실에 들어서자마자 덥다며 웃옷을 벗었다.

"나는 아직 집에서 보일러 안 틀고 지내는데, 아이 키우는 집이라 확실히 따뜻하다."

연주는 점퍼를 벗고 반팔 셔츠 차림으로 거실을 둘러보며 집이 환하고 아늑하다고 말했다. 낮에 굳이 불을 켜지 않아도 거실 끝에서 끝자락까지 환히 밝힐 정도로 해가 잘 드는 게 내가 살고 있는 15층 동향집의 가장 큰 장점이었다. 여름이면 새벽부터 눈이 따가울 정도로 햇살이 강해 블라인드를 내리고 지내야 한다는 것은 단점이었지만.

"오랜만이다, 이런 풍경."

연주는 거실 전체에 깔아 놓은 유아 매트를 보며 잠깐 굳은 표정을 지었다가 이내 다시 웃었고, 소파 대신 매트가 깔린 거실 바닥에 책상다리를 하고 풀썩 앉았다. 내 품에 안겨 낯선 사람을 경계하는 눈빛을 보이던 아이는 연주가 손짓을 하자 장난기 어린 얼굴로 천천히 기어갔다.

"민찬이야. 지난달에 돌이었어. 아직 걷는 것보다 기는 게 편한가 봐."

"그랬구나. 엄마와 아빠를 반반 닮았어. 정말 신기할 정도네."

화장기 없는 얼굴에 트레이닝복을 걸친 연주의 모습이 내 눈에는 더 신기해 보였다. 공들여 화장을 하고 세련된 옷차림에 어울리는 액세서리까지 갖춘 모습만 보여 줬던 회사원 시절의 연주와는 백팔십도 다른 모습이었다.

연주는 호수공원 건너편에 혼자 살고 있다고 말했다. 이혼 후 친정에서 지내다가 부모님과 지내는 것도 편하지 않아 작업실을 얻어 나오게 됐다는 이야기를 스스럼없이 했다. 내가 작업실이라는 단어에 생소하다는 반응을 보이자, 혼자 그림을 그린 지는 오래됐지만 일러스트레이터로 출판사 일을 받아서 하기 시작한 건 아직 1년이 채 되지 않았다고 말했다.

"그림? 그런 건 미술 전공해야 할 수 있는 거 아니야?"

"나 예고 나왔잖아. 미술 전공이었어. 고등학교 때 잠깐 한 걸 전공이라고는 할 수 없겠지만……. 그리고 이쪽 일은 오히려 전공을 생각보다 안 따져. 결과물을 바로 눈으로 확인할 수 있으니까. 그게 더 중요하지."

연주는 대학에서 신문방송학을 전공했고, D물산에 입사한 후 홍보 팀에서 일했다. 고등학교 때까지 그림을 그렸다는 건 처음 듣는 이야기였다. 사실 그 밖에도 나는 연주에 대해 아는 것이 별로 없었다.

"이 집도 호수 뷰네. 여기서는 나무가 더 많이 보여서 우리 집 창문으로 볼 때랑은 또 느낌이 다르구나."

연주가 창밖으로 시선을 돌리며 말했다. 나는 호수가 내려다보이는 전망이 마음에 들어서 대출을 끼고 이 아파트를 샀다고 설명했는데, 그 말은 절반만 맞았다. 찬형과 나 모두 출퇴근에 드는 시간과 에너지를 아끼고 싶어 하는 사람들이라 신혼살림은 회사 근처에 작은 빌라를 전세로 얻어 시작했다. 각자의 자취방 보증금을 합쳐 마련한 허름한 빌라였다. 하지만 아이가 생기면서 더 나은 주거 환경이 필요하다고 느꼈고, 서울에서는 아파트를 매수할 형편이 되지 않아 출퇴근 시간을 다소 희생하더라도 신도시에 위치한 대단지 아파트로 이사하기로 결정한 것이다. 연주 역시 지금 살고 있는 동네에 따로 연고가 있는 것은 아니라고 했다. 그저 살던 집에서 나오고 싶었고, 자신이 가진 돈의 예산에 맞춰 마음에 드는 동네를 찾다 보니 여기였다는 것이다. 일부러 아는 사람이 없는 지역을 골랐다는 연주에게 나는 다시 만나서 반갑다는 말을 해도 될지 망설였다.

나는 연주에게 지녔던 과거의 불편한 감정과는 별개로, 그녀를 다시 보게 되어 기뻤다. 남편이 아닌 다른 성인과 대화라는 걸 나눠 본 게 얼마 만인지조차 기억이 가물가물했다. 연주가 오기 전날 나는 설레는 기분으로 유아차를 끌고 집 근처 카페에 가서 맛있는 원두를 샀고, 과일 가게에서 비싸서 평소 손이 잘 가지 않았던 샤인머스캣도 한 박스 사 두었다.

연주는 아이 선물로 실내복 한 벌과 외출복 한 벌을 사 왔다며 내놓았다. 나는 반색하며 그 자리에서 선물 포장을 뜯어 민찬에게 입혀 보았다. 유아차 안에서 잠 든 아이를 잠깐 본 게 전부였는데, 연주가 골라 온 옷의 색깔과 디자인이 아이에게 잘 어울렸다. 크기도 적당히 넉넉해서 편하게 입히기 좋았다.

　"너무 딱 맞는 사이즈면 잠깐만 입히고 말 거 같아서 한 치수 크게 샀어. 소매 접어 입히면 내년 봄까지는 입 겠다."

　연주가 아이 옷매무새를 다시 잡아 주면서 팔다리의 내복 소매를 야무지게 접어 올렸다. 그 후로도 종종 연 주는 우리 집에 와서 점심을 먹고 오후 시간을 보내다가 가곤 했다. 같이 회사에 다니던 시절이나 우리가 동시에 아는 회사 사람들 이야기를 주로 많이 했다. 나는 연주 가 오는 날을 손꼽아 기다렸다. 실은 연주가 아닌 그 누 구라도 평일 낮에 아이와 단둘이 있는 집에 찾아와 말 동무가 되어 준다면 환영했을 것이다. 연주가 오면 나는 잠깐 아이를 맡긴 후 샤워를 할 수 있고, 편하게 화장실 에서 볼일을 볼 수 있고, 식탁에 앉아 커피를 한 잔 마실 수 있었다. 연주는 남자아이를 키워 봐서 그런지 확실히 아이를 돌보는 게 능숙했다.

　내가 설거지를 하는 사이 연주가 민찬의 기저귀를 갈 아 주고 소변이 가득 찬 기저귀를 최대한 작게 돌돌 말아 정리해 줬을 때, 고맙거나 미안한 감정을 넘어서 가슴 한편이 저려 오는 것을 느꼈다. 아이가 즐겨 보는 사운드 북의 버튼을 능숙하게 조작하고 거기에서 흘러나오는 모든 동요를 아이와 함께 자연스럽게 따라 부르는 연주를 보면서 그녀가 엄마로서 살아온 기억을 고스란히 안고 있다는 것을 알았다.

나는 연주에게 어떤 말을 건네야 할지 조심스러울 때가 많았다. 아이 얘기를 화제로 삼다가 나도 모르게 연주에게 상처를 주지는 않을까 두려웠다. 과거의 신입 사원 시절과는 달리 둘이 만나면 연주가 말을 더 많이 하는 편이었다. 오히려 연주가 육아로 지쳐 있는 내게 위로나 힘이 될 만한 말을 해 주기도 했다.

"이때가 제일 신경 쓰이는 일이 많지. 기어 다니면서 이것저것 입에 넣고. 제일 힘들 때다. 그래도 이 시기 지나가면 좀 괜찮아지니까 힘내."

한편으로 나는 연주가 한때 엄마였던 적이 있었던 사람이라 편하기도 했다. 목 늘어진 티셔츠와 반바지를 입은 채 연주를 만나는 것도 어색하지 않았다. 연주 역시 화장기 없는 얼굴에 트레이닝복 차림으로 우리 집에 찾아왔다. 어쩌면 편안한 옷차림이 우리 사이의 거리감을 없애 주는지도 모르겠다는 생각을 했다. 회사에 다닐 때는 정장까지는 아니더라도 오피스룩을 갖춰 입는 게 중요했다. 적당히 몸매가 드러나는 블라우스에 스커

트나 정장 바지를 입고 구두를 신어야 했다. 복장에 대한 세세한 규정이 있는 건 아니었다. 다들 그렇게 입고 다니는 분위기라 따를 수밖에 없었다. 연주는 여직원들 중에서도 옷을 잘 입기로 유명했다. 나는 하이힐까지는 도저히 자신이 없어서 낮은 굽의 로퍼를 신고 다녔는데 연주는 굽 10센티미터짜리 하이힐을 끝까지 포기하지 않았다. 하지만 이제 연주는 트레이닝복이 아닌 옷은 불편해서 입지도 못하겠다는 말을 곧잘 했고, 우리집에 와선 소파 대신 유아 매트에 책상다리를 하거나 두 다리를 쭉 뻗고 앉아 있는 경우가 많았다. 어떨 때는 매트 위에 드러누운 채 아이와 뒹굴며 놀아 주기도 했다. 아이와 놀 때 연주는 장난스러웠고, 털털한 면이 있었다. 예전에 알던 사람과는 전혀 다른 모습이었다. 연주를 새롭게 알아 가는 기분이었다.

연주가 집에 오는 날은 아이가 낮잠을 자는 사이 과일과 비스킷을 놓고 맥주를 한 캔씩 마시곤 했다. 솔직히 말하자면 아이와 단둘이 있는 날에 맥주 생각이 더 간절해지곤 했지만 혼자서 술을 마시다가는 멈추지 못하고 계속 마시게 될까 봐 참고 있다가 연주가 오는 날이면 신이 나서 맥주를 내놓았다. 아이가 제법 길게 낮잠을 자던 어느 오후, 연주는 사실 자신은 맥주를 별로 좋아하지 않고 독주를 즐긴다고 고백했다. 그녀와 신입

사원 시절부터 배가 터지도록 맥주를 마셔 댔던 나로서
는 조금 당황스러운 말이었다. 옛날에도 그렇고 지금도
그렇고 여전히 네가 어떤 사람인지 잘 모르겠다고 말하
는 내게 연주는 더 독한 술이 없는지 물었다. 여행을 다
녀오던 길에 면세점에서 사 둔 위스키를 꺼내 주자 연주
는 위스키 반병을 앉은 자리에서 해치웠다. 맥주잔에 위
스키를 따라 얼음도 없이 벌컥벌컥 들이켜는 연주의 모
습을 나는 가만히 지켜보았다. 술기운이 오르면서 연주
의 얼굴이 벌겋게 변했다.

"가끔 어떤 생각이 떠오르는데, 그때는 이렇게 취하
지 않고서는 좀 견디기가 힘들어."라고 말하며 연주는
쓴웃음을 지었다.

연주는 술을 한 잔 더 마셨고, 취한 목소리로 전남편
과 시가에 대한 이야기를 장황하게 늘어놓았다. 아이를
사고로 잃었을 때 남편과 시가에서 그녀를 얼마나 혹독
하게 비난하고 원망했는지, 심지어 이혼 후에도 시어머
니가 밤마다 전화를 걸어와 아이를 살려 내라고 소리를
치는 바람에 전화번호를 바꾸기까지 했다는 연주의 말
에 나는 길게 한숨을 쉬었다. 연주는 결국 이혼을 선택
할 수밖에 없었다. 자신의 편이 될 줄 알았던 친정 부모
님까지 연주를 비난하며 사돈 앞에서 죄인처럼 구는 상
황이 가장 견디기가 힘들었다고 했다.

"사람이 너무 궁지에 몰리면 자기를 보호하게 되더라

고. 나중에는 내가 나를 변호하게 됐어."

"그 사람들 너무 나빴다. 가장 힘든 건 너였을 텐데."

"나쁘지. 근데 그런 상황에서 누가 더 힘든지는 중요한 게 아니더라고."

이윽고 아이가 깼을 때 연주는 식탁에서 꾸벅꾸벅 졸고 있었다. 연주에게 잠깐 누워서 눈이라도 붙이기를 권했지만 그녀는 사양하며 자리에서 일어났다. 연주의 몸이 기우뚱했다. 보채는 아이를 달래기 바빠 비틀거리는 그녀를 부축할 손이 없었다. 연주는 괜찮다는 손짓을 하며 옷을 주섬주섬 주워 입고 현관을 나섰다. 나는 거실에 앉은 채로 아이를 품에 안고 어르면서 연주를 배웅했다. 연주가 술에 취해 집으로 돌아가고 난 후 오후가 지나 저녁이 될 때까지 내내 마음이 불편했다. 데려다줬어야 하는 거 아닌가. 하지만 그러려면 아이까지 데리고 나가야 했고, 아이와 외출 준비를 하는 건 간단한 일이 아니었다.

나는 퇴근 후 집에 들어온 찬형에게 연주가 그동안 아닌 척했을 뿐 많이 힘들어하고 있더라고 말했다. 그 사고 이후 주변 사람들이 연주에게 얼마나 잔인하게 굴었는지, 그녀가 얼마나 말도 안 되는 일을 겪었는지에 대해 전하며 분통을 터뜨렸다. 찬형은 한쪽 말만 들어서는 안 된다고 잘라 말했다.

"그건 연주 입장이고, 그 사람들 말은 안 들어 본 거잖아. 양쪽 말을 다 들어 봐야 아는 거라고."

내가 발끈해서 되물었다.

"그게 무슨 소리야? 왜 다른 사람들 말을 들어 봐야 한다는 거야? 그렇게 해서 우리가 알아야 할 게 뭔데?"

"네 말 듣고 당시 기사를 찾아봤는데 연주 씨, 경찰 수사까지 받았더라. 육아 우울증 때문에 아이를 던져 버린 건 아닌가 하는 의심을 받아서."

"그게 말이 된다고 생각해? 아이가 잘못되어서 가장 슬프고 고통에 빠진 건 연주야. 그리고 찬형 씨는 연주가 어떤 애인지도 잘 알잖아. 연주가 그럴 애야?"

"모르지. 당신이 그랬잖아. 연주랑 가까이 지내다가 뒤통수 맞았다고, 사람 속내는 모르는 거라고. 그리고 말이 나와서 말인데, 애 두고 낮에 술 마시지 마."

"나는 거의 마시지도 않았어. 어쩌다 친구 올 때만 겨우 맥주 한 캔 마시는 거라고."

"한 캔이든 두 캔이든. 애가 보고 배운다. 그리고, 그럴 일은 없겠지만 혹여나 연주랑 민찬이 단둘이만 두지 마."

그 순간 나는 연주에게 민찬을 맡기고 잠깐 나갔다 왔던 일이 떠올라 입을 다물었다. 아주 짧은 시간이었다. 음식물 쓰레기를 버리러 아파트 마당에 다녀온다든지, 이웃집에 잘못 배달된 택배를 찾으러 갔다 온다든지 하는 일들이 전부였다. 그리고 아주 잠깐이었지만 아이 없이 집 문 밖을 나서 쐬는 바깥 공기가 얼마나 시원하고 달콤했는지 모른다. 이런 이야기를 찬형에게 털어놓는다면 비난을 들을 게 뻔했다.

연주의 아들 재준은 세 돌을 넘긴 지 반 년 만에 세상을 떠났다. 우리 집에 왕래하는 횟수가 늘어나고 민찬과 가까이 지내게 되면서 연주는 떠난 아이 생각이 더 자주 나는 모양이었다. 그녀는 민찬을 보며 종종 재준 이야기를 하곤 했다.

"어머, 이 장난감. 우리 준이도 진짜 좋아했는데."라고 말하고 난 후 한동안 생각에 잠긴 듯 가만히 있기도 했고, 걸음마를 시작한 민찬이 선반과 소파 위로 억지로 기어오르는 모습을 보면서 준이랑 똑같다고 하며 옅은 미소를 지었다.

연주는 민찬을 진심으로 예뻐했고, 집에 올 때마다 최선을 다해 아이와 놀아 주었다. 민찬도 연주를 잘 따라서 나는 그 덕분에 조금이나마 숨통이 트이는 기분이었다. 연주에게 고마움을 느끼면서도 한편으로 민찬을 볼 때마다 재준을 떠올리는 게 괴롭지는 않을까 걱정됐다.

"연주야, 나 때문에 매일 이렇게 애랑 같이 봐야 하는 거 좀 별로지? 우리 주말에 찬형 씨한테 민찬이 맡기고 따로 만날까? 근사한 데 가서 밥도 먹고, 분위기 좋은 카페 가서 커피도 마시는 거 어때?"

밖에서 따로 약속을 잡자는 내 말에 연주는 좋아하기는커녕 고개를 절레절레 흔들며 사양했다.

"됐네요. 주말은 가족끼리 보내세요. 그리고 난 여기 네가 아니라 찬이 보러 오는 건데? 마감 때문에 바빠서 민찬이 못 보면 막 아른거려서 집에서 혼자 사진이랑 동영상 돌려 볼 정도라니까."

나와 이야기하는 도중에도 연주의 시선은 민찬을 향해 있었다. 아이가 짚고 일어서서 소파 위로 기어 올라가려 안간힘을 쓰자 연주는 재빨리 휴대폰을 손에 들고 아이의 뒷모습을 사진으로 남겼다.

"너무 귀엽다, 우리 준이. 어머, 미안 또 이러네."

연주가 손으로 얼굴을 감싸며 괴로운 표정을 지었다. 연주는 찬이를 종종 준이라고 잘못 불렀다. "준아." 혹은 "우리 준!"이라고 목소리를 높였다가 스스로가 내뱉은 말에 본인이 더 화들짝 놀라서 정정하곤 했다. "어머, 미안. 민찬아. 이모가 실수로 너를 준이라고 불렀어." 나 역시 하루 종일 아이를 돌보면서 입에 찬이라는 이름이 붙어 있다시피 했기 때문에 연주를 이해할 수 있었다. 하지만 내 아이를 죽은 아이의 이름으로 부른다는 게 썩 기분 좋은 일은 아니었다.

그렇다고 해서 연주에게 싫은 내색을 하기는 어려웠다. 연주의 마음은 오죽하랴 싶었다. 이름이 입에 붙어서 무의식적으로 계속 부르게 될 정도로 정이 든 아이를 잃은 연주의 마음을 감히 헤아릴 수조차 없었다. 언젠가 연주는 그 사고를 겪은 후 몸 안에서 피의 절반쯤 빠져나간 것 같다고, 억지로 살아가고는 있지만 그건 어떤 식으로도 회복될 수 없는 반쪽짜리 삶일 뿐이라고 허탈한 미소를 지으며 말했다. 회복할 수 없다고 말했지만 연주가 어떻게든 일상을 지키고 새로운 삶을 만들어 나가려 애쓰고 있다는 것 또한 내가 잘 알았다.

그러는 사이 겨울이 다 지나고 복직이 3개월 앞으로 성큼 다가왔다. 아직은 아이를 기관에 보낼 때가 아니라고 생각하며 여유를 부리다가 막상 날짜가 다가오니 발등에 불이 떨어진 것처럼 초조해졌다. 태어나자마자 대기를 걸어 둔 국공립 어린이집은 아직도 앞선 대기 인원이 100명이 넘었다. 나는 그제야 집 주변의 어린이집에 전화를 돌리며 아이를 맡길 만한 곳을 알아보느라 바빴다. 여러 군데 전화를 걸어 본 끝에 한 곳에서 입소가 가능하니 상담을 받으러 오라는 연락을 받았다. 아이와 함께 와도 된다고 했지만 한창 에너지가 넘치는 아이를 데리고 가서는 제대로 시설을 살펴보기도, 원장과 이야기를 나누기도 어려울 것 같았다.

어떻게 해야 할지 고민하는 내게 연주가 잠깐 아이를 봐 줄 테니 혼자 상담을 다녀오라고 했다. 연주에게 아이를 맡기고 외출 준비를 하려니 그날따라 발걸음이 떨어지지 않았다. 휴직 후 아이와 단둘이 지내는 동안 어서 시간이 흘러 복직했으면 좋겠다고 생각한 적도 여러 차례 있었는데, 막상 복직 날짜가 다가오니 자신이 없어졌다. 아직 어린아이가 단체 생활을 잘할 수 있을지 걱정스러운 마음부터 앞섰다. 어린이집 시설을 둘러보면서 우울한 마음은 더 증폭됐다. 주변의 다른 어린이집과는 달리 왜 이곳은 대기 없이 바로 입소가 가능한지, 입구에 들어선 순간 그 이유를 바로 알 수 있을 정도로 시설이 너무 열악했다. 아파트 1층에 위치한 어린이집이라고 했지만 해가 들지 않아 반지하 같은 느낌마저 났고, 방바닥에서는 냉기가 돌았다. 아이가 다닐 만 1세반 교실은 가정 어린이집 내에서도 가장 작은 방이었는데, 그 좁은 방에서 여덟 명의 아이들과 두 명의 선생님까지 총 열 명이 하루 종일 시간을 보내야 한다고 생각하니 숨이 막혀 올 지경이었다.

"첫 아이라 뭘 모르셔서 그런 거예요. 너무 넓으면 오히려 관리가 안 되어서 다치기가 쉽죠. 아이들은 생각보다 잘 적응하고 지낸답니다."

아이를 믿고 맡겨도 된다고 강조하는 원장의 말이 왠지 강요처럼 느껴져서 더욱 믿음이 가지 않았다. 나는 차마 그 자리에서 등록을 결정하지 못하고 입소 신청서만 받아 나왔다. 울적한 마음으로 아파트 단지 입구에 들어서서 집 쪽으로 터덜터덜 걸어가는데 놀이터에서 귀에 익은 소리가 들려왔다. 민찬의 목소리라는 걸 멀리

서도 알 수 있었다. 나는 놀이터 쪽으로 발걸음을 재촉했다. 연주가 내게 물어보지도 않고 민찬을 밖으로 데리고 나왔다는 사실이 당황스러웠다. 내가 다녀올 동안 민찬과 집에 있기로 한 거 아니었나. 나가자고 떼를 쓰는 민찬을 말릴 수 없었을 거라고 생각하면서도 연주의 행동이 마뜩지 않았다. 혹시라도 다치기라도 하면 어쩌려고, 나는 입술을 잘게 깨물었다. 놀이터가 가까워지자 아이와 연주의 모습이 보였다. 아이는 신나게 흔들말을 타는 중이었고, 연주는 아이 앞에 서서 박수를 치며 웃고 있었다.

"응 잘한다. 우리 준이. 준이 말 잘 타는구나. 아이 멋져, 씩씩해. 최고야 우리 쥰!"

연주는 흔들말을 타는 아이를 북돋워 주며 동영상을 찍었다. 또 민찬을 준이라고 부르고 있었다. 나는 그 광경을 보자마자 바로 달려가 흔들말에서 민찬을 끌어안아 내렸다.

"그만해."

"어? 민선이 왔구나. 상담은 잘했어?"

"연주야, 똑똑히 들어. 이 아이는 준이가 아니라 민찬이야."

"어머, 방금 내가 또 준이라고 했니? 몰랐어."

"동영상 다시 틀어 봐. 네 목소리도 녹음되어 있을 거야. 확인해 보고 지금 이 자리에서 지워 줬으면 좋겠어.

우리 아이를 준이라고 부르는 영상을 네가 집에 가서 돌려 보는 건 싫거든. 같은 실수를 반복하니까 이제 나도 계속 참기가 힘드네. 정신 차려, 연주야. 이 아이는 준이가 아니라 민찬이야. 유민선과 곽찬형에서 한 글자씩 따서 이름을 지은 곽민찬이란 말이야."

나는 연주를 싸늘하게 쳐다보았다. 그녀는 동영상을 다시 재생하지 않고 그대로 내가 보는 앞에서 지웠다. 나는 아이를 품에 안고 뒤도 돌아보지 않은 채 집으로 들어갔다. 그 순간만큼은 그게 내 아이를 지키는 유일한 방법처럼 느껴졌다.

저녁이 되어서야 연주의 지갑과 소지품이 든 손가방이 우리 집 거실에 그대로 있는 것이 눈에 들어왔다. 아이와 함께 놀이터에 나갈 때 휴대폰만 들고 간 모양이었다. 그날 밤 나는 연주에게 다시 연락해 가방을 돌려주고 싶다는 메시지를 보냈다.

연주가 사는 집에 가 본 것은 처음이었다. 작업실이 필요해서 허름한 집 한 칸을 얻어서 독립했다던 연주의 말과 달리 어엿한 방 두 칸짜리 아파트였다. 그림을 그리는 작업 공간과 침실이 분리되어 있고, 북유럽풍 소파와 테이블이 놓인 거실에는 벽걸이형 오디오가 설치되어 있었다. 내가 상상한 완벽한 싱글 여성의 집이었다.

"야, 집 진짜 좋다. 진짜 내가 꿈꾸던 삶이 이런 거였는데."

어색한 분위기를 무마하기 위해 나는 평소보다 과장된 목소리로 집이 예쁘다는 칭찬을 늘어놓았다. 연주는 아무 말이 없었다.

　"나, 잠깐 앉았다 가도 되니?"

　나는 눈치를 보며 물었다.

　그녀는 나를 주방으로 안내했다. 우리는 식탁 등만 켜진 작은 2인용 식탁에 마주 보고 앉았다. 연주의 부엌은 요리를 전혀 해 먹지 않는 공간처럼 깔끔했다. 싱크대 위에 한 줄로 길게 세워진 위스키 빈 병은 인테리어 효과를 주는 것 같기도 했고, 연주가 보낸 불면의 밤을 보여 주는 것 같기도 했다.

　연주는 안주도 없이 위스키만 내놓았다. 나는 위스키보다는 맥주파였지만 집에 맥주가 없다는 말에 어쩔 수 없이 위스키가 담긴 유리잔에 얼음을 넣고 느리게 홀짝였다. 위스키를 반 잔쯤 마신 후 연주에게 아까는 너무 심했다고, 낮에 화낸 일을 사과했다. 육아휴직 기간 동안 세상과 고립된 기분을 느꼈는데 네가 종종 찾아와 줘서 진심으로 고마웠다고, 정작 나는 별다른 힘이 못 되어서 안타깝다는 말도 했다. 연주는 생각에 잠긴 표정으로 아무 대답 없이 내 말을 듣기만 했다. 어색한 침묵을 견디지 못한 나는 다시 화제를 바꿔 주절주절 떠들어 대기 시작했다. 아까 어린이집에 다녀온 후로 머리가 너무 복잡하다는 이야기를 하며 연주의 의견을 구했다.

기저귀를 찬 채 겨우 걸음마를 하는 아이들이 좁은 공간에서 콧물과 침을 흘리고 있는 모습을 보면서 마음이 너무 불편했다고, 복직을 하고 아이를 다른 사람 손에 맡길 생각을 하니 막막하기만 하다고 토로했다.

"넌 일하는 거 좋아하잖아. 그러니까 일을 포기해선 안 돼."

한참 내 이야기를 듣고만 있던 연주가 나지막하게 말했다.

"그리고…… 있잖아, 엄마가 하루 종일 같이 붙어 있는다고 해서 반드시 아이가 잘 자란다는 보장도 없어. 나는 정말 최선을 다했거든. 준이를 기르는 동안 나에게는 엄마 역할밖에 없었어. 하지만 지금은 나를 아는 모두가 손가락질해. 엄마 역할을 못했다고 말이야."

"연주야, 아니야. 누가 너를 비난할 수 있겠어. 가장 힘든 건 너인데."

"그렇긴 한데, 가장 만만한 사람도 애 엄마니까."

연주는 목이 따갑지도 않은지 위스키를 쭉 들이켰다. 연주는 세상을 떠난 아이를 한순간도 잊어 본 적이 없다고 말했다. 다른 아이를 볼 때마다 아이 생각이 더 많이 났을 텐데, 그녀가 민찬을 만나면서 더 힘들었을지도 모른다는 생각이 머리를 스쳤다. 이런 생각을 처음 해 본 것도 아니었다. 그러면서도 그저 내가 외로운 마음에 그녀에게 먼저 연락할 때가 많았다. 연주의 마음을 배려하지 못하고 내가 너무 이기적으로 굴었던 건 아니었을까.
연주는 조용히 고개를 저었다.

"아니야, 생각보다 괜찮았어."

연주는 찬이를 만나면서 이제 다른 아이들도 조금 편하게 볼 수 있게 됐다고 고백했다. 나를 만날 때마다 의식적으로 준이 이야기를 많이 하려고 했다는 말도. 계속 준이 이야기를 하다 보니 이제 아이가 떠났다는 사실을 받아들일 수 있게 된 것 같다고도 했다.

"너를 보면서 다시 아이를 기르고 싶다고 생각했어. 내가 아이를 원한다는 걸 확실히 알게 됐어."

연주는 담담한 표정이었지만 말투만은 결연했다. 나는 그 말을 연주가 다시 남자를 만나 결혼을 하고 싶다는 말로 이해했다.

"연주야, 그러면 너 누구 한번 만나 볼 생각이 있는 거니? 말이 나왔으니 말인데, 실은 찬형 씨 선배 중에 괜찮은 사람이 하나 있어. 예전부터 너한테 소개해 주고 싶다고 찬형 씨가 여러 번 말했는데 내가 너 남자 만날 생각이 없어 보인다고……."

"아니, 남자는 필요 없어. 나는 그저 내 아이를 낳고 싶어."

그때 내가 연주의 이야기를 진지하게 들어 줬다면, 연주가 자신의 마음을 솔직하게 털어놓았을까. 남자 없이 아이만 낳아 기르길 원한다는 연주의 고백을 말이 되지 않는 소리라며 우스갯소리로 넘겨 버렸다.

"에이, 말도 안 돼, 네가 동정녀 마리아냐? 남자 없이 어떻게 아이를 낳는다고 그래."

연주는 아무 대답 없이 시선을 돌려 식탁 한편에 쌓여 있는 책들을 물끄러미 바라보았다. 조명이 어두워 정확한 제목을 살필 수는 없었지만 책등에 외국어가 쓰여 있는 두꺼운 책들이 식탁 구석에 탑처럼 여러 권 쌓여 있었다.

연주는 엘리베이터 앞까지 나를 따라 나와 배웅했다. 찬을 준이라고 잘못 불러서 미안하다며 사과했고, 하지만 결코 고의가 아니었다는 말도 덧붙였다. 나는 고개를 끄덕였다. 엘리베이터에 올라 문이 완전히 닫힐 때까지 연주에게 손을 흔들었다. 양쪽 문의 간격이 서서히 좁아지면서 복도에 선 연주의 몸과 얼굴이 차츰차츰 가려졌다. 곧이어 연주는 저편으로 사라지고 굳게 닫힌 문만 보였다. 그날 밤 하얀 입김을 뱉으며 호수공원을 가로질러 집으로 돌아가는 길에 나는 엘리베이터 문이 닫히듯 한 사람과의 관계가 닫혀 버린 기분을 느꼈다. 그래서였는지 석 달 후 복직을 앞둔 주말, 연주로부터 외국으로 떠나게 됐다는 메시지를 받았을 때 놀라거나 서운한 마음은 들지 않았다. 덴마크로 가서 본격적으로 그림 공부를 할 생각이라고, 살던 집을 정리하고 출국 전까지 부모님 댁에서 지낼 예정이라 이제 동네에서 만나기 어려울 것 같다는 연주의 메시지를 보고도 그러면 내가 그쪽으로 갈 테니 얼굴이라도 보자는 말까지는 나오지 않았다. 나 역시 복직을 앞두고 너무 정신이 없었다. '하고 싶은 일을 하면서 행복하게 살길 바란다, 연주야.' 나는 진심을 담아 짧은 메시지를 보내는 것으로 작별 인사를 끝냈다.

예정대로 복직을 했고 업무에 적응하느라 바빴다. 휴직 연장을 고민하기도 했지만, 더 길게 쉰다면 원래 일하던 팀으로의 복귀가 불투명하다는 팀장의 말에 복직을 서두를 수밖에 없었다. 육아 문제가 가장 걸렸는데 오랜 고민과 상의 끝에 지방에 계시던 시어머니가 올라와 아이를 돌봐 주기로 했다. 아이를 어린이집에 보내더라도 야근이 잦은 업무 특성상 아이를 전담해서 돌봐 줄 어른이 따로 필요했다. 나는 시어머니에게 아이가 거실에 있을 때 창문을 열어 두어서는 안 된다고 신신당부했다. 눈에 힘을 잔뜩 주고 재차 다짐을 받아 내려는 나를 시어머니는 이상한 눈길로 바라보았다.

복직 후 한시도 쉴 틈 없는 일과에 짓눌려 하루하루를 허덕이며 살았다. 마음의 준비를 단단히 하고 다시 회사에 나왔지만, 눈앞에 펼쳐진 워킹 맘의 현실은 각오와 상상의 범위를 넘어섰고 늘 힘에 부쳤다. 헐레벌떡 사무실에 출근한 직후부터 화장실 갈 시간도 아껴 가며 업무에 매달렸다. 야근을 최소한으로 줄이기 위해서는 어쩔 수 없었다. 퇴근 후에는 다시 출근하는 기분으로 귀가해 아이를 돌봤고, 아이가 잠든 후에는 남은 집 안일을 했다. 자정을 훌쩍 넘긴 시각에 녹초가 되어 잠자리에 들기 일쑤였고, 몸과 마음이 고달프고 서럽다는 생각에 괜히 눈물이 쏟아지기도 했다. 그럴 때면 덴마크로 훌쩍 떠난 연주가 생각났다. 내 몸 하나만 챙기고 내 꿈만 바라볼 수 있는 삶이 부럽다는 생각이 들었다. 아이를 사랑하고, 내 커리어에 대한 자부심이 있는 것과는 별개로 나 자신이 하찮아진다는 생각에 자주 사로잡히곤 했다.

그나마 점심시간에 제대로 된 밥 한 끼 챙겨 먹는 것이 회사 생활의 유일한 낙이었다. 하루 중 내가 가장 기다리는 시간이 점심시간이었다. 아침은 굶고, 저녁도 대충 때우거나 건너뛰기 일쑤라 점심만큼은 누구의 방해도 받지 않고 온전히 음식에 집중하며 맛있는 메뉴로 골라 먹고 싶었다. 같은 팀의 미식가인 후배와 회사 주변의 맛집을 찾아다니는 재미가 쏠쏠했다. 점심 메이트인 후배 효은은 내게 회사로 돌아와 줘서 고맙다며 들뜬 목소리로 말했다.

"저는요, 과장님이 돌아오셔서 진심으로 기뻐요. 다들 안 돌아올 거라고, 못 돌아올 거라고 그랬거든요. 다른 선배들처럼."

"아직 몰라. 나도 퇴사하고 싶은 마음이 매일 굴뚝 같

아. 예전엔 결혼하고 애 낳으면 회사 그만두는 여자 선배들 욕 많이 했는데, 막상 내가 그 입장이 되어 보니 뼈저리게 이해가 된다. 그렇다고 그만두겠다는 소리는 아니고. 내가 그런 선배들을 너무 욕하고 다녔기 때문에 오히려 지금 나는 그만둘 수가 없다는 거지. 효은 씨는 결혼하지 마. 아니 결혼하더라도 우리 회사 계속 다니려면 출산은 비추."

"아니, 왜요? 저는 결혼은 안 해도 아이는 낳고 싶어요. 자식은 하나 있어야 할 것 같다는 생각이 들더라고요."

"싱글 맘이 되겠다는 말이야?"

"당장 계획이 있는 건 아니지만 나중 일은 모르는 거죠. 요즘은 그런 용감한 선택을 하는 사람들이 늘어나기도 하고요. 제가 요즘 빠져 있는 웹툰이 있는데요, 「배쭈의 덴마크 그림일기」라고 덴마크에서 그림 공부하는 작가님이 올리는 생활 툰인데 너무 재미있어요. 작가님이 덴마크 정자은행에서 정자를 공여받아서 임신했는데, 그 과정을 웹툰으로 연재하는 거예요. 완전 멋있죠? 벌써 다음 달이면 출산이래요. 랜선 이모의 마음으로 순산 기도하는 중이랍니다."

효은이 오므라이스를 소스에 비벼 입에 떠 넣으며 웃었다.

숟가락을 쥔 내 손이 갑자기 떨려 왔다.

"뭐라고? 배쭈? 그게 그 사람 이름이야?"

"에이, 당연히 본명은 아니겠죠. 과장님도 웹툰 좋아하세요? 포털에서 배쭈 검색하시면 바로 나와요."

나는 밥을 먹다 말고 휴대폰을 손에 쥐고 잠금 화면을 풀었다. 포털 사이트 검색창에 배쭈라는 이름을 쳐넣자 자동 완성으로 '덴마크 그림일기'라는 검색어가 나타났다. 웹툰 연재 코너로 가서 「배쭈의 덴마크 그림일기」를 클릭했다. 메인 화면에서 바로 볼 수 있는 걸로 보아 정말 인기가 많은 모양이었다. 가장 최근에 업로드된 에피소드를 살폈다. 귀여운 그림체와 발랄한 말투를 구사하는 주인공이 등장하는 생활 툰이었다. 곧 출산할 아기 옷 빨래를 모두 마쳤고, 출산 가방까지 미리 준비해 두었다는 내용이 담긴 웹툰 화면을 보면서 천천히 스크롤을 내렸다. 웹툰 에피소드 말미에는 사진 한 장이 올라와 있었다. 뉘하운 운하를 배경으로 한 사진 속에서 밝게 웃는 임신부는 내가 아는 연주가 맞았다.

연주, 아니 배쭈 작가는 팬 서비스로 만삭 사진을 찍었다며 운하에 정박한 작은 보트의 끄트머리에서 혼자 찍은 사진을 공개했다. 그녀는 마치 타이타닉의 주인공 케이트 윈즐릿처럼 양팔을 벌린 채 보트 상단부 발판에 서 있었다. 뒤에서 그녀를 받쳐 주거나 안아 주는 사람은 없었지만, 보트가 정지된 상태에서 안정된 자세를 취하고 있었고 주변에 다른 사람들도 여럿 있어서 그리 위험해 보이지는 않았다. 동그랗고 불룩한 배를 내민 채

양팔을 벌린 그녀의 치맛자락이 강바람에 스쳐 나풀거
렸다. 활짝 웃으며 바람을 느끼고 있는 그녀의 얼굴에서
전에 보지 못한 생기가 넘쳤다.

"과장님 아는 분이세요?"

골똘히 들여다보는 내가 이상했던지 효은이 물었다.
잠깐 망설이다가 고개를 저었다. 연주가 어떤 사람인지
나는 여전히 너무 몰랐다. 솔직히 나로서는 그녀의 선택
을 온전히 이해하기 어려웠다. 그럼에도 연주가 좋은 엄
마가 되기에 충분한 사람이란 것만큼은 확실히 알았다.
나는 배쭈 작가의 웹툰을 '관심 웹툰'으로 등록한 후 조
용히 휴대폰을 내려놓았다. 집에 돌아가 민찬에게 연주
이모의 안부를 전해 줄 생각이었다.

조리원 천국

그녀는 자신의 가슴 위로 손을 가져다 댔다. 어제보다 더 단단해져 있었고, 홧홧하고 얼얼한 느낌이 가시지 않았다.

"젖몸살이 시작되려는 거예요."

모유 수유 실장이라고 자신을 소개한 여자가 그녀에게 잠시 침대 위로 누워 보라고 권했다. 실장이 유방을 그러쥔 채 둥글게 원을 그리며 흔들었다가 유두 주변을 꼼꼼하게 매만졌다. 입가에서 비명이 새어 나올 뻔했지만 참았다. 사흘 전 이보다 더 심한 산통도 참아 내지 않았던가. 이 정도쯤은 아무것도 아니라며 입술을 앙다물었다. 남편은 아내가 진통을 겪을 때처럼 걱정스러운 표정으로 그녀를, 아니 그녀의 가슴을 유심히 바라보고 있었다.

"괜히 이거 보고 남편분이 마사지해 준다고 함부로 손대면 안 돼요. 그러다가 유선이 덧나거든. 전문가의 관리가 중요하다고요. 어이쿠, 뚫렸네, 뚫렸어."

실장의 말이 끝나는 동시에 가슴에서 맑은 빛깔의 액체가 분수처럼 솟아올랐다.

침대 끝에 서 있던 남편은 뭔가에 홀린 사람처럼 박수를 쳤다. 그녀는 왠지 화가 치밀어 올라 남편을 노려봤다. 실장이 자신의 마사지 실력을 과시하기 위해 필요 이상으로 손동작을 크게 보여 주고 있다는 생각이 들었다. 관리나 보살핌을 받았다기보다 실장의 퍼포먼스에 동원된 희생양이 된 기분마저 들었다.

"조리원에 들어와 방에 짐을 풀자마자 가슴 마사지를 하는 거야. 손동작은 왜 그렇게 현란한지, 완전 젖소 취급 받으면서 남편 앞에서 난데없는 젖 쇼까지……. 이거 원래 이런 거니?"

반쯤 울음이 섞인 목소리로 정에게 전화를 걸어 따져 물었다. 그녀에게 이 산후조리원을 추천한 사람이 정이었다.

"내가 거길 추천한 이유 중에 가슴 마사지도 큰 비중을 차지해. 그 모유 수유 실장이 조리원 동기들 사이에서 '신의 손'으로 통할 정도였어."

정이 달래는 듯한 말투로 말했다.

"넌 지금 천국에 있는 거야. 불평하지 말고 마음껏 누리도록 해."

학창 시절 단짝 친구였던 정은 결혼을 일찍 해 지금은 세 아이의 엄마가 됐다. 정이 그렇다고 하면 맞는 거겠지, 이곳은 천국이고 나는 조금 전에 '신의 손'을 영접한 거라고. 그녀는 천천히 심호흡을 하며 성난 마음을 가라앉히기로 했다. 다행히 마사지를 받고 난 후 가슴이 한결 가벼워진 느낌이었다.

그녀는 수유 쿠션 위에서 몸을 뒤틀어 대는 아기를 어르며 진땀을 빼고 있었다. 수유실에 들어온 지 30분이 지나도록 수유 자세도 제대로 잡지 못하고 있었다. 조리원에 들어온 지 이틀이 지났지만 직수는 매번 실패였다.

"산모님 더 열심히 하셔야겠어요. 이번 텀은 분유로 보충할게요."

수유실 선생님이 자지러지게 우는 아기를 낚아채듯 안아 올리며 그녀에게 말했다. 꾸중처럼 들려서 기가 죽었다. 이마와 목덜미에 흐르고 있는 땀을 닦고 난 후에야 수유실에 다른 산모들이 셋이나 더 있다는 것을 알아챘다. 그들은 안정적인 자세를 취하고 있었다. 젖꼭지를 입에 물리기도 전에 얼굴을 돌리며 울어 대던 그녀의 아기와는 달리 다른 신생아들은 온 힘을 다해 엄마

젖을 찾아 먹고 있었다. 볕이 잘 드는 남향의 수유실은 밝고 따뜻했다. 우리 모녀만 아니었더라면 이곳이 얼마나 평화로웠을까 생각하니 마음 한구석에 그늘이 드리워지는 기분이었다.

옷매무새를 가다듬고 자리에서 일어나려는 순간, 그녀와 세 걸음 정도 떨어진 자리에 앉아 있던 다른 산모의 전화벨이 울렸다. 모유량이 많아 아기에게 먹이고도 남은 모유를 매번 유축해서 얼려 놓는다는 301호 산모였다.

"어머, 이거 꼭 받아야 하는 전화라서, 기쁨아 잠깐만 엄마 전화 좀 받을게."

아기에게 양해를 구하는 것처럼 말했지만 실은 수유실에 있는 다른 산모들을 의식하고 한 말이었다. 한 손으로 아기의 머리를 받치고, 다른 한 손으로는 아기의 몸을 감싸고 있던 301호가 곤란한 표정을 짓다가 스피커폰 모드로 전화를 받았다.

"응, 나 지금 수유 중이야. 간단히 말해."

"차장님 없으니까 회계 감사 준비가 도통 진행이 안 되어 가고 있어요. 그때 말씀하신 4분기 자료 어디에 있어요?"

"내가 출산휴가 가기 전에 메일로 다 보내 놨잖아. 메일함 다시 확인해 봐. 3월 초에 보낸 메일이야. 파일 전체 알집으로 압축해 놨어. 찾아보고 못 찾으면 다시 연락 줘."

나이도 나랑 비슷해 보이는데 벌써 차장이라니, 일도 똑 부러지게 잘하는 사람인가 봐. 게다가 모유도 많이 나오고……. 처음 본 여자에게 이상한 질투를 느끼고 있는 자신의 모습에 그녀는 깜짝 놀랐다. 출산 후 호르몬 체계에 이상이 온 게 틀림이 없었다.

"조리원에서 제일 인정받는 여자가 누군지 아니? 젖 잘 나오는 산모야. 거기 분위기가 원래 그래. 모유 수유 성공이 아기 인생의 성패를 가르는 거 같거든. 막상 거기서 나오면 아무것도 아닌 일인데 말이야."

다시 전화를 걸어 고민을 토로했을 때 정이 깔깔 웃으며 말했다. 그녀는 조금도 우습지 않았다.

임신을 확인한 순간부터 그녀는 아기를 독립적인 자아를 지닌 타인으로 인정하며 키우겠다고 다짐했다. 실제로 임신 기간 내내 태아는 자신과 개별적인 존재로 느껴졌다. 그녀의 의지나 생활 패턴과는 무관하게 태동하고, 무관하게 반응하는 아기의 존재를 확인할 때마다 태아와 자신이 연결되어 있다기보다는 타자를 품고 있다는 이물감이 앞섰다. 하지만 친구가 툭 던지듯 말한 인생의 성패라는 단어가 가슴 한구석에 날카롭게 박히는 순간, 자신과 아기가 서로 강력하게 연결되어 있음을 인정할 수밖에 없었다.

할 수 있는 건 다 해 보겠다는 오기가 생겼다. 정이

거부하라고 조언했던 밤중 수유 콜도 받기로 했다. 새벽 3시 그녀는 졸린 눈을 부비며 수유실로 걸어가면서 슬리퍼를 질질 끌었다. 실은 슬리퍼에게 끌려가는 기분이었다. 밤중에도 수유실은 환하게 조명을 밝히고 있었다. 아무도 없을 줄 알았는데 구석진 자리에서 산모 한 명이 꾸벅꾸벅 졸면서 수유를 하고 있었다. 고개를 아기 쪽으로 숙이고 머리카락을 늘어뜨리고 있어서 얼굴을 제대로 볼 수는 없었지만, 가슴이 눈에 익었다. 아까 낮에 수유실에서 봤던 산모 중 하나였다. 그러지 않으려고 하면서도 다른 여자들의 가슴을, 수유하는 자세를 훔쳐보게 됐다. 모두가 한 가지 목표만을 위해 애쓰고 있는 공간에서 혼자 열등생 취급을 받고 있는 것 같아 괴로웠다.

아기는 또 엄마 젖을 제대로 물지 못하고 울음을 터뜨렸다. 맞은편에 앉은 산모가 고개를 들어 그녀를 쳐다보았다. 그녀는 울상을 지으며 눈인사를 했다. 새벽 3시에 눈썹이 반쯤 날아간 채 기미와 다크서클이 얼굴에 가득한 여자 둘이 가슴을 드러내 놓고 마주 앉아 있는 이곳이 천국일 리 없다고, 그녀는 생각했다. '타인은 지옥이다.'라는 말을 남겼던 어느 실존주의자가 떠올랐다.

아기의 울음소리가 더 커지고 있었다. 타인은 지옥이다. 내가 낳은 아기도 타인이다. 그렇다면 이 아기는……. 그녀는 어쩔 줄 모르는 기분이 되어 아기를 내려다보았다. 눈도 제대로 뜨지 못한 채 울고 있는 아기의 얼굴을 조심스럽게 쓰다듬었다. 벅차면서도 고통스러운 감정이 몰려왔다. 천국도 지옥도 아닌 정체 모를 새로운 세계가 열렸음을, 그녀는 온몸으로 느끼고 있었다.

돌
보
는　마
음

1

미연이 손에 든 머그잔을 내려놓는 순간 식탁 상판에
서 둔탁한 소리가 났다. 일부러 세게 내려놓은 것도 아
니었는데. 코스터라도 받쳤어야 하나. 미연은 맞은편에
앉은 여자의 눈치를 봤다.

"아기 엄마가 잘못 알고 있는 거예요. 내가 듣고 온 조
건은 그게 아니었거든."

여자가 우아하게 웃으며 찻잔을 조용히 집어 올렸다.
얇은 손잡이가 달린 장미 문양 찻잔이 여자의 스카프와
퍽 어울렸다. 구직자인 상대방은 오히려 여유가 있었고,
미연 혼자 안절부절못하는 모양새였다. 시터 면접에서
는 기싸움이 중요하다던데, 내가 너무 만만하게 보인 걸

까. 미연은 이미 커피가 바닥을 드러낸 머그잔을 매만지며 말을 고르는 중이었다.

처음부터 여자의 복장과 태도가 시터 면접을 보러 온 사람 같지 않았다. 베이지색 트렌치코트에 붉은색 실크 스카프를 걸치고 현관에 들어선 여자는 교양 있는 미소를 짓는 척하면서 미연과 집 안 살림을 빠른 속도로 훑어보았다. 미연은 불시에 찾아온 집주인을 만난 것처럼 주눅이 들었다. 단정하게 드라이를 만 머리에 옅게 화장을 한 여자와는 달리, 머리도 감지 못한 채 목 늘어진 티셔츠를 입고 서 있는 자신이 초라하게 느껴지기도 했다. 미연은 여자에게 식탁으로 와서 앉으라고 권한 다음, 찬장 맨 위 선반에 손을 뻗어 혼수로 장만해 왔던 고급 커피 잔을 꺼냈다.

"잔이 하나밖에 없는데요?"

잔을 먼저 꺼내 놓고 티포트에 물을 끓이려는 미연에게 여자가 물었다.

"아, 제 컵은 여기 있어요."

미연은 개수대에 담겨 있던 머그컵을 빠르게 물에 헹군 다음 표면을 행주로 닦았다.

여자의 이름은 임화숙, 나이는 올해 58세였다. 임화숙은 구청에서 운영하는 시니어 인력 개발 지원 센터에서 8주간의 베이비시터 교육을 수료했다. 일자리를 필요로 하는 노년층에게 교육과 취업을 주선해 주는 지자체 사업이었다. 임화숙을 추천한 구청 담당자는 그녀가 세 자녀를 모두 명문대에 보낸 보기 드문 이력의 소유자라는 말까지 덧붙였다. 그런 건 갓 8개월이 된 아기를 돌보는 데 하나도 중요하지 않은 이력이었지만, 그래도 신분은 확실한 사람이겠다는 생각이 들었다. 구청 담당자는 시터의 업무 범위와 급여 및 처우에 관한 권고 사항을 문서로 정리해 미연에게 이메일로 보내왔다. 구청 측의 권고에 따르면 가사 도움 없이 아이만 돌볼 경우 월급은 190만 원, 가사 업무도 병행할 경우 210만 원이었다. 미연은 이왕이면 가사까지 같이 도움을 받고 싶다고 생각하다가도, 집안일을 하는 동안 아이가 방치되지 않을까 걱정되었다. 아이는 최근 들어 집 안 곳곳을 빠르게 기어 다니기 시작해 위험한 것을 입에 넣거나 만지지 못하도록 항상 주의 깊게 지켜봐야 했다. 어떤 타입의 시터를 원하는지 명확하게 말하지 못하고 우물쭈물하는 미연에게 구청 담당자는 업무 범위는 서로 협의를 통해 조정 가능하니 우선 면접부터 진행해 보라고 권했다. 미연은 화숙을 만나 보기로 했다. 복직을 한 달 앞둔 시점이었다. 서둘러 사람을 구해 아이가 엄마 없이 지낼 수 있도록 적응시켜야 했다.

화숙은 가사 업무는 어렵고 아기만 돌보는 조건으로 월급 210만 원을 요구했다.

"구청에서 보낸 서류에는 가사 포함이 210만 원이고, 아기만 돌볼 경우에는 190만 원이라고, 안내는 그렇게 되어 있는데요."

미연이 조심스러운 말투로 말했다. 초면의 연장자를 앞에 두고 돈 얘기를 꺼낸다는 게 민망하기 짝이 없었다.

"그건 그냥 서류인 거고, 나는 지금 시세를 말하는 거예요. 아기 엄마가 잘못 알고 있는 거라니까."

화숙은 조금도 물러서지 않은 채 방금 했던 말을 반복했다. 미연은 그 자리에서 휴대폰으로 이메일에 첨부된 문서를 찾아보기까지 했다. 소개업체를 통하면 시터와 구인 가정 양쪽 모두 수수료를 부담해야 했지만 구청 시니어 인력 개발 지원 센터에서는 따로 소개비를 요구하지 않았다. 그러니까 수수료를 내지 않는다는 사실을 감안한다면, 급여 조건이 그리 나쁜 것도 아니었는데 화숙은 미연이 뭘 몰라도 한참 모른다며 혀를 끌끌 차기까지 했다. 진심으로 아이를 잘 보살펴 줄 수 있다면, 한 달에 20만 원 더 쓰는 것도 충분히 재고해 볼 수 있었다. 하지만 계속 미연이 잘못 알고 있다는 식으로 말하는 건 곤란했다.

"사실 나는 돈 일이십만 원 더 받고 말고가 크게 중요하지가 않아요. 돈보다는 소일거리 삼아 하려는 거라서. 내가 워낙 아기를 좋아하기도 하고요. 근데 내가 월급을 제대로 받지 않으면 시세가 엉망이 되는 거라……. 그러면 다른 사람들에게 피해가 가거든. 같이 교육 받았던 다른 시터 동료들한테 말이에요."

방 안에서 울음소리가 들렸다. 낮잠을 자던 아기가 깬 모양이었다. 미연이 아이를 안고 나와 적당한 핑계를 대며 자리를 마무리하려는데 화숙은 아이에게 눈을 맞추고 알은체를 했다.

"아유, 귀여워라. 엄마를 쏙 빼닮았네. 8개월이면 우리 손자랑 딱 넉 달 차이겠어요. 우리 손자는 지난달에 백일이었거든."

"손자가 있으세요?"

"실은 내가 며느리 대신 손자 봐 주려고 베이비시터 교육도 받은 건데 며느리가 회사 그만두고 본인 손으로 키우겠다고 해서…… 요즘 세상에 한 명만 벌어서 사는 게 쉽지 않잖아요? 내 마음 같아선 아이는 나한테 맡기고 복직했으면 하는데, 며느리가 한사코 고집을 부리더라고. 아기는 엄마 손에 커야 한다나. 그 말도 듣고 보니 맞아요. 내가 결혼하자마자 직장 그만두고 집에서 살림하면서 아이들만 키웠거든. 엄마가 옆에서 끼고 키워서 그런지 애들이 다 잘됐어요. 큰 아이는 지금 K은행에 근무하고, 둘째는……"

"저, 지금 아이 이유식 먹일 시간이라서요. 제가 급여 조건을 잘못 알고 있다고 하시니, 그럼 다시 알아보고 연락드려도 될까요?"

미연이 화숙의 말을 억지로 막아서며 어색하게 웃었다. 화숙을 배웅하며 다시 연락하겠다고 했지만 거짓말이었다. 인사를 하고 돌아섰던 화숙이 현관문 앞에서 다시 몸을 돌려 미연을 바라보며 말했다.

"참, 아기 엄마. 아까 내가 말하려다 깜빡했는데 찻잔 바닥에 스티커 그대로 붙어 있는 거 알아요? 설마 그거 떼고 써야 되는 줄 모르는 건 아니겠지."

순간 미연의 얼굴이 붉게 달아올랐다. 그 찻잔 세트는 결혼 후 한 번도 쓴 적이 없었다. 며느리가 화숙에게 아이를 맡기지 않으려고 한 이유를 알 것 같았다.

2

미연은 신도시에 새로 개원한 대학병원에서 고객 서비스 만족부 팀장으로 일했다. 본원 사회 공헌 팀에서 지원 업무를 하다가 재작년 분원이 생기면서 팀장으로 승진했다. 남편 기훈은 제약 회사 영업부 차장이었고, 부부는 결혼 후 10년 가까이 아이 없이 지내 왔다. 임신을 하려고 갖가지 노력을 했지만 쉽지 않았고, 자식 없이 살 운명이라고 생각했는데 마흔이 넘어 기적적으로 딸 지우를 얻게 됐다. 기훈은 육아휴직을 6개월만 쓰고 복직하겠다는 미연을 이해하지 못했다. 대학 교직원 신분이라 최대 2년까지 육아휴직을 눈치 보지 않고 쓸 수 있는데 왜 굳이 아이를 남의 손에 맡기려 하느냐고 비난하는 투로 말해 크게 싸우기도 했다.

"당신은 대한민국에 눈치 안 보고 육아휴직 2년 쓸수 있는 조직이 얼마나 있다고 생각해? 출산휴가 3개월에 육아휴직 6개월, 도합 9개월밖에 못 쉬었지만 그것만으로도 다른 직원들 눈치가 얼마나 많이 보이는 줄 알아? 기훈 씨 말대로 2년 쉬다 오면 기존 팀으로 복귀는 절대 불가능하다고. 그렇게까지 못마땅하면 당신이 육아휴직 해."

미연은 기훈을 바라보며 날선 말들을 쏟아 내고도 화가 풀리지 않았다. 가뜩이나 시터 구인 문제로 하루 종일 편두통에 시달렸는데, 복직을 하려는 것 자체가 잘못이라는 식으로 말하는 기훈 때문에 서러운 감정마저 들었다. 잠깐 바깥바람 좀 쐬고 올게, 미연은 점퍼를 걸치고 집 밖으로 나가 고등학교 동창 혜정에게 전화를 걸었다. 아이 없던 시절에는 혜정과 소원하게 지내다가 출산 후 그녀와 부쩍 가까워지게 됐다.

"야! 그냥 업체에 연락해서 구해. 그게 깔끔해. 업체 담당자한테 마음에 드는 사람 나올 때까지 보여 달라고, 아주 까탈스럽게 굴어. 알겠니? 까탈스럽다는 인상을 주는 게 중요하단 말이야. 아무나 들이밀지 못하게."

혜정은 유능한 회계사였고, 아들 셋을 키우는 워킹맘이기도 했다. 학창 시절부터 시원시원한 성격이긴 해도 이 정도까지는 아니었는데 혜정은 무슨 말을 할 때마다 첫마디에 야! 하고 소리부터 질렀다. 그녀는 딸을 낳고 싶어서 셋째 출산까지 도전했지만 또 아들을 낳은 후 나날이 목소리 데시벨만 높아진다고 푸념하듯 말하기도 했다.

"야! 내가 시터라면 산전수전 공중전까지 다 겪어 본 사람이야. 나처럼 아들 셋 키우는 집은 시터들의 기피 1순위라고. 처음부터 마음에 드는 시터를 하늘에서 내려 주는 일 따위는 없어. 우선 마음에 드는 사람 나타날 때까지 계속 면접을 봐야 해. 100퍼센트 흡족할 수는 없겠지만 이 정도면 괜찮겠다는 느낌이 오는 순간이 있어. 신중하게 뽑은 후에 내 사람 될 때까지 손발을 맞춰 가는 거야. 그렇다고 긴장을 풀어서는 안 되고 여차하면 교체하겠다는 마음으로 살펴야지. 야! 너무 겁먹지는 말고. 잘 찾아보면 괜찮은 사람 만날 수 있어. 너희 집은 여자 아이 하나 보는 조건이라 나보다 훨씬 나으니까."

혜정은 가사와 시터 업무를 전담하는 입주 도우미를 고용해 같이 생활하면서, 낮 시간에는 첫째와 둘째의 하원을 돕고 숙제를 봐주는 하원 시터도 따로 두고 있었다. 그녀는 월급 대부분을 돌봄 비용으로 쓰고 있지만 일을 포기할 수 없다고 단호하게 말했다. 출산 후 아이를 키우며 작은 일에도 신경을 곤두세우고 마음 졸이게 된 미연과는 달리 혜정은 예전보다 더 용감하고 씩씩해 보였다. 미연은 혜정을 보면서 저렇게 강단이 있으니 대형 회계법인에서 버티는 거겠지, 하고 생각하다가도 하루 중 아이들을 돌보는 시간이 과연 몇 시간이 되겠느냐며 오히려 제 손으로 키우지 않으니 겁 없이 셋이나 낳은 거라는 생각에 은근히 심통이 나기도 했다.

3

다음 날 아침, 미연은 혜정이 알려 준 시터 소개 업체에 전화를 걸었다. 전화를 받은 김 실장은 혜정의 이름을 대자마자 반색했다.

"어머, 여의도 회계사 사모님 친구분이면 특별히 신경 써 드려야죠. 마침 좋은 분이 지금 계세요. 경력 15년의 베테랑이시고요. 이전 집에서 3년 동안 쌍둥이를 보신 분이세요. 아주 잘하시는 분이랍니다. 믿고 맡기셔도 돼요."

가사 업무까지 깔끔하게 가능한 15년 경력의 베이비시터 월급으로 한 달에 240만 원은 많은 걸까, 적은 걸까. 미연은 그것을 제대로 가늠할 수 없었다. 하지만 자신의 월급 절반 이상을 시터 비용으로 지출해야 한다는 것만은 확실했다. 김 실장은 소개 수수료로 첫 달 급여의 20퍼센트를 업체에 별도로 지불해야 한다고 말했다. 미연은 급여 조건보다도 연세가 마음에 걸린다고, 62세

면 너무 많으신 거 아니냐고 물었다. 김 실장의 목소리
가 한 톤 더 높아졌다.

"그건 사모님이 모르고 하시는 말씀이세요. 그 나이
면 아직 청춘이죠. 시터 중에서 60대 초반이면 젊은 축
에 드는 거라니까요."

최대한 까다롭게 굴어야 한다는 혜정의 충고를 뒤로
하고 미연은 알겠다고 항복하듯 대답해 버렸다. 첫 번째
면접 대상자였던 화숙도 미연에게 뭘 모른다고 타박했
던 게 떠올랐다. 나는 왜 이렇게 모르는 게 많은가. 미연
은 꾸지람을 들은 기분이 들었다.

"안녕하세요, 사모님. 오늘부터 일하게 된 이정순입
니다."

이정순은 집에 들어서자마자 허리를 90도보다 더 낮
게 숙여 인사했다. "아, 네. 잘 부탁드립니다." 미연이 몸
둘 바를 모르며 같이 고개를 숙였다. 가뜩이나 키가 작
은 정순의 눈높이에 맞춰 인사를 하느라 미연은 거의 절
을 하다시피 했다. 정순은 서둘러 옷을 갈아입고 나와
집 안 곳곳을 정리하기 시작했다. 새로운 사람을 맞느라
미리 청소를 해 두었다고 생각했는데, 정순의 손이 닿은
곳과 닿지 않은 곳이 확연하게 달랐다. 듣던 대로 베테
랑다웠다.

미연은 복직 전 보름간 정순과 아이를 함께 돌보며
지냈다. 괜찮은 사람인지 지켜보고 채용을 결정하기 위

해서였다. 정순은 미연과 거의 눈을 마주치지 않고 필요한 말 외에는 하지 않았다. 어쩌다 미연에게 말을 붙일 때는 지나치게 존대해 사람을 불편하게 만들었다. 사모님이라는 호칭이 불편하다고 편하게 불러 달라고 해도 정순은 대답 없이 씨익 웃을 뿐이었다. 혜정은 미연에게 정순이 하는 대로 그냥 두라고 말했다.

"본인이 먼저 그렇게 불러 주는 거면 토 달지 말고 사모님 소리 들어. 말 놓고 하대하라고 하다가 오히려 책잡히기 십상이라니까."

"그…… 그런 거니? 그래도 사모님은 너무 민망한데. 근데 나는 뭐라고 불러야 해? 선생님? 이모님? 시터님?"

"야! 그냥 아줌마라 불러. 처음부터 명확히 해야 해. 니가 고용인이고 그쪽이 피고용인이라는 걸 말이야. 괜히 만만하게 굴었다가는 상전 한 명 더 모시게 되는 거야."

이전 집에서 정순을 이모라고 불렀다는 이야기를 듣고, 미연도 '이모님'이라고 부르기로 했다. 정순은 150센티미터를 밑도는 키에 체구가 작은 편이었지만, 움직임이 조용하면서도 손이 빨랐다. 육아 경험도 풍부해 아이를 잘 다뤘다. 아기의 표정만 보고도 기저귀 상태를 바로 알아챌 정도였다. 아이에게 분유를 먹인 직후 트림도 능숙하게 잘 시켰고, 이유식도 요령 있게 잘 먹였다. 미연과 있을 때는 자주 울고 보채던 지우의 표정이 예전보다 더 편안해 보였다. 하지만 정순은 말수가 적고 무뚝뚝한 편이었다. 아이에게 환하게 웃어 주거나 살갑게 반응해 주는 일이 거의 없었다. 좀 더 재미있게 놀아 주면 좋을 텐데 하고 미연은 생각했지만, 정순은 장난감을 갖고 노는 아이를 곁에서 지켜보면서 가끔 옅은 미소를 짓는 게 다였다. 그런 면이 아쉽긴 해도 결격 사유는 아니었다. 그녀는 복직 이틀 전 거실과 아이 방에 CCTV를 설치했고, 휴대폰에 실시간으로 CCTV를 확인할 수 있는 앱을 깔았다.

복직 첫날 미연은 아이와 시터만 남겨 두고 집을 나서는 발걸음이 떨어지지 않아 현관에 선 채로 아이에게 작별 인사를 여러 번 반복했다. 겨우 뒤돌아서 차에 시동을 건 순간 눈물이 터져 나왔다. 엄마와 이렇게 하루 종일 떨어져 있는 건 처음인데 괜찮을까. 미연은 운전을 하면서도 계속 아이가 눈에 밟혔다.

미연은 출근 후에도 수시로 CCTV를 확인했다. 다행히 지우가 엄마를 찾아 딱히 보채는 것 같지는 않았다. 정순은 아이가 낮잠을 자는 동안에도 쉬지 않고 일했다. 아이의 젖병과 이유식기를 삶았고, 세탁기와 건조기를 차례대로 돌린 후 세탁물을 개켰다. 아이가 자는 동안 점심을 드시라고 여러 번 이야기했지만 끼니도 거르고 하루 종일 일만 하는 것 같았다. 복직 전 미연이 고민한 것도 정순의 점심 식사였다. 미연이 회사를 다니면서 정순의 점심밥까지 준비해 주기는 어려울 듯했다. 미연과 기훈은 평소에도 집에서 요리를 거의 하지 않았다. 아이가 태어나고 외식이 힘들어진 후로 그들은 주로 레토르트식품이나 배달 음식으로 끼니를 해결했다.

미연이 사정을 말하자 정순은 본인이 먹을 점심 도시락을 싸 오겠다며, 대신 식대를 하루 5000원씩 추가로 계산해 달라고 말했다. 주 5일 근무 기준으로 월 10만 원 정도 더 지출이 예상됐지만 미연은 흔쾌히 고개를 끄덕였다. 문제는 정순이 약속과는 달리 도시락을 싸 오지 않고 점심을 굶고 있다는 사실이었다. 미연은 퇴근 후 개수대 주변과 음식물 쓰레기통까지 샅샅이 살폈지만 정순이 무언가를 먹은 흔적이 없었다. 점심은 어떻게 드셨냐고 묻자 정순은 "대충 먹었어요."라고 말하며 얼버무렸다. 미연이 준 식대로 점심을 어떻게 해결하든 그것은 정순의 자유였다. 하지만 아이를 돌보는 일은 체력 소모가 컸고 잘 먹어야 했다. 아이와 지내면서 끼니를 챙겨 먹는 게 쉬운 일이 아니라는 것은 미연도 알고 있었다. 복직 전, 미연 역시 지우와 씨름하다 보면 하루 종일 한 끼도 제대로 먹지 못하는 날이 있었다. 그런 날은 저도 모르게 아이에게 짜증을 냈고, 퇴근 후 집에 온 기훈에게도 말이 곱게 나가지 않았다.

미연은 집 앞 빵집에서 아침 대용으로 먹는 발효빵을 평소보다 넉넉히 샀다. '간식으로 드시라고 올려놨어요. 출출하실 때 드세요. 냉장고에 사과와 우유도 있습

니다.' 미연은 식탁에 빵과 함께 쪽지를 써 두고 출근했
다. 그 후로 정순은 미연이 준비해 둔 빵과 과일을 먹었
다. 쓰레기통에 빵 봉지가 있는 것을 보고 미연은 안도
감을 느꼈다. 아이를 돌보는 사람이 굶고 있는 건 아무
래도 신경이 쓰이는 일이었다. 미연은 매일 퇴근길에 장
을 보면서 식구들이 먹을 것 외에 정순이 좋아하는 빵
과 과일을 추가로 샀다. 따지고 보면 정순의 빵값만 해
도 하루 5천 원이 넘었다. 그렇다고 해서 정순에게 이미
주기로 한 식대를 다시 깎기도 난감했다.

"미연 씨, 복직하고 정신없지? 지금이 제일 힘들 때
야. 내가 맛있는 거 사 줄게."

전산 팀 황희수 선배가 미연에게 메신저를 보내왔다.
미연은 오랜만에 분위기 좋은 이탈리안 레스토랑에 자
리를 잡고 앉아 선배와 이야기를 나누는 시간이 낯설면
서도 감격스러웠다.

"이런 데 와서 밥 먹어 보는 게 얼마 만인지 모르겠
어요."

미연이 들뜬 목소리로 말했다. 초등학교에 다니는 쌍
둥이 남매를 키우는 황이 새삼 존경스러워 보였다. 황은
워킹 맘에게 가장 큰 복이 시터 복이라며, 전생에 나라
를 구해야 좋은 시터를 만난다는 말을 하면서 웃었다.

"미연 씨, 힘들어도 어쩔 수 없으니까 그냥 버텨야 해.
난 쌍둥이라 시터 월급 빼면 진짜 남는 게 없었어. 회사

다니면서 내가 쓰는 돈까지 생각하면 마이너스였다니까. 그래도 버티길 잘했다는 생각이 들어. 미연 씨도 아이 키우는 동안 생각 너무 많이 하지 말고 그냥 버티면서 커리어 지켜. 아이 보는 분은 어때?"

"일을 잘해요. 이모님 오신 후로 집 안이 반짝반짝할 정도예요."

"응, 그렇구나. 근데 좋은 사람이야? 아이를 진심으로 예뻐해?"

미연은 선뜻 대답을 하지 못했다. 정순은 살림을 잘하고 아이를 잘 다뤘지만 좋은 사람이라고 말하기에는 망설여졌다. 좋게 말하면 침착했고, 나쁘게 말하면 무뚝뚝하고 감정 표현이 서툰 사람처럼 보였다. 미연과 기훈 부부는 과하다 싶을 정도로 아이의 행동에 감탄하고 칭찬을 해 주곤 했다. 아이를 쳐다보기만 해도 자연스럽게 나오는 반응이었다. 정순 눈에 지우가 그만큼 예뻐 보이지는 않는 모양이었다. 정순은 아이를 울리지 않았지만, 아이와 눈을 맞추고 크게 웃어 주지도 않았다. 그래서 그런지 정순과 있을 때면 지우가 왠지 풀이 죽어 지내는 것 같다는 생각이 들었다. 갑자기 입맛이 싹 가셨다. 미연의 굳은 표정을 읽은 황이 재빠르게 화제를 돌렸다.

"꼭 대답하라고 물어본 말은 아니야. 그건 그렇고, 그 빨간 머리 여자애, 미연 씨네 팀 맞지? 매일 짧은 치마

입고 다니는 애 말이야."

"전승주 씨요?"

"걔 이름이 승주야?"

"네, 갑자기 승주 씨는 왜?"

"그 친구, 나랑 거의 매일 같은 버스를 타고 오거든. 같은 층에서 근무하니까 엘리베이터까지 같이 타고 오는 날이 많아. 근데 어떻게 인사 한 번을 안 해? 지켜보다가 안 되겠다 싶어서 하루는 내가 먼저 인사를 했어. 안녕하세요, 전산 팀 황희수예요. 아침마다 자주 뵙네요. 그랬더니 두 눈을 동그랗게 뜨고 그냥 쳐다만 보더라? 귀에 꽂은 이어폰은 빼지도 않은 채로 말이야."

승주는 병원 예약과 고객 상담 전화 업무를 하는 계약직 사원으로, 미연이 육아휴직 간 사이 입사한 신입이었다. 똑 부러지는 성격이긴 했지만 말투가 사근사근한 편이 아니라 전화 상담 업무를 하기에 조금 적절치 않아 보이기도 했다. 본인이 직접 면접을 봤더라면 뽑지 않았을 사람이라는 생각이 들면서 미연 역시 승주에게 별로 정이 가지 않았다.

"그렇지 않아도 고객 만족도 설문 조사에서 연속 최하점을 받고 있는 직원이라 조만간 따로 불러서 면담해 보려고요. 저도 그 친구 때문에 골치가 조금 아프네요."

"내가 그럴 줄 알았어. 하나를 보면 열을 안다고 인사성 없는 애들이 일도 잘 못한다니까. 회사에 옷 입고 오는 꼴도 참 가관이더라. 병원에 오는 건지, 클럽에 오는 건지 구분도 못 하고. 요즘 애들 참 무서워, 그치?"

황은 미연의 말에 신이 난 듯 더 크게 떠들어 댔다. 미연의 복직을 축하하기 위해서가 아니라 승주의 험담을 하기 위해 따로 자리를 만든 사람처럼 보일 정도였다.

미연은 그날 오후 승주를 회의실로 따로 불렀다. 고객 만족 설문 조사에서 승주와 통화를 한 고객들의 불만 지수가 유난히 높았다. 대다수가 승주에게 별 다섯 개 만점에 한두 개의 평점을 매겼고, 말투가 무뚝뚝하다, 쌀쌀맞다, 사무적이다 같은 의견을 남겼다.

"팀장님, 저는 제 일이 전화로 사무를 보는 거라고 생각하거든요? 근데 사무적이라고 지적을 받으면 어떻게 해야 하는 건가요?"

승주는 초라한 평점표를 보고도 기가 죽기는커녕 오히려 따지듯 물었다. 미연은 승주를 차분하게 타이르려 애썼다.

"승주 씨, 나는 승주 씨가 단순히 사무를 보는 거라고 생각하지 말고 사람의 마음을 살피는 일을 하는 거라고 생각해 줬으면 좋겠어요. 우리 병원에 전화를 거는 분들은 모두 환자이거나 환자의 가족인 사람들이에요. 더군다나 이런 3차 병원까지 문을 두드리는 건 병세가 심각한 경우가 대부분이지. 그런 사람들에게 조금만 더 따뜻하게 대해 주면 안 될까? 진심으로 상대를 위하

는 마음을 느끼게 해 주는 게 나는 중요하다고 보거든
요. 한 번 더 환하게 웃으면서 이야기하고, 불편한 건 없
는지 마음으로 세심하게 살펴 주는 거, 그런 게 진짜 고
객 만족 서비스지. 전화라서 웃는 얼굴이 보이지도 않는
다고? 진심은 다 느껴지게 마련이라니까. 그러니까 기계
적으로, 실수 없이, 감정 없이 주어진 일만 하는 게 일을
잘하는 게 아니라는 소리예요."

　미연은 승주를 앉혀 놓고 잔소리를 길게 늘어놓다가,
실은 정순에게 하고 싶은 말을 승주에게 하고 있다는
사실을 깨닫고 놀랐다.

4

　미연이 정순의 이상한 낌새를 눈치챈 것은 복직 후
3개월이 지난 때였다. 아이는 아침잠이 없는 편이라 매
일 오전 6시가 되기도 전에 깼다. 미연은 아이가 일어나
면 한 시간 정도 같이 놀아 주다가 출근 준비를 하곤 했
다. 그날도 평소와 다름없이 일찍 일어나 지우와 거실에
서 놀다가 먼저 샤워를 하고 나온 기훈에게 아이를 넘겨
준 다음 욕실로 들어갔다. 생리대를 꺼내려고 욕실 수
납장을 열었는데 치약이 두 개밖에 없었다. 미연은 생필
품을 꼭 세 개 이상 쟁여 놓는 버릇이 있었다. 세제나 비
누, 치약은 물론 통조림이나 라면도 세 개 이하로 떨어지

면 꼭 미리 사다가 채워 놓았다. 기훈에게 혹시 집에 있는 치약을 회사에 가져다 썼느냐고 묻자, 그 용량 큰 치약을 회사에 어떻게 갖다 놓느냐며 고개를 저었다. 그러고 보니 빨랫비누도 한 장 비었다. 분명히 이틀 전에 다섯 장을 사서 한 장은 뜯어서 비눗갑에 넣고, 나머지 넉 장은 욕실 선반에 넣어 두었던 거였다. 이틀 만에 빨랫비누 한 장을 다 쓰지는 못했을 텐데, 아무래도 정순이 의심스러웠다.

"확실해? 진짜 치약이랑 비누 개수 정확하게 기억하고 있는 게 맞느냐고?"

기훈이 다그치듯 묻자 미연은 자신이 없어졌다. 확실한 증거는 없었다. 미연의 기억이 정확하지 않을 수도 있었다. 하지만 이상하게 기분이 찜찜해진 미연은 그 후로 퇴근하고 집에 돌아오면 집 안 곳곳의 물건을 살피느라 신경이 곤두섰다. 귀중품을 숨겨 두는 장소도 바꾸었다. 투 플러스 원으로 산 주방 세제 한 통이 없어진 것을 알아챈 것은 비누 사건이 있고 나서 열흘이 지난 시점이었다.

"이번에는 정말 확실해. 새로 사 놓은 주방 세제 한 통이 사라졌어. 지난번 비누랑 치약도 이모님 소행이 분명해."

미연은 엄한 사람을 의심한다고 자신을 비난했던 기훈에게 사과받고 싶었다. 그러나 기훈은 오히려 "그게 뭐 어때서?"라고 반문했다.

　기훈은 비싼 물건에 손을 대는 것도 아닌데, 그냥 모른 척하는 게 낫겠다고 말했다. 미연도 사라진 물건이 아깝다는 생각은 크게 들지 않았다. 그냥 하나쯤 나눠 달라고 대놓고 말해도 대수롭지 않게 나눠 줄 수 있는 물품이었고, 의식하지 않으면 한두 개쯤 없어졌는지도 모를 물건들이었다. 하지만 부도덕하다는 생각이 들었다.

　기훈은 정순이 마음에 드는 눈치였다. 정순이 온 이후로 기훈의 가사와 육아 부담이 훨씬 줄어든 것도 사실이었다. 퇴근 후 아이 목욕을 시키고 주말마다 욕실 청소를 담당하던 기훈은 정순이 자신의 일을 대신해 주면서 한결 편해졌다는 말을 대놓고 하기도 했다.

　"자기도 회사에서 플러스펜이랑 수정 테이프 가져와서 쓴 적 있잖아. 탕비실에서 믹스커피도 몇 개 슬쩍 갖고 와 집에서 마시기도 했고……. 귀중품에 손을 댄 것도 아닌데 뭘. 그 아주머니 비누 한 장 사다 쓰는 것조차 형편이 어려우신 모양인데 그 정도는 봐드려."

　미연은 정순의 행동을 자신이 회사에서 쓰던 사무용품 몇 가지를 집에 가지고 온 것과 다를 바 없다고 하는 기훈의 말에 기분이 상했다. 아무래도 손버릇이 나쁜 사람에게 말 못 하는 아이를 맡겨서는 안 될 것 같았다. 기훈은 도리어 미연이 너무 예민하게 군다고 말했다.

　"지우 엄마, 우린 지금 우리가 해결하기 힘든 업무를

아웃소싱한 거라고. 그러니까 지엽적인 문제는 덮고 총체적인 퍼포먼스로 평가를 해야지. 이 일로 그 아주머니 해고하면, 갑자기 사람을 어디서 어떻게 구할 건데? 감정적으로 판단할 문제가 아니라고."

지난 3개월간 정순의 모든 말과 행동을 곱씹어 보면서 의심과 불안에 사로잡힌 미연과는 달리 기훈은 시종일관 차분한 태도였다.

5

미연은 아이를 재우고 밤 10시가 넘어 혼자 집 밖으로 나왔다. 답답한 마음에 아파트 단지 주변을 뱅뱅 돌면서 걸었다. 기훈의 말대로 내가 너무 감정만 앞세우는 걸까. 하지만 딸아이 문제인데 감정이 앞서는 게 당연하지 않나. 미연은 제 자식이 걸린 문제인데도 계속 강 건너 불구경하듯 이야기하는 기훈이 더 이상해 보였다. 하지만 정순을 해고하고 다른 시터를 구하는 것 또한 쉬운 일은 아니었다. 처음 정순이 집에 왔을 때 기어 다니던 지우는 석 달 사이에 훌쩍 자라, 이제 짚고 일어서 한 발씩 발걸음을 떼며 걸음마를 하려 했다. 정순이 곰살맞고 살가운 성격은 아니었지만 실수 없이 무탈하게 아이를 돌봐 주고 있는 점은 고마웠다. 미연은 인적이 끊긴 놀이터를 한참 서성거리다가 미끄럼틀 끄트머리에 쪼그려 앉아 혜정에게 전화를 걸었다.

"자니? 통화 가능해?"

"자기는. 이제 퇴근하는 길이다. 운전 중이긴 한데 통화해도 돼. 무슨 일 있어?"

미연은 전화로 심란한 마음을 토로하면서 혜정 역시 기훈과 비슷한 충고를 하리라고 생각했다. 그만한 사람 구하기가 쉬운 줄 아느냐고, 감정에 휘둘리지 말고 상황을 냉정하게 바라보라고, 평소 혜정이라면 그런 조언을 건넬 거라고 기대했다. 하지만 혜정은 의외의 대답을 내놓았다.

"아니 왜, 감정적으로 판단하는 게 어때서? 난 감정 문제 중요하다고 생각하는데? 시터를 고용하는 목적은 내 체력과 감정 소모를 아끼기 위해서야. 찝찝하면 바꿔. 애들은 생각보다 적응이 빨라. 사람 바뀌는 걸 겁내다가 오히려 나중에 더 큰일 당할 수도 있다니까. 느낌이 쎄하면 나중에 결국 문제가 생기더라고."

"하아, 아무래도 그래야 할까. 이제 와서 새로운 사람은 어디서 구하지? 김 실장한테 다시 전화해도 될까?"

혜정은 미연이 출퇴근을 해야 하는 상황이니 정순을 바로 그만두게 해서는 안 된다고 했다. 주말을 이용해 면접을 보면서 후임자를 천천히 알아보라며 몇 가지 팁을 알려 줬다. 혜정의 이야기를 들으니 새로운 숙제를 받은 기분이었다. 미연은 전화를 끊자마자 머리카락을 양

손으로 흐트러뜨리며 길게 한숨을 쉬었다. 다시 면접을 본다고 해서 믿을 만한 사람을 만날 거라는 보장이 없었다. 급격한 편두통이 몰려왔다. 뒤통수 전체를 세게 죄이는 듯한 두통이었다. 미연은 자리에서 일어나면서 저도 모르게 앓는 소리를 냈다.

"저기…… 어디 아프세요? 괜찮으신가요?"

그 순간 나무 그늘 밑에 있는 벤치에서 검은 머리통이 갑자기 솟아올라 다가왔다. 미연은 깜짝 놀라 뒷걸음질을 쳤다.

"놀라셨다면 죄송해요. 저 기억 안 나세요? 지우 엄마 맞으시죠?"

검은 실루엣이 천천히 다가오면서 형체가 선명해졌다. 가로등 불빛 아래 비친 얼굴이 눈에 익었다. 지난 주말 아침 놀이터에서 만났던 102동 할머니 — 그녀는 지우에게 자신을 그렇게 소개했다. — 였다. 아침에 일어나자마자 밖으로 나가자고 보채는 지우의 등쌀에 못 이겨 새벽 6시부터 놀이터에 나왔을 때 벤치에 혼자 앉아 있던 초로의 여자였다. 여자가 먼저 지우에게 말을 붙이며 다가왔고, 졸린 눈을 부비며 비몽사몽하고 있던 미연 대신 아이와 놀아 주느라 땀을 뻘뻘 흘리기까지 했다. 아이의 장난을 스스럼없이 받아 주고 온몸으로 놀아 주어 고맙다는 인사를 했던 기억이 떠올랐다.

"아, 네. 안녕하세요……. 딸아이 이름을 기억하시네

요. 그런데 이 시간에 여기는 무슨 일로……?"

"잠도 안 오고 너무 답답해서 나와 앉아 있었어요. 나 지난 주말에도 새벽에 여기 나와 앉아 있었잖아요. 바로 이 자리요."

"아, 네."

"제가 일부러 들으려고 들은 건 아닌데 어쩌다 보니……. 혹시 아이 돌볼 사람 구하시는 거면 제가 봐드리면 안 될까요? 지우가 너무 예뻐서. 그날 하루 봤는데도 계속 눈에 밟히더라고요."

새로운 시터를 구하는 일이 너무 막막해서였을까. 경력도 베이비시터 자격증도 없는 사람이었지만 미연은 이상하게 그녀에게 마음이 갔다. 주변이 깜깜한 가운데 가로등 불빛을 받고 서서 미연의 아이를 돌봐 주고 싶다고 말하는 여자에게서 설명하기 어려운 호소력이 느껴졌다.

6

이튿날은 마침 토요일이었고, 놀이터에서 만난 102동 여자는 남편이 토요일마다 골프를 치러 가서 심심하다며 미연과 지우를 자신의 집에 초대하고 싶다고 했다. 미연은 면접을 보는 심정으로 아이를 유아차에 태워 102동으로 건너갔다. 102동 906호에 사는 정남희는 올해 환갑을 맞았으며, 식구는 경찰 공무원을 퇴직한 남편뿐이라고 했다. 남편은 퇴직 후에도 사설 경비업체에서 고문직을 맡아 바빴고, 서른이 넘은 아들은 해외 파견 근무 중이었다. 남희는 하루가 너무 무료해서 시터 일을 하려는 거라고, 월급도 액수 상관없이 주는 대로 받겠다고 했다. 대신 집을 하루 종일 비울 수 없으니 지우를 자기 집에서 돌보고 싶다는 게 그녀의 요구 사항이었다. 그 외 모든 조건은 미연이 원하는 대로 맞추겠다고 했다. 불안하면 자신의 집 거실에 CCTV를 설치해도 좋다고까지 했다. 그 말을 듣자마자 미연은 집 안 곳곳을 다시 둘러봤다. 장판 바닥은 얼굴이 비칠 정도로 반짝거렸고, 간소하게 정리된 가구나 가전제품에서도 먼지 한 톨 보이지 않았다. 집 안 전체에 은은한 향기가 감돌았다. 예상 밖의 제안이 당황스러우면서도, 미연은 왠지 남희를 놓치기 싫었다. 미연과 근무 조건에 대해 이야기를 하는 와중에도 남희는 계속 눈으로 아이를 좇았고 종종 눈을 맞추며 웃었다. 고민 끝에 미연은 매일 아침 남희의 집에 아이를 맡기고 퇴근하면서 찾아오기로 합의했다. 남희가 미연의 집에 드나들지 않으니 가사에 대한 도움은 기대할 수 없었고 아이 목욕도 집에 데려와 직접 시키기로 했다. 미연 부부가 회사에 가 있는 동안 아이를 돌봐 주는 조건으로 미연이 월급 180만 원을 제시하자, 남희는 1초의 망설임도 없이 좋다고 말했다.

기훈은 미연의 결정을 이해할 수 없다고 투덜대면서도 크게 문제 삼지는 않았다. 시터를 바꾸기로 한 미연의 판단에 찬성했다기보다는 그 판단에 대한 책임이 미연에게 있다는 식이었다. 정순이 있을 때보다 부부가 해야 할 일이 늘어난 것은 어쩔 수 없었다. 낮 시간에 집이 비어 있긴 했지만, 세 식구가 생활하는 공간을 관리하기 위해서 드는 기본적인 품이 있었다. 매일 저녁 퇴근 후 한 사람이 아이를 씻기는 동안 나머지 한 명이 청소기와 세탁기를 돌려야 했다. 주말마다 기훈이 변기를 닦고 욕실 바닥 청소를 했고, 미연은 평일에 미처 손대지 못한 집 안 곳곳의 묵은 먼지를 치웠다. 미연은 회사와 육아 및 가사 노동으로 쳇바퀴처럼 돌아가는 일상이 고단하면서도 보람차다고 느꼈다.

아이는 새로운 시터와 기대 이상으로 잘 지냈다. 남희가 사는 102동은 남동향에 미연의 집보다 두 배가 넓은 48평형이었다. 미연은 남희의 동의를 얻어 널따란 놀이 매트를 주문해 그 집 거실에 깔았고, 지우 방에 있던 CCTV 카메라도 옮겨 달았다. 지우가 그곳에서 쓸 아기 의자와 장난감도 추가로 주문했다. CCTV 화면 속에서 지우는 깨끗하고 넓은 거실을 누비며 환하게 웃고 있었다. 남희는 지우의 머리를 곱게 빗겨 주고 팔다리를 주물러 주었다. 남희가 간지럼을 태우며 장난을 치자 아이는 거의 넘어갈 듯이 깔깔 웃었다. 남희는 아이의 이마에 하루에도 몇 번씩 입을 맞췄고, 노래를 불러 주면서 아이와 함께 춤을 췄다. 이제 걸음이 제법 똘똘해진 지우는 종일 남희 뒤만 졸졸 쫓아다녔다.

남희는 미연을 미연 씨라고 불렀다. 미연은 아기 엄마도, 사모님도 아닌 그 호칭이 좋았다.

"미연 씨는 나가서 본인 이름으로 자기 일 하니까 얼마나 좋아. 나 때는 그런 거 상상도 못 했는데 지금 생각하면 참 바보같이 굴었던 거지."

남희는 지나가듯 과거의 이야기를 하곤 했는데, 그때마다 말투나 표정에서 묘한 회한이 묻어났다.

미연은 남희를 부를 적절한 말을 찾지 못해 되도록 호칭을 생략했다. 102동 할머니라고 부를 때도 있었다. 남희에게 직접 말하는 게 아니라 아이를 중간에 두고 "102동 할머니께 인사드려야지."라고 말하는 식이었다. 그런 미연에게 남희는 자신을 엄마라고 불러 달라고 했다. 자신은 딸이 없어서 정말 미연을 딸처럼 생각한다고, 친정 엄마라 생각하고 편하게 여겨 달라는 요구가 처음에는 마냥 부담스러웠다. 하지만 재차 조르듯 이야기하는 남희의 청을 거절하기가 어려웠다. 병원을 찾는 어르신들에게 곧잘 어머님, 아버님이라고 불렀던 것을 떠올리면서 그렇게 부르지 못할 이유도 없겠다는 생각이 들었다. 미연은 남희를 차마 엄마라고는 부르지 못하고 102동 어머님이라고 불렀다. 정말 이상하게도 어머님

이라고 부르기 시작하면서 남희에게 마음 한편을 의지
하게 됐다.

남희에게 단점이 없는 것은 아니었다. 말이 많은 편이
었고, 남희가 늘어놓는 이야기의 절반 이상은 신세 한탄
이었다. 어쩌면 그것은 남희 또래 여성들이 가지는 공통
적인 특징일지도 몰랐다. 미연은 아이를 이렇게까지 예
뻐하고 아껴 주시니 신세 한탄쯤은 얼마든지 들어 줄
수 있다고 생각하다가도, 이야기가 길어질 때마다 급격
한 피로를 느끼곤 했다.

"미연 씨는 나한테 고맙다고 하지만 내가 더 고마워.
나는 정말 지우를 만나서 사람답게 살게 됐어. 실은 내
가 지난해 연말부터 마음이 너무 황폐했거든. 밤에 잠
도 잘 못 자고, 자다 깨서 밤이든 새벽이든 밖에 나가 놀
이터 벤치에 멍하니 앉아 있고 그랬다고요, 내가. 근데
지우를 만난 후로 그런 게 싹 사라졌어. 지우를 보면 불
안한 마음도 사라지고, 내가 이 아기에게 뭘 해 줄까 고
민하면서 시간을 보내게 돼서 너무 행복해. 이런 말하
면 이상하게 보일 줄 아는데, 미연 씨 난 지우를 너무 사
랑해. 아들 키울 때도 이런 감정은 느껴 보지 못했는데
말이에요. 그때는 너무 힘들기만 했어. 시부모에 시할머
니, 시동생, 시누이들까지 대식구와 같이 살면서 밥하
고 빨래하느라…… 내가 낳은 내 새끼는 제대로 안아
보지도 못하고 키웠어. 시어머니와 시할머니가 끼고 있

172

는 통에 나는 가까이 갈 틈도 없었지. 하루 종일 식모처럼 일만 했다니까. 미연 씨는 그게 어떤 건지 상상도 못할 거야……. 하루 종일 허리 한 번 펴기가 힘들었지. 그때는 뜨거운 물이 펑펑 쏟아지지도 않고, 지금처럼 드럼세탁기나 건조기가 있기나 했나. 그러고도 시어머니는 나 고생한 거 알아주기는커녕 당신이 손주 대신 키워 줬다고 생색만 냈지. 우리 시어머니는 정말 독한 사람이었어……. 지금도 치가 떨릴 지경이야."

어느 늦은 밤 미연의 휴대폰에 깔린 CCTV 앱이 자동 업데이트 됐다가 저절로 실행된 일이 있었다. 미연이 지우를 데리고 가면 거실 CCTV를 껐는데 그날은 남희가 깜빡한 모양이었다. 자정이 넘은 시각 102동 906호 거실 광경이 미연의 휴대폰 화면에 떴다. 거실 불은 꺼져 있었고, 텔레비전에서 나오는 옅은 불빛만 소파에 앉은 남희를 푸르스름하게 비추고 있었다. 남편은 안방으로 들어갔는지 보이지 않았고, 혼자 거실을 지키고 앉아 있는 남희의 어깨가 축 처져 보였다. 주변이 어두워 표정이 제대로 보이지도 않았는데 실루엣만으로도 음산하고 울적한 기운이 전해졌다. 지우가 놀 때에만 여기가 사람 사는 집처럼 느껴진다며 아이를 꼭 끌어안던 남희의 얼굴이 떠올랐다.

7

미연은 사무실에서 일을 하다가도 틈틈이 휴대폰으로 CCTV를 들여다봤다. 남희가 못 미더워서 감시를 하려는 게 아니라 지금 두 사람이 뭘 하고 있는지 궁금해서, 아이가 보고 싶은 마음에 CCTV 앱을 열어 보곤 했다. 남희가 지우를 아기 의자에 앉혀 놓고 밥을 먹이고, 지우는 아기 새처럼 입을 크게 벌려 음식을 받아먹고 있었다. 아이는 음식을 먹다 말고 뭐라 뭐라 소리쳤다. 미연은 아이의 목소리를 듣고 싶어 이어폰을 끼고 볼륨을 높였다. "함미, 함미, 무! 무!" 물을 달라는 뜻이었다. "응, 할미가 물 갖다줄게." 남희가 부엌으로 잠깐 사라졌다. CCTV 카메라가 거실에서 기역 자로 꺾이는 구조의 부엌 내부까지 비춰 주지는 않았다. 부엌과 부엌 쪽으로 붙어 있는 창고 방, 그리고 나머지 방들이 CCTV의 사각지대인 셈이었다. 하지만 아이는 주로 거실에 머물렀고 부엌으로는 거의 가지 않았다. 그리고 미연은 남희의 성품을 믿었다. 카메라가 없는 곳에서 아이에게 해코지를 할 사람이 아니었다. 때로는 남희가 미연보다 아이를 더 끔찍하게 위한다는 생각이 들 정도였다. 미연은 아이 밥으로 진밥 형태의 이유식을 주문해 먹였는데, 남희는 배달 이유식이 믿음이 가지 않는다며 얼굴을 찌푸렸다. 남희는 아침마다 아이와 함께 맡긴 이유식을 돌려보내고 아이가 먹을 것을 직접 만들어 주기 시작했다. 아이 보는 일만으로도 힘든 와중에 음식까지 부탁하기는 미안했기에, 지우가 먹을 것은 준비해 보내겠다고 해도 남희는 고개를 저었다. 자신이 만든 것을 더 잘 먹는 지우를 보면 힘들기는커녕 신이 난다고 했다. 이유식 조리는 계약 조건에 없던 일이었다. 미연은 이유식을 구입하는 돈만큼 추가로 남희의 계좌에 입금했다. 남희는 괜한 짓을 한다며 미연을 타박했고, 그 돈으로 지우 옷과 장난감을 사 줬다. 미연은 그런 남희가 부담스러우면서도 고마웠다. 내가 정말 전생에 나라를 구해서 좋은 시터를 만났나, 하는 생각마저 들었다.

남희 덕에 미연은 걱정 없이 일에 전념할 수 있었다. 지난 분기에는 서비스 품질 평가 점수 부문에서 처음으로 본원을 추월했다. 자신은 운이 좋은 편이라고, 도움을 주는 주변 사람들 덕에 출산과 육아 문제로 인한 여러 가지 고비들을 그나마 수월하게 넘을 수 있었다고 안도했다. 하지만 얼마 지나지 않아 승주가 문제를 일으키면서 미연은 복직 이후 최대 위기를 맞게 됐다.

팀장인 미연이 민원인과 직접 통화할 일은 극히 드물었다. 하지만 약이 오를 대로 오른 노인을 진정시키기 위해서는 결국 미연이 직접 통화를 하는 수밖에 없었다. 승주와 전화로 다툰 노인은 자신이 만족할 만한 수준의 사과가 이루어지지 않으면 자신이 갖고 있는 녹음 파일을 언론에 공개하겠다며 길길이 날뛰었다. 언론에 알리겠다, 고소하겠다는 협박은 악성 민원인들이 가장 자주 쓰는 협박이지만, 노인의 말은 시시한 협박으로 느껴지지 않았다. 노인은 보수 신문에서 활약하고 있는 유명 칼럼니스트였다.

노인은 다른 병원에서 대장암 3기 진단을 받았고, 미연이 근무하는 병원의 C 교수에게 수술을 받으려 보름 전에 전원했다. C 교수는 우리나라에서 손꼽히는 외과 의로, 분원을 개원할 때 이곳 암 센터로 옮겨 수술을 집도하고 있었다. 본원을 마다하고 신도시에 있는 분원 암 센터를 찾는 환자의 대부분이 C 교수에게 수술을 받으려는 사람들이었다. 노인은 C 교수에게 수술을 받으려면 3개월 이상 기다려야 한다는 안내에 버럭 화를 냈다. 내가 누군지 아느냐로 시작해 대답하는 족족 말꼬리를 잡으며 시비를 거는 노인을 장장 40여 분에 걸쳐 응대한 통화 녹음 내용을 듣다 보면 오히려 승주가 안쓰러울 지경이었다. 노인이 문제 삼은 것은 43분 30초경 승주의 발언이었다. 예정된 수술 날짜를 당겨 주는 것은 원칙적으로 불가하다는 말만 반복하던 승주에게 노인이 화를 내면서 "그럼 그사이에 내가 죽기라도 하면 어쩔 거냐, 전이가 되어서 온몸에 암이 퍼지면 네가 책임을 질 거냐?" 하고 소리를 질렀다. 승주는 싸늘한 말투로 말했다. "그렇다 하더라도 어쩔 수 없습니다. 현재 상황에서 제가 도와드릴 수 있는 부분은 없습니다." 그 말을 들은 노인은 이성을 잃고 승주에게 온갖 욕설을 퍼부었다. 75세의 암 환자에게 '죽어도 어쩔 수 없다.'고 한 것은 승주의 말실수가 맞았다. 그리고 노인이 언론에 공개하겠다고 한 것은 그 문제의 발언만 편집한 1분짜리 녹음 파일이었다.

승주는 노인의 요구를 받아들일 수 없다고 말했다. 오히려 노인이 퍼부은 모욕적인 발언에 대해 사과받고 싶다고, 자신은 감정노동자 보호법에 의거해 보호받을 권리가 있다고 주장했다. 승주의 말이 맞았다. 하지만 70대 노인이 전화 상담원인 20대 여성에게 이 정도 폭언을 하는 일은 너무도 흔해 뉴스거리조차 되지 않았다. 반대로 "A대학 병원 직원, 말기 암 환자에게 막말. 수술 못 받아 죽더라도 어쩔 수 없어……"와 같은 타이틀로 기사가 나간다면 그날부터 병원 고객 센터는 빗발치는 항의 전화로 업무가 마비될 것이 분명했다.

8

그런 날이 있다. 아침에 눈뜬 순간부터 잠자리에 들 때까지 불운과 악재가 연속으로 목을 죄여 오는 날. 미연은 그날 하루가 악몽처럼 느껴졌다. 퇴근길 운전석에 앉은 미연은 하루 종일 소득 없는 일로 몸과 마음이 너덜너덜해진 기분이었다. 미연은 오전 내내 외부 행사로 바쁘게 뛰어다니다가 오후에는 사무실에 들어오자마자 전화로 욕을 해 대는 노인을 상대해야 했다. 승주와 노인의 한 시간에 달하는 통화 녹음 내용을 듣고 나서, 승주를 불러 30분 넘게 면담했다. 하지만 문제는 해결되지 않았고, 노인은 다음 날 다시 전화를 걸어올 게 뻔했다.

아파트에 도착해 주차를 하고 나서 미연은 잠시 백미러에 얼굴을 비춰 억지웃음을 지으며 얼굴근육을 이리저리 움직였다. 남희와 지우에게 속상한 기색을 보이고 싶지 않아서였다. 그날따라 아이도 속을 썩였다. 아이는 유아차에 오르기를 거부하고 미연을 따라 집에 가지 않겠다며 떼를 썼다. 겨우 달래 신발을 신겼지만 현관에 서서 밖으로 나오려 하지 않아 미연은 말굽 모양의 도어스토퍼로 문을 고정시켜 놓은 채 아이와 한참 실랑이를 벌였다. 가뜩이나 피곤한 가운데 아이까지 떼를 쓰자 미연의 심기는 점점 더 불편해졌다. 결국 아이를 억지로 들어 올려 데리고 나왔다. 아이는 집에 도착할 때까지 미연의 품에 안겨 버둥거리며 울었지만 아랑곳하지 않았다. 미연이 집에 도착하고 몇 분 지나지 않아 기훈이 들어왔다. "왜 이렇게 연락이 안 돼? 오면서 전화 여러 번 했는데." 기훈이 짜증 섞인 목소리로 말했다. 미연은 그제야 남희의 집 현관 신발장 위에 휴대폰을 두고 온 것을 알아차렸다.

항상 잠겨 있던 906호의 창고 방을 그날 미연이 들여다보게 된 것은 우연이었다. 휴대폰을 찾으러 간 미연은 906호 앞에서 벨을 누르려다가 좀 전에 자신이 발로 내려놓은 스토퍼가 땅에 닿은 채로 현관문이 한 뼘쯤 열려 있는 것을 보고 그냥 안으로 들어갔다.

"어머님, 저 미연이에요. 휴대폰을 놓고 가서요."

미연은 현관에서 목을 길게 빼고 말했다. 남희는 대답이 없었고, 대신 부엌 쪽에서 이상한 소리가 들려왔다. "어머님, 저 잠깐 들어갈게요." 미연은 어디서 나는 소리인지 두리번거리며 찾았다. 부엌과 붙어 있는 작은 방에서 누군가 흐느끼는 소리가 들려왔다. 그 방은 창고 용도로 항상 잠겨 있는 방이었다. 창고 방 문이 열린 것을 보고 미연은 고개를 갸웃거리며 그쪽으로 다가갔다. 방 안에는 앙상하게 마른 노파와 남희가 있었다. 거의 백 살은 되어 보이는 늙은 여자가 방바닥에 엎드려 있었고, 남희는 선 채로 그 노파를 노려보고 있었다. 열린 문 사이로 퀴퀴한 냄새가 새어 나왔다. 남희는 미연이 문 뒤에 서 있는 줄도 모르고 거의 이성을 잃은 것처럼 노파에게 소리를 질렀다.

"이 노인네야, 미치려면 곱게 미쳐! 먹기 싫으면 처먹지를 말든가."

머리카락에 밥풀을 잔뜩 붙인 노인이 네발짐승처럼 엎드려 손으로 땅바닥에 죽을 짓이겼다가 그것을 다시 주워 먹었다. 아까 낮에 지우가 먹은 것과 똑같은 쇠고

기버섯죽이었다. 그 광경을 보고 놀란 미연이 자신의 입을 틀어막으며 뒷걸음질을 쳤다. 그 순간 미연을 발견한 남희가 더 놀라 소리를 질렀다. 노파는 밥풀을 잔뜩 묻힌 손으로 이불을 잡아당겼다가 손바닥을 펴서 그 위에 비벼 대기 시작했다. 미연은 눈앞에 보이는 광경을 믿을 수 없었다. 남희는 분명 낮 시간에 지우와 둘이서만 집에 있다고 말했다. 우연한 계기가 아니었더라면 미연은 이 창고 방에 있는 노파의 존재를 영원히 알지 못했을 것이다. 아마 이 노인이 죽어 나갈 때까지도.

"미연 씨, 놀라지 마. 내가 다 설명할게. 제발, 내 말 좀 들어 줘요."

남희는 집 밖으로 나가려는 미연을 억지로 붙잡았다.

"시어머니인데 지금 치매가 심해서. 지난 연말까지 요양병원에 계시다가 죽어도 병원은 싫다는 바람에 이렇게 집에 모셔 오게 됐어. 나야말로 저 노인네 이 집에 데리고 오는 거 죽기보다 싫었어. 내가 저 노인네한테 당하고 산 세월이 어떤 건지 미연 씨는 상상도 못할 거야. 그거 알면 미연 씨도 나 이해할 텐데……. 내가 당한 거에 비하면 저 노인네는 말년에도 나한테 효도받고 사는 거라고. 미연 씨가 오해할까 봐 말하는 건데 식사를 밥상에 차려 줘도 저렇게 밥그릇을 땅바닥에 놓고 손으로 먹으려고 들어. 내가 저렇게 먹으라고 한 거 아니야. 매일 차려 주는 밥도 저렇게 방바닥이며 이불에 다 쏟아 놓아서 내가 저거 치우느라……. 미연 씨는 내 속 몰라. 미리 말 못 해서 정말 미안한데, 지우는 그동안 시어머니랑 한 번도 마주친 적 없어. 지우가 있는 동안은 이 방에서 나온 적이 없거든. 어차피 기저귀를 차니까, 화장실까지 이 방에서 모든 것을 해결하는 거나 마찬가지야. 정말 걱정 안 해도 돼."

미연은 아무런 대꾸 없이 그대로 서 있었다. 남희가 다가와 달래듯 말하며 손을 잡으려 했고, 미연은 그 손을 매몰차게 뿌리쳤다. 남희의 설명을 들을수록 미연은 그녀를 향한 경멸의 눈빛을 거둘 수가 없었다. 미연은 저 방의 진실을 알게 된 것을 다행으로 여겨야 할지 불행으로 여겨야 할지 혼란스러웠다. 남희는 마음씨가 비단결 같은 사람이라고, 누구에게도 모질게 굴 수 없는 사람이라고 생각했는데, 노인의 밥그릇을 발로 툭툭 차는 광경을 직접 눈으로 보게 되니 충격이 가시질 않았다. 미연은 남희에게 눈물이 날 정도로 배신감을 느꼈다.

그날 밤 미연은 잠자리에 누웠다가 이불을 걷어차고 나와 거실을 한참 서성였다.

미연 씨 화 풀어요. 달라진 건 아무것도 없어요. 나 나쁜 사람 아닌 거 미연 씨도 잘 알잖아요.

남희가 보낸 메시지를 읽으니 더 화가 났다.

혜정에게 어떻게 해야 할지 묻자, "어렵다, 어려워."라는 말만 돌아왔다.

"애한테는 너무 잘하는데, 시모를 학대하는 사람인 거잖아. 근데 사람이니까, 그럴 수도 있지 않나? 그 아줌마 입장도 아예 이해가 안 되는 건 아니야."

문제는 미연이 그 광경을 봐 버렸다는 것이다. 불과 몇 미터 거리에 죽음을 기다리는 노인이 하루 종일 갇혀 있는데, 아무것도 모르는 아이가 그 집 안 곳곳을 천진난만하게 뛰어다닐 생각을 하면 소름이 끼쳤다.

"그건 그렇다. 야, 진짜 어렵네."

"아무래도 새로운 사람을 구해야겠지? 이제 지우도 좀 컸으니 어린이집에 보내는 게 나을까. 그냥 솔직하게 말해 줘. 너라면? 너라면 어떻게 할 거 같아?"

"나라면, 내 아이를 처음부터 그런 집에 보내지 않지."

그 순간 미연은 기분이 완전히 상해 버렸다. 더 이상 혜정과 아무 말도 하고 싶지 않았다.

9

다음 날 아침, 미연은 평소보다 일찍 집을 나섰다. 아이의 간식과 기저귀, 옷가지를 챙긴 가방을 기훈에게 건네며 지우를 102동에 대신 데려다주라고 말했다. 영문을 모르는 기훈이 무슨 일이 있느냐고 물었다. 미연은 아침 일찍 본부장의 호출이 있다고 짧게 답했다. 전날 밤 미연은 남희의 일을 기훈에게 말할까 고민하다가 하지 않았다. 제대로 알아보지 않고 아이를 맡겼다고 자신을 탓할 것만 같았다.

본부장의 호출이 있다는 말은 거짓이 아니었다. 승주 문제가 본부장 귀에까지 들어간 것이다. 이 일만 아니었다면 오늘 하루라도 휴가를 냈을 것이다. 미연은 아이를 102동에 보내는 것이 정말 내키지 않았지만 어쩔 수 없었다.

본부장은 미연을 불러 앉혀 놓고 승주나 진상 고객에 대해서는 별말을 하지 않은 채 미연의 신상에 대한 것만 한참 물었다.

"백 팀장, 아이는 잘 크나요? 육아휴직에서 복직한 지 얼마나 됐죠? 한 1년 쉬었더랬죠?"

"아닙니다. 출산휴가 3개월, 육아휴직 6개월, 총 9개월 쉬었고 복직한 지는 5개월 됐습니다."

"그랬군요. 벌써 시간이 그렇게 됐나. 5개월이면 업무 파악은 충분히 됐겠네요."

업무 파악이 끝난 지가 언젠데. 복직한 당일부터 발바닥에 땀나도록 병원 곳곳을 누비며 일하고 있는 사람에게 할 소리가 아니라는 생각이 들었지만 미연은 잠자코 듣고 있었다.

"백 팀장, 본원에 있을 때 말이에요..내가 가족계획 물어봤을 때, 아이 없이 살 생각이라고 하지 않았나? 물론 출산 정말 축하하고 너무 잘된 일이에요. 그런데 내 입장에서는 서운한 것도 사실이었어요. 계획이 있으면 있다고 그때 말을 해 줬으면 좋지 않았을까? 아니면 신변에 변화가 생겼을 때 바로 이야기해 줬더라면 좋았겠다. 개원하자마자 팀장이 육아휴직으로 자리를 비우니까 내 입장에서는 참 곤란한 부분이 있더라고요. 분원 개원하면서 내가 백 팀장 일부러 이쪽으로 데리고 온 건 알고 있죠? 내가 정말 백 팀장한테 기대가 컸거든. 아니, 지금도 기대가 커요."

미연은 입술을 잘근 깨물었다. 재작년 인사 시즌 때 면담 자리를 미연도 생생하게 기억하고 있었다. 정말 그때까지도 아이를 낳을 계획이 없었다. 미연이 팀장 승진 명단에 올랐다는 소문이 돌 무렵, 아이를 임신했다는 것을 알게 됐다. 미연은 혹시 인사상 불이익을 당하게 될까 봐 팀장으로 승진해 분원으로 자리를 옮기고 나서도 배가 불러올 때까지 회사 사람들에게 임신 사실을 숨겼다.

노인은 승주가 자신을 찾아와 무릎을 꿇고 사과할 것을 요구했다. 말이 되지 않는 요구였지만 일이 더 커지는 걸 막으려면 승주를 설득해야 했다.

"도저히 못 하겠어요. 마음에서 우러나오지 않는 사

과가 무슨 의미가 있다고 저렇게까지 집요하게 구는 걸까요. 왜 죄 없는 사람한테 무릎을 꿇어라 마라 하는 건데요?"

승주가 분하다는 듯 주먹을 쥐고 씩씩거렸다. 미연은 승주를 달래며 말했다.

"승주 씨, 세상에는 우리가 이해하기 힘든 종류의 사람들이 있어. 승주 씨 속상한 마음 모르는 바 아니지만 그냥 오늘 하루만 마음은 회사 캐비닛에 넣어 두고 가자. 나도 같이 갈게. 승주 씨가 못 하겠다면 그냥 내가 대신 꿇을게. 승주 씨가 나랑 같이 가 주는 것까진 할 수 있지? 이따 6시에 출발하자."

"팀장님이 가서 무릎을 꿇으신다고요?"

승주가 눈을 동그랗게 뜨며 물었다.

"응, 못 할 것도 없지. 난 병원과 우리 팀을 위해서라면 그 정도는 아무것도 아니라고 생각해."

승주는 아무 대답이 없었다. 미연이 이렇게까지 나오면 승주도 거절할 수 없으리란 걸 알았다. 승주가 더 이상 토를 달지 않는 건 본인도 따르겠다는 뜻이라고, 미연은 그렇게 이해했다.

10

노인의 집은 구도심에 위치한 전원주택 단지였다. 그

중에서도 정원수가 가장 아름다운 집이었다. 막상 과일 바구니를 들고 집에 찾아가자 노인은 젠틀한 미소를 지으며 미연과 승주를 집 안으로 들였다. 무릎을 꿇으라고 하지도 않았다. 대신 미연과 승주는 노인의 아내가 내놓은 다과를 앞에 두고 무릎을 모으고 앉아 노인이 늘어놓는 일장 연설을 한 시간 넘게 들어야 했다. 직업 윤리란 무엇인가, 젊은이들은 인생을 어떤 자세로 살아야 하는가에 대한 진지한 연설이 길게 이어졌다. 노인은 정말 암 환자가 맞긴 한 건가 의심스러울 정도로 기력이 좋았다. 미연은 저녁도 먹지 못한 채 하염없이 이어지는 노인의 잔소리를 들으면서 차라리 깔끔하게 무릎이나 한번 꿇고 집에 가는 게 낫겠다고 생각했다.

미연은 노인의 집을 나서면서 죄송하다는 말과 사과를 받아 주셔서 감사하다는 말을 여러 번 반복하며 고개를 숙였다. 노인이 오만한 표정으로 고개를 끄덕였다. 차에 타자마자 긴장이 풀린 미연은 길게 한숨을 쉬었다. 조수석에 앉은 승주도 지친 기색이 역력했다.

"우울하네요. 배도 고프고. 팀장님, 저 입맛 없어서 아까 점심도 굶었어요."

"응, 그랬구나."

미연은 건성으로 대답하며 내비게이션 목적지를 우리 집으로 설정했다. 하필이면 기훈도 야근이라 아이가 아직 102동에 있었다. 서둘러 시동을 걸어 전원주택 단지를 빠져나오면서 미연이 물었다.

"승주 씨 집이 어디라고? 가다가 요 앞 지하철역에 내려 주면 될까?"

"팀장님, 저 저녁 좀 사 주시면 안 돼요? 우리 배고픈데 어디 가서 밥 먹고 가요. 이대로 집에 들어가려니까 너무 우울해서요."

미연은 미간을 찌푸렸다. 끝까지 문제를 일으켜서 미안하다는 말 한마디 없었다. 승주 때문에 저녁 8시가 넘은 시간까지 아이를 남의 손에 맡겨 두고 저녁도 먹지 못한 채 미친 노인네의 지청구를 들어야 했다. 심지어 과일 바구니도 법인카드가 아닌 미연의 신용카드로 구입한 것이었다. 그런 사정은 아랑곳하지 않은 채 우울하다고 징징대기나 하는 승주에게 미연은 분노를 느꼈다. 감정을 애써 억누르며 미연이 말했다.

"내가 맛있는 저녁이라도 사 주고 싶은데 어쩌지? 나도 지금 이웃집에 아이를 맡겨 놓고 나온 상황이라 빨리 들어가 봐야 하거든."

"어쩔 수 없죠. 근데 팀장님, 팀장님은 누구 편이세요?"

"응? 그게 무슨 소리야?"

"전 팀장님은 제 편이 되어 주셔야 한다고 생각해요. 아시잖아요, 저 잘못 없는 거."

이 아이는 여기가 동아리인 줄 아는 건가. 미연은 다시 짜증이 치밀어 올랐다. 네 편 내 편이 어디 있니, 이

건 그냥 일일 뿐이야. 어린애처럼 굴지 마. 미연은 승주
를 싸늘하게 쳐다보며 이런 충고를 해 주고 싶었다. 하지
만 하고 싶은 말을 삼킨 채 지하철역 방향으로 차를 몰
았다. 승주 같은 아이에게 앙심을 품게 해 봤자 좋을 게
없었다. 어차피 서비스 품질 평가에서 최하위 점수를 기
록하고 있는 직원이라 내년에 계약 갱신은 힘들어 보였
다. 차 안은 침묵이 감돌았다.

"기분 나쁘셨다면 죄송해요. 저도 너무 억울해서 그
래요."

"아니야, 승주 씨. 승주 씨 입장에서는 억울하지. 내
가 왜 모르겠어. 난 당연히 승주 씨 편이야. 저녁 같이
못 먹어서 미안해. 내가 내일 점심 맛있는 거 사 줄게."

"네, 고맙습니다. 저는 저 앞에 세워 주세요. 여기서
내려서 지하철 탈게요."

승주가 짧게 목례를 하고 조수석에서 내렸다.

비상등을 켜 놓고 잠깐 갓길에 차를 댔던 미연은 승
주가 내리고 나서도 한동안 출발하지 못한 채 핸들에
얼굴을 파묻고 있었다. 또다시 편두통이 몰려왔다. 어
서 지우를 데리러 가야 하는데……. 심호흡을 하고 다
시 고개를 들어 보려 했지만 몸이 말을 듣지 않았다. 미
연은 운전석에 비스듬히 몸을 기댄 채 휴대폰을 들어
CCTV 앱을 켰다. 102동 906호 거실이 화면에 떴다. 빈
거실만 덩그러니 나타났을 뿐 아이와 남희는 보이지 않

왔다. 매일 보던 거실 풍경이 낯설고 무섭게 느껴졌다. 미연은 소리라도 들어 보려고 허겁지겁 볼륨을 최대한으로 키웠다. 휴대폰에서 치익 하는 잡음이 비어져 나왔다. 아이의 가늘고 약한 목소리쯤은 모두 덮어 버릴 정도로 크고 불쾌한 기계음이 귓전을 때렸다. 미연은 초조한 손길로 카메라 각도를 이리저리 움직이면서 줌 기능을 실행시켰다. 아이의 모습을 도통 찾을 수 없었다. 거실 너머 보이지 않는 곳에서 무슨 일이 벌어지고 있는지 어서 확인해야 했다. 미연은 두 눈을 부릅뜬 채 휴대폰 화면을 들여다보았다.

내 이웃과의 거리

정윤이 혜미를 알게 된 것은 1년 전인 2019년 7월, K구의 대표 맘 카페 육아 정보 게시판을 통해서였다. 아이의 돌잔치 관련 정보를 찾아보기 위해 카페에 접속한 어느 날 밤, 'H동 사는 원숭이띠 맘이고요, 18년생 개띠 아가 친구 구해요~'라는 제목으로 올린 혜미의 글에 정윤은 홀린 듯 댓글을 달았다. 정윤은 그동안 맘 카페 최소 가입 요건을 채우기 위해 게시글을 세 개 정도 작성했을 뿐, 그 외에 다른 게시글이나 댓글을 써 본 적이 없었다. 과거의 정윤이었다면 온라인 카페에서 누군가를 만난다는 것 또한 상상할 수 없는 일이었다. 그러나 육아휴직 후 혼자 아이를 키우며 보내는 시간이 고단하면서도 지루했고, 무엇보다 외로웠다. 근처에 살며 또래의 아이를 키우는 동갑 친구를 만난다면 더할 나위 없이 좋겠다는 생각에 정윤은 댓글로 카카오톡 아이디를 남겼다.

둘은 서너 차례 카카오톡으로 메시지를 주고받다가 바로 옆 단지에 거주한다는 사실을 확인하고, 크게 기뻐하며 만나기로 했다. 정윤은 단지 내 상가 스타벅스에서 혜미를 처음 마주한 순간, 저도 모르게 실소를 터뜨렸다. 알고 보니 정윤과 혜미는 동갑이 아니라 띠동갑이었다. 메시지를 주고받으면서 혜미도 당연히 자신과 같은 80년생 원숭이띠일 거라고 생각했는데 — 돌이켜 보면 혜미는 그런 말을 한 적이 없었다. — 혜미는 92년생 원숭이띠였다. 정윤과 혜미가 가까워지는 데에 열두 살이라는 나이 차는 큰 문제가 되지 않았다. 혜미와 정윤은 두 달 차이로 태어난 남자 아기를 키우고 있다는 공통점이 있어서 육아 이야기만으로 세 시간 넘게 대화를 이어 갈 수 있었다. 정윤의 친구들은 비혼주의자가 대부분이었고, 이미 아이를 낳은 친구들의 경우 30대 초중반에 출산을 하고 지금은 유치원이나 초등학교 학부모인 상황이라서 정윤과 대화의 접점이 적었다.

혜미는 워낙 어린 나이에 결혼하고 아이를 낳아서 주변에 육아 이야기를 나눌 사람이 아무도 없다고 했다. 정윤은 혜미를 만난 후로 조금 숨통이 트이는 기분이었다. 정윤이 사는 S 아파트와 혜미가 사는 B 아파트는 담장 하나를 사이에 두고 있었다. 서로의 집 거실에 불이 켜져 있는지 아닌지 확인할 수 있는 정도로 가까운 거리였다. 늦은 밤 아이를 재운 후 혜미의 집에 불이 여전히 켜져 있으면 정윤은 혜미에게 카카오톡 메시지를 보내곤 했다. 늦은 밤 메시지를 주고받을 때면 그들의 대화 창에는 눈물 이모티콘이 넘쳐 났다.

완이도 안 자? 시준이도. ㅜㅜㅜ 나 아직 육퇴 전 ㅠㅠㅠㅠ 오늘따라 너무 안 자네. ㅠㅠㅠㅠ

언니, 저 이제 겨우 애 재우고 국 끓여요. ㅠㅠㅠㅠ 이유식 때가 편해요, 유아식 시작하니 더 일이 많아요. ㅜㅜㅜㅜㅜㅜ

혜미의 아들 완은 8월생, 정윤의 아들 시준은 10월생으로 완이 시준보다 두 달 빨리 태어났다. 완과 시준 모두 평균치의 성장과 발달 정도를 보이고 있어서 정윤은 완이를 보며 앞으로 시준의 발달과 변화를 미리 예상할 수 있었다. 분유를 언제 끊어야 하는지, 유아식을 언제부터 시작해야 하는지 등 혜미는 정윤에게 많은 것을 알려 주는 선배나 다름없었다. 요리나 살림에 도통 재능도 취미도 없는 정윤과 달리 혜미는 손끝이 야무지고 살림 솜씨가 좋았다. 혜미가 아이의 이유식을 직접 만들어 먹이는 것은 물론, 돌떡과 떡케이크, 답례품 비누까지 직접 만드는 것을 보고 정윤은 혀를 내두를 정도로 놀랐다.

"언니, 제가 사서 고생하는 거 좋아해서 이러는 게 절대 아니에요. 어쩔 수 없어서, 돈 아껴야 해서요. 저희 하우스 푸어잖아요. 무리를 넘어서 영끌해서 집 산 거라 매일 쪼들려서 살아요."

혜미는 '영끌'이라는 말을 자주 했다. 신혼집을 구할 때 주택 담보대출을 최대한도로 받고 신용 대출까지 받는 등 집을 사기 위해 끌어당길 수 있는 모든 돈을 동원하고 나중에는 영혼까지 끌어모았다며 한숨을 쉬었지만, 젊은 나이에 내 집을 마련했다는 뿌듯함 또한 그녀의 표정에서 묻어났다. 대출을 어느 정도 갚기 전까지 출산은 미룰 계획이었는데 허니문 베이비를 임신하게 되면서 일까지 그만두게 되고 졸지에 외벌이가 된 상황이라 더욱 허리띠를 졸라맬 수밖에 없다고 혜미는 풀 죽은 목소리로 말했다. 혜미의 하소연을 들으며 정윤은 빙긋 웃었다.

정윤 또한 4년 전 이 동네에 신혼집을 알아보면서 혜미가 거주하는 B 아파트를 둘러본 적이 있었다. 지은 지 25년이 넘은 B 아파트는 입지가 좋은 편이지만 평수에 비해 구조가 협소하여 공간 활용의 효율성이 떨어지고 주차 환경도 열악했다. 외벽의 페인트칠이 벗겨진 오래된 아파트 입구에 들어선 순간부터 정윤은 이곳에서 결혼 생활을 시작하기는 싫다는 마음이 들었다. 상우와 정윤, 부동산 중개업자 셋만 타도 숨이 막혀 오는 듯한 좁은 엘리베이터를 타고 올라간 11층 집은 한강에서 불어오는 바람을 정면으로 받아 베란다 새시가 덜컹거렸고, 욕실 수도꼭지에서는 녹물이 흘러나왔다.

상우는 B 아파트를 매입해 리모델링을 하고 들어오자는 의견을 냈다. 결혼 당시 정윤은 서른일곱, 상우는 마흔셋이었다. 오랜 기간 직장 생활을 하며 각자가 모은 돈을 합치고, 모자란 돈은 대출을 받아 보태면 B 아파트를 충분히 살 수 있겠다는 계산이 섰다. 하지만 정윤이 진저리를 치며 반대했다.

"저런 집이 4억 8000만 원이라니, 정말 서울 집값이 미치긴 미쳤나 봐. 자기야, 나는 B 아파트는 거저 준대도 갖지 않겠어."

실랑이 끝에 정윤과 상우는 바로 옆 단지에 위치한 신축 S 아파트에 전세로 입주했다. 같은 돈이면 매매를 하는 게 낫지 않느냐며 계약 당시에 상우는 조금 툴툴댔지만, 신혼 생활의 달콤함 그리고 새 아파트의 쾌적함과 아늑함에 만족했다. 2년 후 전세 계약 만료 시기가 다가왔을 때 정윤 부부는 아파트 매매를 다시 한번 심각하게 고민했다. 당시 만삭의 몸이 된 정윤은 2년 사이 주변 집값이 가파르게 상승하자 불안한 마음이 들었다. 더 오르기 전에 집을 사야 한다는 불안과 오를 대로 오른 집을 샀다가는 앞으로 집값이 떨어질 위험이 크겠다는 불안이 동시에 교차했다. 부부는 전세 계약을 연장하고 시장 상황을 관망해 보기로 했다. 전세 계약 만료일이 정윤의 출산 예정일과 겹친다는 점도 이사를 결심하기 어렵게 했다.

"이사 안 가길 잘했어. 출산 준비만으로도 힘든 와중에 이사까지 했더라면 너무 무리가 됐을 거야."

출산을 하루 앞둔 날 정윤은 침대에 옆으로 누운 채 상우를 바라보며 말했다. 상우가 옅은 미소를 지으며 정윤의 배를 어루만졌고, 배 속의 아기가 화답하듯 태동했다.

"그래도 다음 계약은 연장하지 말고, 적당한 곳으로 매매를 알아보자. 아이가 있으니 청약에 도전해 보는 것도 좋겠어."

정윤의 배에 손을 대고 있던 상우가 자못 비장한 말투로 말했다. 상우도 아이의 태동을 손바닥으로 느낀 모양이었다. 정윤은 자신의 배 위에 있는 상우의 손등을 쓰다듬으며 웃었다.

"당신은 아빠가 된다고 하니 책임감이 크게 느껴지나 봐. 나는 아직 철이 없는지, 꼭 집을 사야 한다는 생각은 들지 않아. 그냥 2년씩 살고 싶은 동네에 살아 보는 것도 좋다고 생각해. 서촌에도 살아 보고, 서래마을에도 살아보고……. 아이가 유치원생쯤 되면 2년 정도 해외

지사 발령을 신청해 보려고 해. 선배들 말로는 영어 유치원 보내는 것보다 훨씬 낫다던데."

정윤은 출산 일주일 전까지 국적기 항공사의 홍보 팀에서 일했다. 결혼 전 프랑크푸르트에서 2년, 싱가포르에서 1년 반씩 주재원으로 근무한 경력도 있다. 세계 각지를 자유롭게 여행 다니고 싶다는 꿈을 품고 항공사에 입사해 틈나는 대로 여행을 다녔다. 스스로 역마살이 있다고 생각할 만큼 한곳에 터를 잡고 사는 것이 지루하게 여겨지기도 했다.

"한곳에 자리 잡고 오래 사는 게 아이에게 더 좋아. 나는 어릴 때 전학을 너무 많이 다녀서 어린 시절 추억을 나눈 친구가 없다고."

군인 아버지의 근무지를 따라 수없이 이사를 다녔다는 상우는 이사라는 단어만 들어도 넌덜머리가 난다며 고개를 저었다.

정윤은 상우도 여행을 좋아해 자신과 생각이 비슷한 줄 알았는데, 집 문제에 대해서는 가치관이 달라서 내심 놀랐다. 하지만 그런 상우의 모습도 사랑스럽게 느껴졌다. 그날 밤 정윤은 곧 태어날 아기는 엄마와 아빠 중 누구를 더 닮았을지 궁금해하며 잠들었다.

아이가 태어난 후 정윤과 상우는 각자가 중시하는 삶의 가치가 무엇인지, 앞으로 어떤 집에서 어떤 삶을 꾸려 나갈 것인지 이야기를 나눌 시간이 전혀 없었다. 불

혹의 나이에 아이를 낳아 키우는 게 이렇게 힘들 줄은
몰랐다. 아이의 수유, 아이의 배변, 아이의 구토, 아이의
목욕, 아이의 수면…… 그들의 대화 주제는 오직 아이
뿐이었다. 그건 대화라기보다는 아이의 상태를 확인하
며 서로가 해야 할 일을 분담하는 것에 가까웠다.

대기업 계열 유통 회사를 다니는 상우는 회식과 야
근이 잦은 편이라 아기가 잠들고 나서야 집에 들어올 때
가 많았다. 정윤은 하루 종일 혼자 아기를 돌보며 손에
익지 않은 집안일을 하느라 밤마다 녹초가 되곤 했다.
아기는 너무 사랑스러웠지만, 한 생명을 키운다는 건 절
대적인 희생과 엄청난 노동을 요구하는 일이었다. 정신
적으로도 육체적으로도 피폐해지고 있다고 느낄 무렵,
정윤은 혜미를 만나면서 그녀에게 크게 의지했다.

정윤과 혜미는 거의 매일 만나 나란히 유아차를 끌면
서 동네를 산책했고, 카페에 마주 앉아 이야기를 나눴
다. 혜미는 스타벅스에서 커피를 시키지 않고, 스타벅스
텀블러를 집에서 챙겨 와 음수대에서 물만 받아 마셨다.
이따금 정윤이 벤티 사이즈 커피를 주문해 혜미와 나눠
먹기도 했다. 아기들이 걸음마를 시작하면서 같이 다닐
문화센터를 알아보다가 백화점 문화센터가 아닌 구립
문화재단에서 운영하는 유아 체육 프로그램을 수강하
게 된 것 또한 혜미가 좀 더 저렴한 곳으로 다니길 원했
기 때문이었다.

혜미와 그녀의 아들 완은 매주 수요일 정윤이 운전하는 차를 타고 정윤의 아들 시준과 함께 트니트니 체육교실을 다녔다. 체육 수업이 끝나면 동네로 돌아와 서로의 집에서 번갈아 점심을 먹었다. 정윤은 혜미가 집에 오는 날에 평소 혼자서는 주문하기 어려운 배달 음식을 시켜 같이 먹는 것을 즐겼다. 혜미는 정윤이 집에 오면 직접 밥을 차려 주었다. 김치찌개나 시금치된장국, 오징어볶음 등 혜미는 싸고 흔한 재료로도 맛깔나게 음식을 해서 정갈하게 내놓았다. 정윤은 매번 자신만 돈을 쓰는 것 같아 억울한 기분이 들다가도 혜미가 차려 주는 밥을 먹으면 마음이 풀렸다. 자신은 아이를 돌보는 것만으로도 24시간이 모자라 허덕이고 있는데, 혜미는 언제 이렇게 국을 끓이고 밑반찬까지 만드는지 그저 신기할 따름이었다.

늦은 밤, 정윤이 아이를 재우고 혼자 맥주를 홀짝이고 있을 때면 혜미가 카카오톡으로 핫딜 링크를 보내 주곤 했다.

언니, 지금 심야 깜짝 세일로 아기 세제 핫딜 떴어요. 최저가임. ㅋㅋㅋ 언니 그리고 내일 오전 10시에 티몬에서 기저귀 한정 세일하시는 거 아시죠? 선착순이니까 잊지 말고 득템 하세요!

정윤은 혜미에게 고맙다는 인사와 함께 하트가 날아

다니는 이모티콘을 보내다가 얕게 한숨을 쉬었다. 최저가와 핫딜 일정을 줄줄 꿰고 있는 혜미 덕분에 육아 물품을 저렴하게 구입한 적도 있었지만, 때로는 너무 피곤하다는 생각도 들었다. 혜미는 최저가 핫딜 구매 사이트 링크를 보내 주면서 꼭 생색을 내곤 했다. 한 시간 가까이 여러 사이트를 방문한 끝에 찾은 최저가 쇼핑몰이라는 말을 들을 때면 몇천 원 아끼는 것보다 네 시간과 몸을 아끼는 게 낫지 않느냐고 말해 주고 싶었지만 억지로 참았다.

겨울이 지나는 동안 정윤과 혜미는 자주 서로의 집을 오가며 교류했다. 정윤은 혜미와 너무 붙어 지내는 것 같다며 당분간 만나지 말아야겠다고 다짐해 놓고서도 다음 날이면 먼저 혜미에게 연락했다. 날씨가 춥고 미세먼지가 심해서 혜미의 집 외에는 아이를 데리고 나갈 수 있는 곳이 딱히 없었다. 시준과 완을 함께 놀게 하면 그나마 시간이 잘 갔다.

정윤은 어서 봄이 오기를 기다렸다. 봄이 오면 아기를 단지 내 어린이집에 보내, 기관에 적응하는 대로 복직할 계획이었다. 아기가 어린이집에 다니게 되면 다른 엄마들도 사귀게 될 테고, 복직 후에는 따로 혜미를 만날 시간을 내기도 어려울 거라고 생각했다. 새해가 밝자 정윤은 단지 내 어린이집에서 시준의 입소 확정 연락을 받았다. 2월 중순부터 적응 기간을 시작하고 3월부터 정식 등원을 할 예정이라는 안내도 들었다. 단지 내 어린이집은 S 아파트 주민 자녀들에게 입소 우선권이 있어서, 혜미의 아들 완은 결원이 생길 때까지 대기하거나 다른 어린이집에 다녀야 했다. 정윤은 내심 잘된 일이라 생각했다.

아기의 어린이집 입소만을 기다려 왔던 정윤은 코로나19 바이러스라는 재앙 앞에서 망연자실했다. 1월 말부터 대구, 경북 지역을 중심으로 코로나19 확진자가 폭발적으로 증가했고 수도권 또한 안심할 수 없는 상황이었다. 2월 중순으로 예정되었던 어린이집 입소도 무기한 연기됐다. 상우가 격일로 재택근무를 시작하면서 정윤은 더 우울해졌다. 남편은 집에 있는 동안 육아를 돕기는커녕 회사에서 걸려오는 전화를 받을 때마다 아이가 시끄럽게 군다고 눈치를 주기 일쑤였다. 가뜩이나 요리에 서툰 정윤은 외식까지 어려워지자 스트레스가 배로 늘어났다. 이런 답답한 마음을 들어 주는 유일한 사람이 혜미였다. 정윤은 상우가 재택근무를 하는 날이면 혜미의 집에 아이를 데리고 건너가 시간을 보냈고, 때로는 혜미에게 미안한 마음에 자신의 돈으로 배달 음식을 주문해 같이 먹기도 했다.

"언니, 감사해요. 매번 이렇게 얻어먹기만 해서 어떡하죠?"

혜미는 여러 번 인사를 하면서도 한 번도 대신 밥값

을 낸 적이 없었다.

코로나 확진자가 늘면서 전국적으로 마스크 품귀 현상이 빚어졌다. 그즈음 혜미는 밤마다 최저가 마스크를 알아보느라 바빴다. 정윤이 아이를 재운 후 카카오톡 메시지를 보내 뭐 하고 있냐고 묻자, 혜미는 마스크를 사려고 알아보는 중이라고 했다.

집에 남은 마스크가 얼마 없어서 너무 불안하네요. 완이 아빠는 매일 대중교통으로 출근해서 하루 한 개씩 꼭 필요한데……. 미세먼지 마스크 미리 쟁여 둘걸. ㅜㅜ 언니는 마스크 많이 갖고 계세요?

아니, 우리도 얼마 없어. 상우 씨는 회사에서 마스크가 나와서 괜찮고, 나도 거의 외출은 안 하니까 버티려면 버틸 수는 있겠는데 앞으로 마스크 더 구하기 힘들어진다는 말이 들려서 불안하긴 해. 지금 검색하니까 한 장에 2000원짜리도 품절이고 한 장 4000원짜리만 있는데? 이거라도 사야 하는 거 아닐까? 전 세계적으로 한국산 마스크만 찾아서 물량이 없대. 나는 그냥 이거 살까 봐. 서른 장 묶음에 12만 원이지만 병 걸리는 것보단 낫지 않을까?

헉 ㅜㅜ 원래 장당 500원도 안 하던 건데 저는 그 돈 주고는 못 사겠어요. 저 좀 더 알아보다가 잘게요. 언니 먼저 주무세요.

정윤은 비싼 값에 마스크를 사면서 속이 쓰렸지만, 마음의 평화를 돈으로 샀다고 생각하기로 했다. 잠시도 가만히 있지 않는 15개월짜리 남자 아기와 하루종일 씨름하는 것만으로도 힘에 부친데 마스크까지 시간을 내어 알아볼 여력이 없었다.

상우가 집에 있는 시간이 길어지자 부부 싸움도 잦아졌다. 그즈음 상우는 부동산 앱을 수시로 확인하면서 신경이 부쩍 예민해졌다. 하루가 다르게 서울 아파트값이 뛰고 있었다. 지금 그들이 살고 있는 집도 한 달 사이에 3000만 원, 석 달 사이에 1억 원이 올랐다고 했다. 정윤은 가파르게 상승하는 실거래가 그래프를 눈앞에 마주하고도 그것을 현실적으로 체감하기 어려웠다. 직장생활을 하며 직접 돈을 벌 때에 비해 돈에 대한 감각 자체가 무뎌진 것 같기도 했다. 그런 와중에 회사 인사 팀에서 정윤에게 먼저 연락이 와서 복직을 미루는 게 어떻겠느냐고 제안했다. 여객 수요가 급격하게 하락해 근무 중인 직원들에게도 휴직을 권하는 상황이라고 했다. 정윤은 복직이 무산된 것에 낙담했다. 하지만 코로나19 확산세가 심각한 상황에서 아이를 어린이집에 맡기는 것도 불안하기는 마찬가지였다. 육아휴직을 연장하는 것 외에는 다른 대안이 없었다.

출산과 동시에 다니던 회사를 그만둔 혜미는 정윤의 속상한 마음을 이해하지 못했다.

"언니, 차라리 잘된 일일지도 몰라요. 두 돌 전까지는 엄마가 곁에 있어야 아이 정서에 좋대요."

혜미는 건성으로 위로의 말을 던지고 있을 뿐, 휴대폰을 보면서 마스크를 검색하느라 바빴다.

"오늘 아침 9시에 홈쇼핑에서 마스크 판다고 해서 기다렸는데 1분 만에 매진된 거 있죠? 언니, 저 최저가 마스크 찾느라 지난 이틀 밤 내내 한숨도 못 잤어요."

붉게 충혈된 눈을 깜빡거리며 혜미가 말했다. 보다 못한 정윤이 자신이 산 마스크를 열 장 나눠 줄 테니 제발 그만 좀 찾아보라고 달래듯 말했다.

"언니, 그거 비싸게 주고 사신 거 아니에요? 제가 어떻게 그걸 받아요. 괜찮아요, 다시 찾아볼게요."

"아냐, 이러다가 혜미 씨 몸 상하겠어. 장당 4000원 주고 사긴 했는데, 지금 그것도 품절이더라. 비싸게 산 것도 아니야. 이제 국산 KF94 마스크는 장당 5000원은 줘야 살 수 있는데? 3월 초부터 공적 마스크 판매될 거라니까 내가 준 거 쓰면서 그때까지만 버텨 봐."

"너무 죄송해서요……. 그럼 제가 그거 돈 주고 살게요."

"아냐, 우리 사이에 돈은 무슨…… 됐어. 정 그렇게 마음 불편하면 줘도 되고. 진짜 난 괜찮으니까 혜미 씨 편할 대로 해."

"고마워요, 언니."

혜미는 당장 지갑에서 4만 원을 꺼내 줄 것처럼 굴다

가 돈을 내놓지는 않았다. 한두 번 겪는 일도 아니라 정윤은 그저 피식 웃고 말았다. 열두 살이나 어린 동생에게 그 돈을 받는 것도 면이 서지 않을 일이었다.

봄꽃이 환하게 폈다가 지고 계절이 바뀌어 여름이 됐다. 사회적 거리두기가 완화되기는 했지만 곳곳에서 지역 감염이 진행되고 있다는 보도가 나올 때마다 정윤은 가슴이 철렁했다. 정윤이 가족 외에 얼굴을 마주하고 대화를 나누는 사람은 이웃에 사는 혜미밖에 없었다. 사회적 거리두기가 강조될수록 혜미와의 거리는 더욱 밀착되는 것처럼 느껴졌고, 그럴 때마다 정윤은 답답함을 느꼈다.

상우가 다니는 회사도 코로나19로 직격탄을 맞아 실적이 영 좋지 않은 모양이었다. 퇴근 후 상우가 피곤하다는 불평을 늘어놓을 때마다 정윤은 속이 상했다. 참다못한 정윤이 결국 폭발해 상우에게 소리를 질렀다. 나도 곧 복직해 돈 벌 테니 혼자만 돈 버는 양 유세 떨지 말라고 정윤이 목소리를 높이자 상우는 우리가 아무리 열심히 벌어도 집 한 채도 못 사게 됐다는 말을 한탄조로 내뱉었다.

"지금 복직이 문제가 아니야. 전세 만기가 코앞인데 서울 집값이 너무 올라서 갈 곳이 없어. 결혼할 때 집을 샀어야 했는데, 지금 옆 단지 집값이 얼마인 줄 알아? 네가 거저 줘도 갖지 않겠다고 한 B 아파트가 지금 10억이 됐어. 하루아침에 벼락 거지가 된 기분이라고."

상우가 정윤에게 원망에 가득 찬 목소리로 말했다.

"10억?"

정윤이 벌떡 일어나 되물었다. 그 집이 10억이라고?
녹물이 나오고 베란다 새시가 덜컹거리던 그 집이? 그
러니까 지금 혜미가 사는 그 아파트가? 정윤은 한 대 맞
은 것처럼 뒤통수가 얼얼했다. 4000원짜리 스타벅스 커
피 한 잔 사 마실 돈도 없다고 엄살을 떠는 혜미가 10억
짜리 집을 소유한 자산가라니. 1000원이라도 더 싼 기
저귀 핫딜을 찾느라고 밤잠을 설치는 혜미를 궁상맞다
고 속으로 비웃었는데 오히려 혜미 입장에서는 마흔이
넘도록 내 집 마련도 하지 못하고 돈을 쉽게 써 대는 자
신이 더 우스워 보였겠다는 생각이 들었다.

그날 밤 정윤은 네이버 부동산에 접속해 주변 집값
실거래가를 살펴보다가 혼자 맥주를 벌컥벌컥 들이켜며
분을 삭이려 애썼다. 왜 이렇게까지 화가 나는지 자신도
모를 일이었다. 그때 마침 혜미에게서 메시지가 왔다.

언니 아직 안 주무시나 봐요. 거실에 불이 켜져 있네요.^^ 내
일 혹시 마트 갈 일 없으세요?

마트는 왜?

이마트에서 비말 차단 마스크 세일한다고 해서 내일 가 보려고 하는데 같이 안 가실래요? 여름 되니 KF94 마스크는 너무 두꺼워서 못 쓰겠어요.

이마트는 집에서 차로 10분 거리였다. 마트에 같이 가자는 혜미의 말이 정윤의 차를 얻어 타고 싶다는 뜻으로 들렸다.

글쎄, 난 마스크 많아서 괜찮아. 마스크 얘기가 나와서 말인데, 혜미 씨 지난 2월에 나한테 마스크 값 4만 원 준다고 하더니 왜 아직 안 줘?

아…… 그거요, 언니가 괜찮다고 하셔서 저는 그런 줄 알고요……. 죄송해요, 다음에 만날 때 드릴게요.

아냐, 이런 건 말 나왔을 때 주고받는 게 나아. 다음에 만나서 또 이 이야기 꺼내고 싶지 않네. 내가 계좌번호 보낼게. 이쪽으로 부쳐 줘.

정윤은 평소와는 달리 어떤 이모티콘도 쓰지 않은 채 건조하고 사무적인 말투로 메시지를 보내고 계좌번호를 남겼다. 그날 밤 혜미는 정윤에게 아무 답신도 하지 않았고, 돈도 부치지 않았다.

혜미가 다시 메시지를 보내온 건 그로부터 사흘이 지난 후였다.

언니 그때 주셨던 마스크랑 같은 걸로 열 장 사서 돌려드려요. 현관 문고리에 걸어 두고 갑니다. 사회적 거리두기 기간이라 비대면으로 드리는 게 나을 거 같아서요. 감사했어요. 코로나 조심하시고 건강하시길 빌어요.

정윤은 메시지를 받자마자 현관으로 뛰어나갔다. 현관 밖은 아무런 인기척도 없이 조용했고, 현관 문고리에 하얀 비닐봉지가 걸려 있었다. 정윤은 마스크가 담긴 비닐봉지를 자신의 손목에 옮겨 걸쳐 놓고 서서 쿠팡에 접속해 국산 KF94 마스크가 현재 얼마인지 가격을 검색해 보았다. 열 장 묶음에 1만 1000원 배송비 무료. 정윤은 미간을 찌푸리며 쿠팡 앱을 닫고 네이버 부동산에 다시 접속했다. B 아파트 실거래가는 지난주 기준으로 10억 2000만 원이었고, S 아파트는 이틀 전 12억 3000만 원에 팔렸다. 휴대폰을 쥔 손이 떨리면서 손목에 걸린 비닐봉지가 같이 부스럭거렸다. 정윤은 마스크를 쓰지 않았는데도 숨이 막혀 왔다.

3부

입원

D-50

"영감쟁이가 이번에는 진짜 노망이 났다. 내사 몬 살 겠다. 이기 보통 일이 아이다."

분례가 전화기에 대고 소리를 고래고래 질렀다. 대수에게 노망났다며 비난을 퍼붓는 게 하루이틀 일은 아니었다. 부부 싸움이 벌어질 때마다 분례는 대수가 노망이 들었다며 불같이 화를 내곤 했다. 더 이상 남편에게 꼼짝 못 하던 젊은 시절의 분례가 아니었다. 여든 살쯤 되면 과거의 자신과는 다른 사람이 되는 걸까. 홍섭은 얼굴을 찌푸리며 전화기를 귀에서 조금 멀리 떨어뜨렸다. 분례는 가는귀가 먹은 이후로 부쩍 목소리가 커졌다.

"퇴근하고 집에 들를라 카이, 난중에 얘기하입시더."

전화를 끊은 홍섭은 사무실 밖으로 나와 건물 뒤편 흡연 구역으로 향했다. 30여 년 전 신출내기 공무원 시절에는 사무실에서 줄담배를 피워 대는 이들이 부지기수였는데. 건물 뒤 후미진 곳에 마련된 흡연 부스에 서서 잔뜩 움츠린 채 담배에 불을 붙이고 있는 자신의 꼴이 조금 처량하다 싶었다.

"나도 늙었는갑다. 와 이래 옛날 생각이 나노."

천천히 담배 연기를 내뱉으며 홍섭이 혼자 중얼거렸다.

D-40

시골 목욕탕은 토요일인데도 사람이 거의 없고 한산했다. 등이 굽어진 채로 목욕 의자에 쭈그리고 앉아 있는 대수의 알몸은 앙상하고 초라했다. 홍섭은 이태리타월에 비누를 묻혀 아버지의 등에 갖다 댔다. 팔에 힘을 주고 등을 밀었지만, 때가 밀리는 것이 아니라 늘어난 살가죽이 밀렸다.

"섭아, 내 아무래도 안 되겠데이."

"뭐가예, 아부지."

"아무리 생각해도 너거 엄마랑은 몬 살겠다. 그기 내가 내린 결론이다."

"이때까지 살아 놓고, 인자 와서 몬 살겠다는 게 말이 됩니꺼. 엄마도 아부지 때문에 고생 마이 했습니더. 엄마가 시장에서 국밥 장사 안 했으면 우리 오 남매 대학 공부도 못 했을 낍니더. 이런 촌에서 자슥들 다섯이나 대학 보내는 기 쉽습니꺼 어데."

"내 말이 그 말이다. 너거 엄마는 국밥집도 있고, 너거들도 있고, 그래 놓이까 걱정이 안 된다. 내 없어도 괜찮다 이 말이다. 근데 그 과수댁은 아인기라. 이혼하고 자슥도 다 뺏기고, 살 궁리도 마땅치가 않아 가꼬 내가 보기만 해도 안쓰러버 죽겠다."

비누칠을 하던 홍섭의 손이 멈췄다. 홍섭이 고개를 내밀어 대수의 얼굴을 보며 물었다.

"아부지예. 과수댁이라 했습니꺼. 그기 무슨 소리라예?"

"니도 알고 있다 아이가. 저짝 뱀골에 사는 과수댁 말이다. 그 과수댁이랑은 벌씨로 말이 다 돼 있는 기라. 너거 엄마만 갈라선다고 결심을 해 주믄 다 되는 긴데. 니도 그 과수댁 알제? 참 곱데이."

대수가 입가에 웃음을 머금고 동의를 구하는 표정으로 아들을 쳐다보았다. 홍섭이 황당한 표정을 지으며 말했다.

"그 뱀골 과수댁이 언제 적 얘긴데 그 얘기를 하십니꺼. 잘 알지예. 아부지 그때 읍내에서 그 과수댁이랑 살림 차리 가꼬 한동안 집에도 안 들어오시고, 동네에 소문 다 났던 거 제가 우째 까묵겠습니꺼. 엄마는 지금도 그때 얘기만 나오면 이를 바득바득 가는데, 갑자기 그 얘기는 와예? 그 과수댁이 우쨌다고예."

"그 과수댁이 참하고, 순하고, 세상에 그런 여자가 읎는 기라. 너거 엄마 같은 여자캉은 비교가 안 된다. 내가 아무리 생각해도 그 과수댁이캉 살아야겠다. 너거 엄마가 죽어도 이혼은 몬 해 준다꼬 버티고 있어가 내가 머리가 아프다 아이가. 너거 엄마가 섭이 니 말이라 카믄 뭐든지 덮어 놓고 좋다 카이까네, 니가 한분 말해 보그라이."

"아부지, 진짜 와 이캅니꺼. 정신 좀 차리이소."

홍섭이 울상을 지으며 버럭 소리를 질렀다가 주변을 둘러보았다. 멀찍이 등을 보인 채 때를 밀고 있는 중년 남자 외에 다른 손님은 없었다. 혹시 아는 사람이라도 있는 게 아닐까 신경이 쓰였다.

"나이도 올해 서른일곱 살인기라. 딱 좋은 나이제. 한분 결혼에 실패했다 캐도 충분히 다시 시작해도 되는 나이라."

"서른일곱예? 아부지 나이가 올해 몇 살입니꺼."

"니는 아부지 나이도 모르나, 새끼야. 올해 사십 아이가. 그 과부캉 딱 세 살 차이인기라. 너거 엄마는 내보다 한 살이 많다 아이가."

홍섭이 한숨을 쉬면서 말했다.

"아부지, 내 나이가 올해 오십일곱 살입니더. 정년퇴직이 내일모레라예."

"니가? 하이고. 홍섭이 니 나이 많이 묵었네. 세월이 이래 빠르다 카이."

대수는 홍섭의 나이를 듣고도 본인이 방금 한 말의 오류를 깨닫지 못했다. 샤워기를 틀어 몸을 한번 씻어 낸 다음 천천히 탕 쪽으로 걸어가는 아버지의 모습을 홍섭은 걱정스럽게 바라보았다.

대학 졸업 후 도청 소재지에서의 근무를 포기하고 이곳 읍사무소 발령을 자처한 것은 부모 때문이었다. 그러나 가까이에 산다고 해도 노부와 노모를 제대로 모시지 못하는 것은 마찬가지였다. 차라리 서울에서 살면서 1년에 두 번 명절에만 찾아오는 남동생이 부럽기도 했다.

"설마, 모실라 카는 생각은 아니지예?"

집으로 돌아와 아버지 이야기를 꺼내자마자 아내가 날카롭게 물었다. 아내의 첫마디에 홍섭은 버럭 화부터 냈다.

"누가 니보고 모시라 카드나."

치매 걸린 시아버지, 귀 어두운 시어머니를 아내더러 감당하라고 할 수는 없는 노릇이었다. 그럼에도 아내가 먼저 모실 수 없다는 말을 무 자르듯 할 때는 마음이 찬 바람 든 무처럼 스산해졌다.

"우짤 깁니꺼. 형님들이나 동서도 못 모신다 할 낄요."

"장남인 내도 몬 하는 상황인데 우째 동생이나 누부야한테 짐을 지우겠노. 가실 만한 좋은 데를 알아봐야

겠제."

"좋은 데 어디예?"

"아부지가 편안히 쉴 수 있는 데."

D-15

분례는 아침부터 분통이 터졌다. 아침을 먹다 말고
대수가 밥상을 엎어 버린 것이다. 정작 밥상을 엎어 버리
고 싶은 이는 분례였다. 성질대로라면 수십 번 수백 번
도 엎었을 밥상이었다. 하지만 밥을 짓고, 밥을 차려 본
사람은 함부로 밥상을 엎을 수 없는 노릇이라고 분례는
생각했다. 그런 생각을 하면서 엉망이 된 안방을 치우다
보니 더 화가 치밀어 올랐다.

왜 하필 그때로 돌아간 걸까. 치매에 걸리면 과거의
한 시절을 자주 회상하고, 과거와 현재를 착각하게 된다
는 것 정도는 분례도 알고 있었다. 차라리 전쟁 중이나
똥오줌 못 가리던 어린 시절로 돌아가 패악을 부린다면
안쓰럽게 생각해 줄 수도 있었다.

"내가 살기 싫다 카는데 또 무슨 이유가 더 필요하노.
도장 찍어 돌라 안 카나!"

밥상을 앞에 두고 대수가 소리를 질렀다. 과거의 분
례였다면 악을 쓰며 덤볐을 것이다. 지금도 그 순간의
기억은 몸에 박힌 듯 생생하다.

"누구 좋으라고 이혼을 해 주노. 생떼 같은 자슥들 팽

기치고 기집한테 미치가 집을 나간다는 기 말이 되는 소리인교. 내가 죽었으면 죽었지 우리 새끼들 이혼한 집 자석으로는 안 만들끼다! 그년이 그래 좋으믄 나가서 그년이랑 뒤지 뿌든지."

대수가 화를 참지 못하고, 분례에게 주먹질과 발길질을 하는 것으로 싸움은 늘 마무리가 됐다. 아니, 싸움이 아니라 분례가 일방적으로 당하는 폭력이나 다름없었다. 분례는 몸을 웅크린 채 대수의 발길질을 받아 내면서 이를 부득부득 갈곤 했다. 나중에 늙으면 복수하겠다며 벼르고 또 벼렀다.

분례의 짐작대로 대수의 바람은 오래가지 못했고, 1년도 채우지 못한 채 다시 집으로 돌아왔다. 늙어서 복수하리라는 분례의 바람도 이루어졌다. 평생을 한량처럼 살아온 탓에 대수는 수중에 돈이 없었고, 돈주머니를 꿰찬 분례에게 대폿값이라도 받아 쓰려면 아내의 눈치를 볼 수밖에 없었다. 분례의 목소리가 점점 높아진 게 가는귀가 먹은 탓만은 아닐 거라고 홍섭은 생각했다.

복수라고 했지만, 사실 남들이 보기에는 이상한 복수였다. 분례는 대수가 좋아하는 음식들로 세끼 밥을 정성스럽게 차렸고, 한여름에는 모시에 풀을 먹여 빳빳하게 다림질한 옷을 대수에게 입혔다. 다른 지역에 사는 자매들이 며칠씩 다녀가라고 해도 대수 밥 때문에 집을 떠날 수 없다고도 했다.

함께 시장을 다니고 텃밭을 가꾸면서 노년을 보내는 부모를 보면서 홍섭은 그나마 부모를 모시지 않고 있다는 죄책감을 덜 수 있었다. 아버지를 구박하고 욕을 해 대는 어머니의 퉁명스러움 밑에 깔린 또 다른 진심은 더 깊은 사랑일지도 모르겠다고 생각해 왔다. 하지만 어떤 상처는 여전히 회복될 수 없는 법이다. 대수가 하필이면 그때의 기억만을 계속 재생하고 있다는 것이 분례에게 더 큰 상처로 남았다. 어쩌면 그 시절이 대수의 인생에서 가장 행복한 시절이었을지도 모른다는 사실이, 분례를 더욱 미치고 팔짝 뛰게 만들었다.

분례는 자신의 마지막 자존심마저도 지켜 주지 않은 대수가 원망스러웠지만, 그래도 대수를 마지막까지 책임지고 싶은 마음이었다. 대수가 늙고 병들어 의탁할 데 없는 처지가 되기를 기다렸고, 그런 대수를 곁에 두는 것을 복수라고 여겼던 분례였다. 하지만 이젠 모든 것이 버겁게만 느껴졌다. 세월은 분례의 몸도 공평하게 통과했고, 그녀 역시 점점 노쇠해지고 있었다.

D-7

그곳을 둘러보는 분례의 표정이 착잡했다.

"마지막 순간을 편안히 보내실 수 있도록 최대한 아늑하고 편리하게 꾸며 놓았습니다. 다양한 프로그램이 준비돼 있어요."

흰옷을 입은 여자가 친절한 미소를 띠며 마지막 순간이라는 말을 자연스럽게 내뱉었다. 평소라면 잘 들리지 않을 소리였는데, 오늘따라 선명하게 귀를 파고들었다.

"너거 아부지 밥은 묵었는지 모르겠다. 채리 놓고 오긴 했는데……"

앞마당에 나와 담배를 피우는 홍섭을 물끄러미 바라보며 분례가 말했다.

"인자 엄마는 좋겠소. 아부지 밥 신경 안 써도 되고."

"그래, 좋다! 좋아서 춤을 출 노릇이다. 할배만 없으면 내가 훨훨 날아 댕기고도 남지. 자, 인자 집에 가자."

지팡이를 짚은 채 분례가 앞서 걸었다. 뒤따라 걷는 홍섭을 돌아보지 않고 걸어가면서 분례가 말했다.

"결국은 내도 마지막엔 일로 와야겠제."

"지도 마찬가지입니더. 다 똑같습니더."

D-day

분례는 아침 일찍 일어나 대수가 좋아하는 고깃국을 끓이고 잡채를 버무렸다. 차려진 밥상은 잔칫상처럼 푸짐했지만 집안 분위기는 초상집 같았다. 오 남매 내외가 모두 모였는데 다들 아무 말이 없었고, 딸 셋은 계속 눈물만 찍어 대고 있었다.

"그라믄 니가 모시 갈래?"

마당에서 홍섭과 재섭이 다투는 소리가 들려왔다.

"그래도 이거는 경우가 아이지. 장남이 왜 장남이
고?"

"내도 할 만큼 했다. 그라는 니는 한 기 뭐 있노."

분례는 가만히 앉아 손으로 부채질을 했다. 깨끗하게
새 옷을 차려입은 대수 혼자 천진난만하게 웃고 있었다.

"오늘이 누구 생일이가?"

대수가 물었고, 식구들은 서로 눈빛만 교환하고 대답
이 없었다.

"식사나 하이소."

분례가 대수의 컵에 물을 따라 주며 말했다.

오늘 당신은 **그곳**에 가게 될 거라고, **그곳**이 당신이 마
지막 장소가 될 거라고, 그리고 아마 우리 모두 나중에
는 **그곳**에 가게 될 거라는 말을 아무도 대수에게 하지
못하고 있었다.

"식구들 오랜만에 다 모이 가꼬, 오늘 기분이 윽수로
좋다."

대수가 웃으며 숟가락을 들었다. 분례는 대수와 눈
을 맞추지 못하고 고개를 돌려 벽에 걸린 괘종시계를 올
려다보았다. 노안 탓에 분침의 바늘 끝이 흐릿하게 보여
여러 번 눈을 끔뻑거렸다. 정확한 시각을 알 수는 없었
지만 남은 시간이 얼마 없다는 것만큼은 분명히 알 수
있었다.

특별재난지역

1

　돌아오는 봄에는 미나리깡에 가기로 했다. 한재 미나리 재배 단지 내에 미나리와 삼겹살을 즉석에서 먹을 수 있는 비닐하우스가 여러 동 있었다. 삼겹살만 두어 근 끊어다가 밭에서 갓 딴 싱싱한 미나리와 곁들여 구워 먹는 것은 일남 가족의 연례행사였다.

　"미나리깡은 은제 가노?"

　부친의 물음에 일남은 아직 한두 달은 더 있어야 한다고 답했다. 대명은 치매로 정신이 오락가락하면서도 먹는 이야기를 할 때만큼은 의욕이 넘쳤다. 미나리깡에서 먹는 삼겹살 구이는 별미 중의 별미였다.

　"그라믄 그때 나가가 소싸움도 긔경하고, 집에도 한

번 들다본다 카이. 느그 어매가 기다릴 낀데."

아버지가 요양병원에 들어간 후로 당신이 살던 집은
내내 비어 있다고, 실은 부동산 중개소에 내놓은 지도
여러 해 됐는데 팔리지 않아 골치가 아프다고, 어머니는
이미 50년 전에 저세상으로 떠나 그곳에서 남편을 기다
리는 중이라는 말을 일남은 차마 하지 못한 채 고개를
저었다.

"소싸움을 우째 갑니꺼. 아부지 기저귀 차고 거까지
는 몬 간다."

"와? 샅바 찬 영감쟁이는 소싸움 하는 데 오지 말라
꼬 누가 써 붙이 놓기라도 했나!"

대명이 역정을 내며 휴게실이 쩌렁쩌렁 울리도록 소
리를 질러 댔다. 일남 대신 경호가 나서 대명을 달랬다.

"가입시더, 장인어른예. 못 갈 게 뭡니까. 지가 모시고
가겠심더."

"니 참말이가? 점빵은 우짜고?"

"참말로 가입시더. 점빵은 하루 놀믄 되지예."

경호에게서 평소와는 다른 대답이 튀어나왔다. 경호
는 자전거 가게를 하루라도 쉬면 큰일 나는 줄 아는 사
람이었다. 30년 넘게 명절과 벌초하는 날 외에는 쉬는
날 없이 살다가 4년 전 환갑을 맞으면서부터 일요일에는
문을 닫기로 했지만, 휴대폰 번호를 가게 앞에 붙여 놓
고 누가 찾으면 바로 자전거를 타고 가게로 달려갔다. 책

임지지 못할 말부터 내뱉는 남편이 일남은 영 못마땅했다. 외출증을 끊고 나가 밥 한 끼 먹고 들어오는 것까지야 큰 부담이 없었지만, 소싸움까지 보려면 외박을 해야 할 텐데 대명을 집에 데려가 하룻밤 재우는 건 간단한 일이 아니었다. 밤마다 치매 증세가 심해져 소리를 지르고 욕설을 해 대는 통에 요양병원 의료진들 사이에서도 악명이 높은 노인이었다.

"진짜 갈 끼제?"

"고만하고 이거나 드이소."

재차 확인을 하려 드는 대명의 말을 막으며 일남은 국그릇에 담긴 닭다리를 손으로 찢어 그의 입안에 넣어 주었다.

"맛나다. 집에 가믄 맨날 묵을 낀데."

"그거는 안 될 일이고예, 담번에 올 때 아부지 잡숫고 싶은 거 또 해 올 끼예. 마이 드이소."

대명은 앉은자리에서 일남이 고아 온 닭 한 마리를 다 먹고도 입맛을 다셨다. 일남은 자신의 음식을 맛있게 먹는 아버지를 보는 것이 마냥 기쁘지만은 않았다.

"장인어른 잡숫는 거 보이까, 백 살까지는 충분히 사시겠는데예."

오늘따라 경호는 속없는 소리만 했다. 일남은 대명의 나이를 헤아려 보았다. 아흔둘, 이미 너무 많지 않은가. 백 살이라니. 백 살까지 여기에 갇혀서 남은 생을 보내라니, 그건 악담이나 다름없었다. 대명이 이곳에 들어온 지도 벌써 2년이 가까워지고 있었다. 솔직히 부친이 요양병원에서 이렇게까지 오래 버틸 줄은 몰랐다. 너무 길어져서는 안 될 일이라고, 일남은 속으로 생각했다. 그러면서도 일남은 매주 주말이면 대명에게 먹일 음식을 해다가 날랐다. 기력 보충에 좋은 보양식 위주였다.

휴게실 벽면 중앙에 걸린 텔레비전에서 급박한 목소리로 뉴스를 전달하는 앵커의 목소리가 흘러나왔다.

중국 우한에서 폐렴 바이러스가 퍼지면서 중국 전역에 난리가 났고, 우리나라도 확진자가 스무 명이 넘었다는 뉴스였다.

"우리도 마스크 끼야 되는 거 아이가. 집에 마스크 사 놓은 거 좀 있나."

뉴스 화면을 바라보며 경호가 말했다.

"전에 미세먼지 심하다꼬 마스크 끼라 캐도 답답하다믄서 싫다고 해 놓고, 마스크는 무신. 중국이 여어서 을매나 먼데. 청도는 청정 지역이라서 괜않습니다."

일남의 말에 옆 테이블 가족들이 빙긋 웃었다. 휴게실에는 주말을 맞아 환자 면회를 온 보호자들이 여럿 있었고, 그중에 마스크를 쓴 사람은 아무도 없었다.

경호가 빈 그릇들을 챙기는 동안 일남은 물티슈로 대명의 입 주변에 묻은 닭 국물을 닦아 주었다.

"아부지, 다음 주에 또 올 끼라예. 다음 주에는 추어탕 끓이 올 끼니까 잘 계시이소."

일남의 말에 대명이 고개를 끄덕였다. 그것이 부녀의 마지막 대화였다.

2

할머니 언제 와?

일남은 가영이 보낸 카카오톡 메시지를 확인하려고 휴대폰을 얼굴에서 멀찍이 들고 눈을 가늘게 떴다.

간다. 기다려라.

언제 올 거냐는 물음에는 정작 제대로 답하지 않은 채 메시지를 보냈다. 번호표를 배부받은 지 이미 두 시간이 지났는데 마스크 판매는 아직 시작될 기미조차 보이지 않았다. 집에 잠시 다녀올까 생각하다가 그사이 마스크 파는 창구가 열려 순서를 놓칠까 봐 우체국 건물 주변을 뱅뱅 도는 중이었다. 실내에서 코로나19 바이러스 감염 위험이 더 높다는 말에 우체국 안으로 들어가기도 찜찜했다. 일남은 패딩 점퍼에 달린 모자를 앞으로 당겨 쓰면서 주머니에 손을 깊숙이 집어넣었다. 2월 중순

입춘이 지나도 아직 바람이 찼다. 우체국 앞 인도와 길 건너편까지 마스크를 낀 사람들이 몰려들어 서성이고 있었다. 꽤 많은 인파였지만 모두 팔을 뻗어도 닿지 않을 정도의 거리를 유지하면서 누구에게도 말을 걸지 않았다.

할머니, 배고파. 천하장사 소시지 먹을게요.

가영이 다시 메시지를 보냈다.

밥 먹었잖아. 소시지 이제 없어.

그래도 배고파. 김치냉장고에 숨겨 놓은 거 봤는데, 하나만 꺼내 먹을게. 네?

그래, 알겠어.

하나만 먹겠다고 했지만, 아마 아이는 하나로 성에 차지 않을 것이다. 가영은 어려서부터 먹성이 좋아 또래보다 체격이 크고 발육이 좋았다. 먹는 게 시원치 않고 늘 비실대던 제 아비와는 달리 뭐든 잘 먹어서 일남은 신이 났고 달라는 대로 음식을 내줬다. 아이 입에 먹을 것을 대느라 하루가 모자랄 지경이었다. 이제 좀 그만 먹이라고. 식습관을 고쳐야 한다는 이야기를 주변에서 듣기 시작하면서 일남이 간식을 줄이려 하는데도 가영은 뭐든 더 먹겠다고 떼를 쓰곤 했다. 갓 열 살이 되어 신학기부터 초등학교 3학년이 되는 가영은 벌써 몸무게가 45킬로그램이 넘으면서 가슴도 나오고 있었다. 아무래도 브래지어를 사 줘야겠다고 생각했다. 가영의 말로는 러닝셔츠에 브래지어도 같이 달린 속옷이 있다는데. 그런 것은 어디서 사는지 대전 사는 딸 상희에게 전화를 걸어 물어보려다가 멈칫했다. 상희는 보름 넘게 일남의 전화를 받지 않고 있었다. 연락은 최소한으로, 용건만 간단히. 상희의 요구 사항을 떠올리면서 카카오톡으로 메시지만 보냈다.

가영이 브라자 사 줄라 하는데, 어디서 사노.

답이 없을 줄 알았는데 상희가 바로 전화를 걸어왔다.
"엄마 어디예요? 괜찮아요? 지금 청도 난리던데."
"옥수로 빨리 물어본다. 지금 청도 난리도 아인 기라, 내 지금 우체국에 마스크 사러 나왔다 아이가."
"어떡해, 밖에 나가도 되는 거예요?"
"집에만 있다가 마스크 사러 잠깐 나온 기라. 마스크가 몇 장 없어가 불안해 가꼬. 대전은 어떻노. 니가 마스크 좀 구해 주믄 안 되겠나."

"엄마, 여기도 마스크 다 품절이래요. 저도 애들이랑 밖에 나가지도 못하고 집에만 있어요."

"인터넷으로 산다 카던데. 경숙이는 저거 딸이 마스크 백 장을 구해 갖고 집에 부치 줏다 카드라. 열 장만 내한테 팔라 캐도 딸이 힘들게 구한 거라 카믄서 싫다 안 카나. 자랑을 하지나 말든지. 이서댁이도 며느리가 마스크 스무 장 주문해 줬다꼬 하대. 니는 머 하고 있노. 내가 연락해도 받지도 않고, 엄마 걱정도 안 되나?"

오랜만에 딸과 통화가 연결되어 반가운 마음은 잠깐이고 다시 평소처럼 거친 말이 튀어나왔다. 사실 그게 일남에게는 반갑다는 표현이었다.

"엄마, 또 시작이시네요. 제가 이래서 당분간 서로 거리 두고 살자고 한 거잖아요."

상희가 차갑게 말했다. 상희는 지난해 연말 심리 치료 인가 뭔가를 받기 시작하면서 일남을 대하는 태도가 백 팔십도 달라졌다. 냉랭하고 쌀쌀맞아졌달까. 상희가 앞으로는 특별한 용건 없이 전화를 걸어 하소연하지 말라며 단호한 어투로 말했을 때 일남은 어안이 벙벙해졌다. 나만큼 저를 걱정하고 위해 주는 사람이 어디 있다고, 억울한 노릇이었다. 엄마가 제게 준 상처를 들여다보는 치료를 하고 있다며 앞으로는 착한 딸로 살지 않겠다고 선언하는 상희를 일남은 이해할 수 없었다.

"엄마, 아들한테는 이런 거 대놓고 해 달라고 못 하죠?

왜 마스크 구해 드리는 건 딸이나 며느리여야 해요?"

"상진이 갸는 지금 바쁘다 아이가. 당장 시험이 코앞인데."

상희가 코웃음을 쳤다.

"아니, 지가 낳은 새끼 키우지도 않고 제 한 몸, 제 입만 챙기면서 공부만 하는 애가 뭐가 바빠요? 코로나 때문에 아무 데도 못 나가는 열두 살, 아홉 살 아이 둘 건사하면서 저는 시간이 남아 도는 줄 아세요?"

"그래, 안다. 나도. 내가 와 모르겠노."

그러니까 니도 내 마음 좀 알아주면 안 되겠나, 하는 말까지는 못 하고 일남은 한숨을 쉬었다. 마스크에 더운 김이 닿자 얼굴에 땀이 차올랐다.

3

상희는 일남이 동생 상진과 저를 어려서부터 차별했고, 상진만 특별 대우를 받고 컸다며 격앙된 어조로 말했지만 일남은 그저 상진이 안쓰러웠다. 알아서 잘해 줬던 상희와 달리 상진은 계속 길을 잃고 허우적대는 것만 같았다.

상진은 공부를 잘했다. 전교에서 다섯 손가락 밖으로 밀려난 적이 없었다. 그런 아들이 이름도 처음 들어 보는 대학에 간다고 했을 때 일남은 허파가 뒤집어지는 것처럼 속이 상했다. 상진이 합격한 대학이 서울의 유명 대학이라고는 했지만 일남은 입학원서를 쓸 때 처음 들어 본 대학이었다. 거기도 좋은 뎁니더. 청도에서 그 정도 했으면 잘 갔네. 사람들이 위로랍시고 건네는 얘기가 위로처럼 여겨지지 않았다. 그래도 상진에게 속상한 티를 내지는 않았다. 상진은 1학년을 마치자마자 군대에 다녀온 후로 행정 고시를 준비했지만 합격하지 못했다. 대학 졸업 후 3년 넘게 고시에 매달리다가 나중에는 노량진으로 거처를 옮겨 7급, 9급 공무원 시험을 봤다. 일남은 사무관이 될 줄 알았던 아들이 7급 공무원에 응시한다는 것 자체만으로도 속이 쓰렸다. 그때까지만 해도 일남, 경호 부부는 상진에 대한 기대를 버리지 못했다.

상진이 노량진 고시촌에서 여자와 동거를 하고 있을 거라고는 상상도 하지 못했다. 백일도 되지 않은 가영이를 안고 청도에 찾아온 아이 엄마는 끝까지 당당했고, 조금도 거침이 없었다. 전세든, 반전세든 힘닿는 대로 돈을 융통해 신혼집을 얻어 줄 테니 우선 결혼부터 하고 시험 준비를 하는 게 어떻겠느냐고, 공부를 하는 동안 가영이는 우리가 키워 줄 거라고, 걱정 말고 공부만 하라는 일남의 말에 아이 엄마는 상진과 이미 헤어진 사이라며 딱 잘라 말했다.

"오빠를 뭘 믿고요? 상진 오빠는요, 가장 결정적인 순간에 결정을 회피하고 도망가 버리는 사람이에요. 제가 그걸 모르고 제 발등을 찍었어요. 이 아이도 낳으려고 낳은 게 아니라 오빠가 우물쭈물하다가 수술할 타이밍을 놓쳐 버린 거였어요. 저 역시 막상 심장이 뛰고 있는 아이를 어떻게 한다는 게 쉽지가 않아서 결국 낳고 어떻게든 잘 살아 보려고 했는데, 이제는 정말 아니라는 생각이 들어요. 그러고 보니 오빠는 결정적인 순간에 결정을 회피하는 수준을 넘어서, 그저 모든 결정을 회피하는 사람이라고 하는 게 더 정확하겠네요."

아이 엄마는 갓 대학을 졸업했다는데 얼굴은 그보다 더 앳되어 보였다. 끝까지 아들 탓만 할 뿐 저는 잘못이 없다는 젊은 여자의 태도에 일남은 화가 치밀어 올랐다.

"그래 좋다. 우리도 싫다는 사람 안 붙든다. 그라믄 니 앞으로 이 알라 안 보고 살 자신 있나? 마음 돌리 묵고 상진이 말고 이 핏덩어리를 봐 갖고 니가 다시 생각해 주믄 안 되겠나."

지금 돌아서면 영원히 가영이를 못 보게 될 거라고 말하며 일남은 눈을 부라렸다. 그런 말에도 여자는 눈 하나 깜짝하지 않았다.

"그만한 각오도 없이, 제가 지금 이 핏덩이를 안고 여기를 찾아왔겠어요?"

가영이를 잘 부탁한다는 말을 하면서는 여자의 목소리가 조금 떨렸다. 돌아가는 길에 청도역 개찰구 앞에 서서 역이 떠나가라 엉엉 울더라는 이야기는 나중에 이

웃을 통해 들었다. 하지만 그 후로 지금까지 소식 한 번 없었다. 상진에게는 아무런 희망이 보이지 않는다며 악담을 하고 떠난 여자 때문인지 이후로 상진은 정말 일이 풀리지 않았다. 서른 살 넘어까지 공무원 시험 준비를 하다가 접은 다음, 서울에서 직장 생활을 시작했지만 얼마 못 버티고 나왔다. 답답한 마음에 경호가 친척에게 부탁해 구미 공단에 있는 중소기업에 넣어 주기도 했는데 거기마저도 제대로 적응하지 못했다. 30대 중반이 되어 공무원 시험에 다시 도전하겠다는 아들을 말리지 못한 것은 딱히 다른 대안이 보이지 않아서였다. 상희는 일남이 상진을 너무 떠받들어 키운 게 문제라고 했고, 경호는 일남이 상진에게 너무 신경을 쓰지 않아서 아들이 저렇게 됐다고 비난했다.

일남은 아들을 미혼부로 만들고 떠난 가영 어미가 모든 것을 망쳐 버린 것만 같았다. 그래도 아이를 진짜 안 보여 줄 생각은 아니었는데, 가끔 찾아와서 얼굴이라도 보고 살지. 일남은 연락 한 번 하지 않는 여자가 독하기 짝이 없다며 욕하다가도, 상진이 새 출발을 하려면 가영을 중간에 두고 그 여자랑 왕래를 하는 일은 차라리 없는 게 낫다고 말을 바꾸곤 했다. 그러니까 상진은 얼마든지 새 출발을 할 수 있을 거라고, 손녀가 상진의 발목을 잡아서는 안 된다고. 그러기 위해서는 자신이 굳건하게 잘 버텨야 한다고, 일남은 마음을 다잡았다.

4

삐— 하는 경고음이 안방과 부엌, 거실에서 동시에 울려 퍼졌다. 벌써 청도에서 103번째 확진자가 발생했다는 긴급재난문자였다. 일남은 이 좁은 동네에서 하루에 수십 명씩 확진자가 쏟아지고 있다는 소식에 모골이 송연했다. 확진자의 대부분이 집 근처 대남병원과 관련된 사람들이었다.

"장인어른도 대남병원에 모실 뻔했는데, 클 날 뻔했다."

휴대폰을 들여다보며 경호가 말했다. 다행히 대명이 있는 요양병원에서 확진자가 나왔다는 소식이 들리지는 않았지만 면회가 전면 금지됐다. 텔레비전 뉴스에서는 청도 대남병원이 얼마나 시설이 열악하고 관리가 허술한지 연일 보도되고 있었다. 대명을 대남병원이 아닌 청도 읍내에서 차로 30여 분 거리에 있는 요양병원에 모신 것은 시설이나 의료진 때문이 아니었다. 일남은 대남병원이 너무 가까워서 싫었다. 늦은 밤 창문을 열면 병원의 간판 불빛이 어른거리는 게 보일 정도로 지척의 거리에 부친을 두고 편하게 잠들 수 없을 것만 같았다. 치매 걸린 부친이 갇혀 지내면서 죽음만을 기다리는 건물을 그냥 지나치기도, 그렇다고 매일 찾아갈 자신도 없었다.

"점심은 뭐꼬?"

경호가 일남을 쳐다보며 물었다. 아침 설거지를 하고 가영과 경호에게 사과를 깎아 준 다음, 믹스 커피를 한 잔 타 마시고 돌아서니 벌써 12시 가까운 시각이었다.

"벌써로 시간이 이래 됐나. 아까 가영이가 김치볶음밥 해 달라 카던데."

아침에 김치냉장고에서 김치통 하나를 꺼내 헐어 김치찌개를 끓였더니 가영이 제 입에 너무 맵다고 투덜거렸다. 아이를 달래며 점심에는 좋아하는 볶음밥을 해 주기로 약속했다.

"볶음밥은 너무 기름지가 파이다. 딴 거 묵자."

일남은 가영에게 김치볶음밥을 해 주고 경호가 먹을 김치김밥을 따로 싸야겠다고 생각했다. 평소라면 경호는 가게로 출근해 밖에서 점심을 해결했을 것이다. 경호는 사흘째 자전거 가게에 나가지 않고 있었다. 소상공인 지원금을 받으려면 영업을 중단해야 한다는 소문이 돌면서 경호는 가게 문을 닫았다. 정확히 얼마나 영업을 쉬어야 하는지, 지원금이 얼마인지는 아무도 몰랐다. 군청에 물어봐도 정해진 것은 없다고 했고, 그저 주변 상인들 사이에 확인되지 않은 말만 돌았다. 좁은 동네에 확진자가 대거 쏟아지면서 길거리에 사람 찾아보기가 힘들었다. 어차피 가게에 찾아올 사람이 없다는 걸 알면서도 경호는 초조하고 불편한 기색이었다. 이렇게 오래 쉬어 본 것은 가게를 개업한 이래로 처음이었다. 경호는 거실을 한참 서성이다 현관에 쪼그려 앉아 몇 켤레 되지도 않는 신발을 다시 가지런히 놓으며 정리했다. 그러고는 신발장을 활짝 열어젖혀 놓고 얼굴을 찌푸렸다.

"여, 와 봐라. 신발장 이기 머꼬? 옳게 거꾸로 난리도 아이네. 구신 나오겠다. 다 내삐리고 정리해라."

앞치마를 두른 채 현관에 불려 나온 일남은 경호가 안 하던 짓을 하며 성가시게 군다는 생각이 들었다.

"상희, 상진이 갸들 신발이 절반 이상입니더. 내 끼 아인데 내 멋대로 우째 버리라 캅니꺼."

"니는 아아들이 집 떠난 지가 언젠데 신발을 아직도 끼고 있나. 다 내삐리 뿌라. 아직도 안 찾아가믄 필요 없다는 기지. 말 나온 김에 지금 치아라."

경호가 언성을 더 높였다.

"별거를 다 트집이네. 놔 두소."

일남은 귀찮다는 듯 손사래를 쳤다. 눈뜨면 가게로 뛰쳐나가기 바빴던 사람이 집에 있으니 별 지청구를 다 듣게 한다는 생각에 짜증이 치밀어 올랐다.

"니 지금 트집이라 캤나!"

경호가 버럭 소리를 질렀다. 일남도 지지 않고 대거리를 하려는데 가영이 울 것 같은 표정으로 두 사람을 바라봤다.

"가영이 보고 머라 카는 거 아이다. 니는 신경 쓰지 마라."

경호가 흠칫하며 어색하게 웃었다. 험악한 눈빛도 다시 누그러졌다. 엄하고 무뚝뚝한 성격의 경호였지만 가영에게만큼은 약했다.

경호는 자전거라도 한 바퀴 타고 와야겠다며 현관문을 세게 닫으면서 나가 버렸다. 일남은 경호가 밖으로 나가자 갑자기 집이 넓어진 것처럼 숨통이 트였다.

이 집이 원래 좁은 집이 아닌데, 요즘 들어 너무 좁게만 느껴졌다. 그러는 와중에도 저녁 메뉴는 뭘 해야 하지 하는 고민이 일남의 머릿속을 떠나지 않았다. 김치 한 통을 헐었으니 남은 김장김치도 빨리 처리해야겠다 싶어 냉동실에 있는 등갈비를 꺼냈다. 저녁은 김치등갈비찜으로 정했다. 부친도 좋아하는 음식이니, 일부를 덜어 내일 요양병원에도 싸 가야겠다고 계획하며 갈비를 넉넉히 꺼내 물에 담갔다. 그날 저녁 일남은 하루 종일 김치를 썰어 대고 벌건 김칫국물이 빠지지 않은 도마를 물로 씻어 내다가 요양병원 면회가 전면 금지됐다는 사실을 그제야 기억해 냈다.

뼈와 뼈 사이로 칼을 집어넣어 등갈비를 토막 내며 일남은 저도 모르게 끙 하고 앓는 소리를 내뱉었다. 오른쪽 어깨에 통증이 느껴지면서 팔에 좀처럼 힘이 들어가지 않았다. 나도 늙었나. 평소라면 거뜬했던 일들이 이제 힘에 부쳤다. 먹이고 치우고 먹이고 치우고. 그건 일남이 한평생 해 온 일이었다. 50년 가까이 하면서 몸에 익은 일이라 생각했는데, 식구들과 종일 집 안에서 부대끼면서 세끼 밥을 꼬박꼬박 챙기는 것이 예전과는 달리 고단하고 버겁게만 느껴졌다.

　일남은 열 살 때부터 부엌을 드나들며 집안 살림을 배웠다. 모친은 아홉 살 터울의 남동생 정필을 낳은 직후부터 시름시름 앓았다. 지독한 산후풍이었다. 그때만 해도 할머니와 한집에 살던 시절이었다. 아들 낳은 유세 부리냐며 어서 일어나라고 할머니가 아무리 호통을 쳐도 어머니는 일어나지 못했다. 계속 하혈을 했고, 백일도 채 지나지 않아 유명을 달리했다. 일남은 어쩔 수 없이 할머니를 도와 어린 정필을 돌보고 부엌살림을 살피게 됐다. 중학교 3학년이 되던 해 할머니마저 돌아가셨다. 아무도 고등학교에 가지 말라는 말을 하지 않았지만 일남은 그냥 거기까지란 걸 알았다. 중학교를 졸업하자마자 일남은 집안의 안주인 역할을 해 왔다. 대명은 밖에서 여자를 만나는 눈치였지만, 새 여자를 집에 들이지는 않았다. 평생 홀아비로 늙으며 어린 동생과 자신을 계모 밑에서 자라게 하지 않은 부친에게 일남은 미안하고 고마운 마음이 앞섰으나, 지금 생각해 보면 집안에 다른 여자가 필요하지 않을 정도로 일남이 부친과 동생의 먹성과 입성을 잘 챙겨 왔기 때문에 가능한 일이었다.

　경호와 결혼한 것도 청도를 떠나지 않고 친정 근처에 살겠다는 약속 때문이었다. 경호가 넷째 아들이라 시댁에 대한 부담이 덜한 점도 마음에 들었다. 결혼 이후에도 일남은 두 집 살림을 하다시피 하며 부친을 챙겼다.

남동생 결혼까지 시키고 나면 조금 나아질 줄 알았는데 장남인 정필이 필리핀으로 떠나면서 홀로 남은 부친은 일남의 몫이 될 수밖에 없었다. 정필도 먹고살려고 먼 이국까지 날아가 고생하는 거라고, 내 부모 챙기는 걸 힘들다고 해서는 안 될 일이라고, 일남은 이것도 팔자려니 생각하며 의연해지려고 애썼다. 그런 일남 앞에서 2년 전 잠깐 한국에 들어온 정필은 사서 고생을 한다며 혀를 끌끌 찼다.

"누부야가 안쓰러버가 카는 말이요. 이제 누부야 할 만큼 했으이 고만하고 아부지 요양병원에 보내 드립시데이."

더 이상 누나를 고생시키고 싶지 않아서 어려운 결정을 내린 거라며, 정필은 선심을 쓰는 것처럼 굴었다. 부친을 돌보는 일이 보통 고생이 아니라고 말하면서 자신은 그 고생과 끝까지 무관하다는 태도를 보이는 정필이 일남은 괘씸했지만, 다른 방도가 있는 것도 아니었다. 가영만 아니었다면 부친을 끝까지 책임지겠다고 나서 봤을지도 모른다. 하지만 어린 손녀와 노부를 동시에 감당하기는 어려운 일이었다. 여생이 얼마 남지 않은 아버지보다는 내 새끼, 그리고 내 새끼의 새끼가 더 중하다는 생각을 하며 일남은 모종의 죄책감에 시달렸다.

5

　가영이 온 후로 일남과 경호의 삶에서 우선순위는 모조리 손녀가 차지하게 됐다. 일남은 가영을 키우면서 애간장이 저민다는 말의 의미가 무엇인지 알게 됐다. 가영을 볼 때마다 간과 장이 녹아 버릴 듯 아파 왔다. 아이가 딱하다가도 원망스러웠고, 귀하면서도 성가셨다. 그럼에도, 이제 이 아이 없이는 살 수 없었다. 일남은 매일 가영이 좋아하는 음식을 해 먹였고, 말끔하게 씻겨 깨끗한 옷을 입혔고, 머리를 정성스럽게 땋아 학교에 보냈다. 그렇게 최선을 다해 가영을 사랑하면서도 아이와 길게 얘기를 나누지는 못했다. 그건 남편 경호도 마찬가지였다. 커 갈수록 아이가 종알대는 말을 잘 알아들을 수없었고, 가영이 묻는 것에도 제대로 대답하기 어려웠다. 대화가 조금 이어지다가도 결국에는 나중에 아빠나 고모한테 물어보자는 말로 끝나 버렸다. "피, 됐어. 휴대폰으로 찾아볼게." 공부 때문에 필요하다는 가영의 말에 최신형 휴대폰을 사 줄 수밖에 없었다.

　일남은 종종 악몽을 꿨다. 가영 어미가 갑자기 찾아와 아이를 데려가는 꿈이었다. 아무리 울며불며 잡아도 아이는 매몰차게 일남의 손을 뿌리치고 돌아서 버렸다. 꿈속에서 아이 엄마의 모습은 매번 바뀌었다. 텔레비전에 나오는 유명한 탤런트의 얼굴로 나타나기도 했고, 늙고 추레한 모습으로 나타나기도 했다. 여자의 처지가 어떻든 상관하지 않고 가영은 매번 일남을 밀쳐 내고 제 엄마를 따라나섰다. 그런 가영을 밤새 뒤쫓다가 잠에서 깨면 온몸이 땀으로 흥건해져 있곤 했다. 깊은 밤, 잠에서 깨자마자 작은방으로 달려가 아이가 잘 있는지 확인하고 나서야 일남은 안도했다. 그런 날이면 다시 잠들지 못하고 동이 틀 때까지 가영의 얼굴을 물끄러미 바라보았다.

"가영이 너거 엄마가 갑작시리 찾아와가 따라가자 카믄 우짤끼고? 백일도 안 되가 니를 내삐리고 간 엄마라도 따라갈 끼가?"

"안 가."

엄마라는 말만 나와도 가영의 얼굴은 굳었다. 아이가 싫어하는 질문이라는 걸 알면서도 일남은 수차례 확인하고 다짐받으려 들었다.

"니 너거 엄마가 니보고 같이 살자카면 갈 끼가? 할매, 할배랑 못 보고 살아야 되는데 그래도 따라갈 끼가?"

"안 간다. 나는 할매, 할배랑 계속 청도에 살 거야. 어른 돼도 결혼 안 하고 할매랑 계속 살 거야."

"그거는 안 된다. 시집은 가야제. 아이고, 우리 강아지, 할매가 한분만 안아 보자."

일남은 아이를 꼭 끌어안은 채 깊게 숨을 들이마셨다. 아이의 살냄새와 땀 냄새를 맡으며 두툼하게 살이 오른 등허리를 쓰다듬었다. 이 아이가 대학을 가려면 앞으로 10년, 대학 졸업하는 것까지 보려면 적어도 15년이 걸릴 것이다. 그때까지 자신이 건강해야 한다고, 자식들에게 짐이 되어서는 안 될 일이라고, 일남은 속으로 생각하며 아이를 감싸 안은 팔에 힘을 주었다.

6

가영의 학교에서 개학을 연기한다는 문자메시지가 왔다. 대구, 경북 지역만 개학이 미뤄진다는 소문과는 달리 전국의 모든 학교의 개학이 연기됐다는 소식에 차라리 다행이라는 생각이 들었다. 예정대로 3월 초에 당장 개학을 한다고 해도 문제였다. 일남은 가영이 방학 숙제를 제대로 해 놓지 못한 게 마음에 걸렸다.

가영은 방학 기간 동안 조손가정, 다문화가정 자녀들을 위한 돌봄 교실에 다녔는데, 코로나19가 확산되면서 청도 지역의 돌봄 교실 운영이 전면 중지됐다. 가영이 한 달에 15만 원씩 내고 다니던 공부방도 휴업 상태였다. 휴대폰 그만 보고 숙제 좀 하라고 해도 아이는 말을 듣지 않았다. 혼자서는 못 한다고, 돌봄 교실 선생님한테 물어봐야 하는데, 하고는 입만 삐죽거릴 뿐이었다.

일남은 가영을 앉혀 놓고 숙제를 시켜 보려 하다가, 더 이상 말이 통하지 않자 부엌으로 갔다. 냄비에서는 시래기가 끓고 있었다. 삶은 시래기를 넣고 추어탕을 끓여 대명에게 가지고 갈 생각이었다. 면회는 못 하더라도 간호사를 불러 추어탕이라도 건네야겠다고. 전화로 괴성을 질러 대던 대명에게 해 줄 수 있는 건 그것밖에 없어서 안타까웠다. 어젯밤 10시가 넘은 시각, 요양병원에서 전화를 걸어와 대명의 발작이 너무 심하다며 손발을 묶는 처치를 하겠다고 통보해 왔다.

"최근 들어 치매 증세가 더 심해지셨어요. 식사도 거부하시고, 아무도 못 알아보세요. 큰 소리로 따님만 찾으시네요. 입원하실 때 이미 동의서에 사인하기는 하셨지만, 그래도 한번 더 알려드려요. 안정제도 투여하겠습니다."

간호사는 급박한 목소리로 말을 쏟아 냈고, 대명의 고함이 간호사의 말소리와 함께 섞여서 들려왔다.

"일남이 오라 캐라. 일남이 어딨노. 에잇, 천하의 나쁜 년! 벼락 맞아 디질 년. 내를 내삐리 놓고 일남이 어데로 도망갔노!"

병원으로 향하는 차 안에서도 대명의 목소리가 일남의 귓전을 계속 맴돌았다.

병원 로비에서 병동으로 전화를 걸면 대명은 못 만나더라도 간호사 얼굴은 볼 수 있을 줄 알았다. 예전에도 몇 번 그런 적이 있었기에 어려운 일이 아닐 거라 생각했다. 대명의 식사가 시원치 않다는 연락을 받으면 일남은 정해진 면회 시간이 아니더라도 대명이 좋아하는 음식을 싸 와서 간호사에게 전달했다. 하지만 로비에서부터 출입을 저지당하자 일남은 당황했다. 어렵게 전화가 연결된 간호사실에서도 평소와 달리 차갑고 사무적인 말투로 기계적인 답변만 들려줄 뿐이었다. 외부인은 어떤 경우라도 출입이 허락되지 않으며, 외부 음식도 반입이 불가하다는 말이었다. 원래 청도가 이래 인심 사나운 동네가 아닌데, 일남은 문 닫힌 로비 앞에 서서 혼자 중얼거렸다.

일남은 묵직한 보온 도시락을 어깨에 멘 채 다시 집으로 돌아왔다. 걸을 때마다 추어탕 국물이 찰랑거리는 소리가 났다. 대문 앞 우편함에 마스크가 여섯 장 꽂혀 있었다. 그러고 보니 집집마다 통장이 마스크를 나눠 줄 예정이라는 문자메시지를 받았던 기억이 났다. 일남은 귀중한 물품을 다루듯 조심스러운 손길로 마스크를 꺼냈다. 마스크를 손에 쥔 순간 갑자기 찜찜한 기분이 들었다.

'이거 나눠 준 통장은 괜찮을라나. 통장 며느리가 신천지라는 소문이 있어가 이혼을 하네 마네 동네가 시끄러웠는데……. 얼마 전에 설에 댕기러 온 거 보믄 이혼은 안 했지 싶은데. 신천지랑 접촉만 했다 카믄 확진자가 된다 카던데…….'

일남은 마스크 하나하나를 봉지째로 마당 빨랫줄에 걸어 말려 놓은 후 집 안으로 들어갔다. 집 안은 고요했다. 자전거가 없는 걸 보니 경호는 밖에 나간 모양이었다. 일남이 나갈 때 제대로 인사도 하지 않고 거실에서 휴대폰만 들여다보던 가영도 보이지 않았다.

"가영이, 자나?"

작은방 문을 열어젖힌 일남은 순간 온몸이 얼어붙었다. 가영이 상의만 입고 벽을 보며 앉아 있었다. 팬티까지 벗고 맨바닥에 엉덩이를 붙인 채 다리를 벌리고 앉아 고개를 숙인 가영의 자세가 괴상하기 짝이 없었다.

"니 지금 뭐 하노?"

일남이 버럭 소리를 질렀다. 가영이 화들짝 놀라며 옆으로 꼬꾸라졌다. 급히 몸을 일으켜 팬티를 찾으러 기어가는 가영의 성기 안쪽이 유난히 붉어 보였다. 마치 누가 손으로 후빈 것처럼, 아니 어쩌면 손이 아닌 다른 것이었을 수도 있다는 생각이 일남의 머릿속을 스쳤다. 심장이 빠르게 뛰면서 등줄기로 땀이 흘렀다.

"니 여기 와 이렇노? 여어가 와 이래 뻘겋노? 가영아, 니 집에 있는 동안 누가 왔었나? 니 솔직하게 말해야 된다. 니 할매 없을 때 어디 나갔다 왔나. 누가 니한테 무슨 해코지했나. 누가 어디서 니 빤스 이래 벗기드나?"

"그기 아니고."

가영이 우물쭈물하며 일남의 눈치를 봤다. 일남은 숨이 가빠 왔다. 억지로 호흡을 가라앉히며 최대한 목소리를 내리깔았다.

"괜않다. 무슨 일이 있었는지 할매한테 솔직하게 말해라. 어떤 놈이고? 내가 그놈아 사지를 찢어 놓을 끼다."

"할매 그기 아이고, 엄마가."

아이는 엄마라는 단어만 내뱉고는 울먹거렸다.

"엄마?"

예상 밖의 단어에 일남의 눈이 커졌다. 일남이 믿기지 않는다는 목소리로 다시 물었다.

"엄마가 와?"

"엄마가 내 보고 싶다고 해서."

"그기 무슨 소리고?"

일남은 마음을 가라앉혀야 한다고, 아이가 편하게 말을 할 수 있도록 차분하게 굴어야 한다고 생각하면서도 계속 언성이 높아졌다. 아이가 기어 들어가는 목소리로 말했다.

"실은 엄마한테 얼마 전에 연락이 왔어요. 내 얼마나 컸는지 보고 싶다꼬. 그래서 얼굴 찍은 거랑 몸 전체 찍은 거, 잠옷 입은 거 사진도 찍어 보내 주고 했는데. 잠지에 털 났냐고. 아직 안 났다니까 보고 싶다고, 확대해서 사진 찍어 보내 달라고 해 가지고⋯⋯. 다른 사람이 그런 게 아니고, 내가 계속 사진 찍으려고 만지다가 벌겋게 됐나 봐요. 미안해요, 할머니. 근데 나 엄마 한 번도 안 만났어요. 만약에 만나게 되더라도 절대로 엄마 안 따라갈 거야. 나는 할매, 할배랑 여기 계속 살 거예요."

일남은 가영의 휴대폰을 낚아채 카카오톡 대화창을 열었다. 누군가 젊은 여자의 사진을 프로필로 내걸어 놓고 가영에게 친근하게 말을 걸어왔다. 자신을 엄마라고 밝히고 그간 너무 보고 싶었다는 말까지 하면서 가영의 약한 심리를 교묘하게 건드리는 낯선 사람에게 가영이 홀랑 넘어간 것이다. 처음에는 얼굴 셀카, 전신 사진을 보여 달라고 하다가 점점 이상한 요구를 해 왔지만 가영은 오히려 엄마와 연락이 끊길까 봐 두려워했다.

휴대폰을 쥔 일남의 손이 덜덜 떨렸다. 보이스피싱으로 돈 보내 달라 카는 사기꾼들 이야기는 들어 봤어도, 열 살짜리 가스나 알몸 사진이 와 필요하다 카노, 이거는 듣도 보도 못 한 기라. 숭악한 놈들, 고얀 놈들. 일남은 입술을 잘근 깨물며 가영에게 말했다.

"이거는 엄마가 아이다. 에미라면 절대 지 새끼한테 이런 거 보이 돌라 안 칸다. 아주 나쁜 놈들이 지금 니한테 사기를 치는 기라. 그라이까 앞으로 사진 보내 주지 마라. 차단하고, 아이다. 내일 할매랑 나가가 전화번호부터 바꾸자."

"근데 엄마가요. 이 사진 우리끼리 비밀이라고 했는데, 엄마 말 안 들으면 학교 친구들한테도 사진 다 보이 줄 거라고. 우리 학교 홈페이지에 올린다고 했어요. 우리 집 주소도 다 알고 있다 했는데."

아이가 고개를 떨군 채 기어 들어가는 목소리로 말했다.

"그런 일 없을 끼다. 걱정하지 마라."

일남은 왈칵 눈물이 쏟아질 것 같았지만 아이 앞에서 아무렇지 않은 척했다. 나쁜 놈들이 우리 가영이 정보를 우째 알았을꼬. 이름도 학교도, 나이는 물론 조부모와 살고 있는 것까지 알고 있었다. 아주 어릴 때부터 엄마 없이 자라 엄마 얼굴도 모른다는 것까지.

일남은 가영에게 휴대폰을 빼앗아 안방 장롱 속에 숨겨 두었다. 아이는 저녁도 먹지 않고 한참 흐느끼다 잠이 들었다. 경호는 자정이 가까워져서야 얼굴이 불콰해진 채 집에 들어왔다. 답답한 마음에 가게에서 혼자 막걸리를 걸쳤다는데 믿기지 않는 소리였다. 일남은 그에 대해 굳이 왈가왈부하고 싶지 않았다. 당신은 답답한 마음 풀 여력도 있어서 좋겠다고. 이 시국에 다른 사람들과 어울리다가 전염병이라도 옮으면 어쩔 거냐고 따져 물을 기력조차 없었다. 일남은 경호의 이부자리를 봐주고 작은방으로 건너갔다. 가영 옆에 누워서 아이의 손을 쓰다듬으며 억지로 잠을 청해 보려 했지만 잘 수가 없었다. 눈이 따갑고 머리가 어지러웠다. 밤새 몸을 뒤척이다가 새벽녘에 설핏 잠이 든 순간 전화벨이 요란하게 울렸다. 대명이 방금 전 세상을 떠났다는 부고였다.

7

면회가 금지된 한 달 사이에, 대명의 상태가 급속도로 나빠졌다고 주치의가 전했다. 그는 마스크로 얼굴을 절반쯤 덮고 일남과 두어 발짝 떨어진 거리에서 대명의 임종 상황을 설명했다. 한 달 만에 어떻게 그럴 수 있느냐고, 지난달 면회 때만 해도 아주 좋아 보이셨다고, 일남은 멍한 표정으로 되물었다. 아흔둘, 언제 어느 순간에 세상을 떠나도 이상하지 않은 연세였다. 다들 입 밖에 내지는 않았지만 요양병원에 모신 순간부터 이날만을 기다려 온 것이나 마찬가지였다. 하지만 이름도 처음 들어 보는 전염병 때문에 임종도 못 지키게 될 줄은 전혀 몰랐다. 돌아가시기 전 한 달간 아버지의 상태를 전혀 모른 채로 그를 떠나보내게 됐다는 사실이 원통하게만 느껴졌다.

장례를 치르는 절차도 까다로웠다. 일남은 당장 부친의 시신조차 거둬 갈 수 없었다. 청도 지역 요양병원에서 사망한 환자들은 코로나19 검사가 필수라서, 검사 결과가 음성으로 확인되어야 시신을 수습해 장례를 치를 수 있다고 했다. 일남은 검사 결과를 기다리며 필리핀에 있는 정필에게 전화를 걸었다. 정필은 전화통을 붙들고 아이처럼 엉엉 울었다. 상주 노릇을 해야 할 정필이 당장 들어오기는 어렵다고 말하자 일남은 그간 동생한테 한 번도 한 적 없었던 험한 말을 쏟아 냈다.

"그기 무신 소리고, 장남이 없으면 누가 상주를 한단 말이고. 상주가 없는 초상이 어디 있다 카노! 한국 들어오는 비행기가 지금 다 끊긴 기가? 와 못 온단 말이고."

"누부야, 한국 가는 비행기는 줄기는 해도 아예 없는 거는 아닌데 대구 경북 지역에 방문한 사람들은 입국을 금지한다고 필리핀 정부에서 정한 기라요. 한국 나가는 거는 어떻게 수를 내서 나간다 캐도 청도 땅을 디뎠다 카믄 당분간 돌아올 수가 없습니더. 필리핀 정부 지침이라 어쩔 수가 없어요."

"필리핀 놈들은 부모 형제도 없다 카드나. 초상이 났는데 우짜란 말이고. 내가 그동안 참고 있었는데 니가 아부지한테 한 기 뭐 있노? 니가 그래도 사람이라면 여그 와서 마지막으로 상주 노릇은 해야지. 내가 니한테 큰 거 바라나, 지금. 내가 틀린 말 했나?"

"제가 쥑일 놈입니더. 누부야, 먹고살아 볼라꼬 여어까지 와서 이라고 있는 기라요."

정필이 다시 흐느끼기 시작했다. 하지만 당장 들어오겠다는 말은 그의 입에서 끝까지 나오지 않았다. 일남은 억지라도 부려서 정필을 불러오고 싶었다. 내가 큰 걸 바란 건가. 그동안 일남이 부친에게 바란 건 아무것도 없었다. 건강하게 오래 계시다가 좋은 날 편히 가시는 것, 호상이면 족하다고 생각해 왔다. 아버지의 임종을 지키며 손 한번 잡아 드리고 싶었고, 그에게 그동안 고마웠다는 말 한마디 정도는 듣고 싶었다. 하지만 부친에게 마지막으로 들은 소리는 악에 받쳐서 퍼붓는 욕과 저주였다. 일남은 부친의 장례를 성대하게 치르고 싶었다. 그간 남의 경조사를 챙기며 뿌려 놓은 부조금도 적지 않았다. 동생과 함께 빈소를 지키면서 주변 친지며 이웃 사람 모두 불러 조문을 받으려 했다. 그간 일남을 가까이에서 지켜본 사람들이라면 아버지 모시느라 수고했다고, 고생 많았다는 공치사를 안 할 수가 없을 것이다. 그 정도는 기대해도 되는 거 아니냐고, 내게 그만한 자격도 없느냐고, 아무나 붙들고 물어보고 싶은 심정이었다.

장례식장은 휑하고 쓸쓸했다. 사람은 없는데 꽃만 많아서 복도에 즐비한 화환이 오히려 분위기를 을씨년스럽게 만들었다. 가까이 사는 사촌들조차 마스크를 낀 채 잠깐 와서 인사치레로 조문만 했을 뿐 물 한 잔 마시지 않고 장례식장을 금세 떠났다. 상진은 또 전화를 받지 않았다. 아들과 연락이 두절됐다가 다시 연결되는 일을 자주 겪긴 했으나, 이런 날까지 속을 썩일 줄은 몰랐다. 밤이 되자 일남은 경호와 가영을 집에 보내고 혼자 빈소를 지키며 곡을 했다. 아이고, 아이고, 복 없는 사람, 평생 홀아비로 살다가 가는 날까지 외롭게 가셨네. 아이고, 아이고……. 아버지를 애타게 부르며 일남은 눈물을 쏟았다.

발인 전날 밤에 상희가 대전에서 운전을 해서 내려왔다. 아이들도, 사위도 없이 혼자 내려오면서 휴게소도 들르지 않았다고 했다.

　"그래도 외할아버지 돌아가셨는데 모른 척할 수가 없어서요. 진짜 고민했는데, 오긴 와야겠더라고요. 외할아버지께서 나 예뻐하셨잖아. 엄마 기억나요? 엄마가 서울 절대 안 된다고 집 가까운 대구에 있는 학교 가야 한다고 했는데 외할아버지가 나 서울로 대학 가게 엄마 설득해 줬잖아. 지금은 남편 따라 내려와 대전 살고 있지만 할아버지 덕에 서울에서 공부했던 거 감사하게 생각해."

　일남은 상희를 객지로 보내 자취를 시키는 것이 내키지 않았다. 서울로 가겠다고 고집을 피우는 상희에게 대구에 있는 대학에 가지 않으면 등록금을 주지 않을 거라고 엄포를 놓기도 했다. 그런 일남을 설득한 사람이 부친이었다. 저렇게까지 가고 싶어 하니 보내 주라고, 2년 후면 상진도 서울에 갈 테니 상희가 먼저 올라가서 상진을 챙기면 좋을 거라며, 부친이 일남을 설득했다. 딸아이를 서울로 보내기 꺼렸던 것은 괜히 남자를 잘못 만나서 사고라도 칠까 봐 두려워서였는데 정작 사고를 친 것은 아들 상진이었다.

　일남과 상희는 상복을 입고 벽에 등을 기댄 채 나란히 앉아 있었다. 상희는 밤새 빈소에 머무르면서도 뭔가를 먹을 때 외에는 마스크를 벗지 않았다. 잠깐 누워 쪽잠을 잘 때조차 마스크를 쓰고 잤다.

"니는 무슨 엄마를 병균덩어리 취급하나, 우리끼리 있을 때는 괜않다. 유난 좀 작작 떨어라."

일남이 푸석한 얼굴로 상희를 바라보며 말했다. 상희는 스스로도 제 모습이 우습다며 싱겁게 웃으면서도 마스크는 고집스럽게 쓰고 있었다.

"엄마, 나 걸리는 건 안 무서운데 만에 하나 저 코로나 바이러스 확진자 되면 우리 아이들 어떡해요? 병 옮는 것도 무서운데 우리 애들 신상 퍼지면 앞으로 학교에서 왕따 될걸요. 지금 분위기가 얼마나 험악한지 몰라요."

"설마 그라겠나. 병 걸리고 싶어서 걸리는 사람이 어디 있다고 왕따까지 시키노."

"엄마가 모르셔서 그래요. 요즘 애들 너무 무서워요. 조금 다르다 싶으면 바로 배척하고 따돌린다고요. 그래서 말인데요, 엄마 가영이한테 신경 좀 써요. 우선 살부터 빼야 해. 뚱뚱한 애들이 왕따당하는 경우가 많아요."

"갑자기, 가영이가 와? 가영이가 뭐가 뚱뚱하노. 딱 보기 좋구만."

"그건 엄마 같은 옛날 사람 기준이고요. 가영이 지금 비만이라고요. 솔직히 이런 말까지는 안 하려고 했는데,

내가 보기에 아무래도 정서 불안 같은 게 느껴져요. 그런 걸 다른 애들이 못 느끼겠어요? 요즘 애들이 얼마나 영악한데. 엄마 없이 크는 애들은 표적이 되기가 십상이에요."

"가영이가 무슨 정서 불안이고? 우리 가영이는 정상이다. 지가 정신과 다니니까 조카까지 정신병자 만들라 카노."

상희에게 당치도 않은 소리라며 역정을 냈지만 표적, 이라는 말이 일남의 가슴을 아프게 찔렀다.

다음 날 새벽 발인제가 끝나자 경호가 대명의 영정 사진을 들고 앞장섰다. 일남이 살면서 본 중에 가장 적막하고 처량한 장례식이었다. 관을 들 사람조차 없어 상조 회사를 통해 돈을 주고 구했다. 35인승 운구차 버스에 탄 사람은 경호와 일남, 상희, 가영 넷밖에 없었다. 화장터에 가영을 데리고 가는 일이 꺼려졌지만, 혼자 집에 두기는 더 불안했다. 일남은 서럽게 곡을 하다가도 가영의 얼굴을 살폈다. 마스크를 쓰고 있어서 아이의 표정을 제대로 확인할 수도 없었지만 일남의 신경 한편은 계속 가영에게 향해 있었다.

대명을 불 속으로 떠나보내고, 화장이 끝나기를 기다리고 있을 때 상진에게서 전화가 걸려왔다. 이제야 메시지를 확인했다고, 지금이라도 내려오겠다는 상진에게 일남은 무뚝뚝하게 말했다.

"만다꼬. 다 끝났는데, 인자 와 봤자 뭐 하노. 올 필요 읎다. 시험도 얼마 안 남았는데 공부나 열심히 해라."

"아무래도 코로나 때문에 공무원 시험 일정도 밀릴 거 같습니다."

"코로나가 사람 여럿 잡는 기라. 언제 끝날지 안 보이는 기 제일 문제다. 그건 그렇고 니 가영이랑 마지막으로 통화한 기 언제고? 가영이 우째 지내는지 니 알고나 있나?"

"가영이가 와예, 무슨 일 있습니꺼?"

일남은 길게 한숨을 쉬었다. 이 일을 어디에서부터 어떻게 이야기해야 할지 난감했다. 적어도 화장터에서 전화로 할 이야기가 아닌 건 분명했다.

"아이다, 난중에 얘기하자. 아무리 바빠도 가영이한테 신경 좀 써라."

화장터에서 납골묘를 모실 선산으로 이동하는 차 안에서 일남은 유골함에 담긴 대명을 끌어안은 채 잠깐 잠이 들었다. 지난 사나흘간의 피로가 갑자기 몰려오면서 눈꺼풀이 무거워졌다. 옆자리에 앉은 가영도 일남의 어깨에 기대 잠들어 있었다. 뒷좌석에서 상희가 아이들과 전화 통화를 하는 소리가 들려왔다.

"응, 냉장고에 있는 국 전자레인지에 데워서 먹어. 점심은 피자 시켜 먹고……. 아니 그게 무슨 소리야? 청도도 우한처럼 봉쇄돼서 엄마 못 나오는 거 아니냐고?
여기는 중국이 아니야. 그럴 일 없어. 걱정하지 마. 엄마
오늘 밤 내로 집에 갈 거야."

일남은 청도가 봉쇄될까 봐 걱정한다는 외손자가 귀
여워서 잠결에 슬며시 웃음을 지었다. 텔레비전 뉴스에
서 봤던 우한 지역의 영상이 떠올랐다. 기차역 앞을 막
아선 군인들과 적막한 도시의 살풍경한 모습을 뉴스로
볼 때만 해도 이웃 나라에 닥친 재앙이라고만 여겼다.
상희는 청도가 봉쇄될 일은 없을 거라고 아이를 안심시
켰지만, 앞으로 예상할 수 있는 일은 아무것도 없다고
일남은 생각했다. 아니, 이미 일남은 처절하게 버려지고
고립된 기분이었다. 일남은 한 팔로 무릎 위에 올려진
부친의 유골함을 세게 끌어안았고, 나머지 팔로는 곤하
게 잠든 가영의 어깨를 감쌌다.

선산의 납골묘에 부친을 모시고 흙투성이가 된 채 산
길을 내려오면서도 일남은 가영의 손을 꼭 쥐고 걸었다.
아이의 손을 놓은 것은 집 앞 대문에 이르러서였다. 가
영은 대문 앞에 놓인 붉은색 선물 상자를 보고는 일남
의 손을 놓고 급히 뛰어갔다. '송가영 어린이에게.' 제 이
름이 적힌 박스를 손에 들고 흔들며 아이는 들뜬 표정
을 지었다. 일남은 미간을 찌푸렸다. 보낸 사람 이름이
나 주소가 없는 택배였다.

"어디서 누가 보낸 건지 확인부터 해 봐야 안 되나?"

가영은 일남의 말이 끝나기도 전에 박스를 뜯었다. 상자 속에는 귀여운 캐릭터가 박힌 알록달록한 색깔의 아동용 면 마스크 넉 장이 낱개로 포장되어 있었다.

"우와, 너무 예쁘다!"

가영이 서로 다른 무늬의 마스크를 하나씩 꺼내 보며 활짝 웃었다. 그렇지 않아도 소형 마스크를 구하지 못해 가영에게 성인용 마스크를 씌워 놓고 마음이 좋지 않던 참이었다. 아이에게 대형 사이즈가 커서 마스크가 코밑으로 계속 흘러내렸다. 그런데 누가 보낸 걸까. 우리 집 주소를 알고, 가영이 이름을 아는 사람이 보낸 익명의 택배가 일남은 뭔가 석연치 않았다. 일남은 다시 상자와 마스크 포장 비닐을 꼼꼼히 살폈다. 어디에서도 발신인의 흔적은 보이지 않았다. 일남은 상자를 거꾸로 들어 털어 보았다. 상자 바닥에 붙어 있던 하트 모양의 쪽지가 팔랑거리며 바닥에 떨어졌다. '힘내라 대구, 경북!'이라고 적힌 종이 한 장이었다.

태풍주의보

희숙은 봉투 입구를 계속 만지작거렸다. 얼마를 넣어야 하나, 영기는 소파에 앉아 돋보기를 쓰고 휴대폰만 들여다보는 중이었다. 희숙과 영기는 일주일째 서로 말을 섞지 않았다.

"어설픈 선물보다야 현금이 훨씬 나을 거 같긴 한데."

희숙이 혼잣말처럼 중얼거리자 영기가 고개를 끄덕였다. 결국 냉전을 벌이던 중 희숙이 먼저 말을 건 상황이 되어 버렸다.

"언니, 나 결혼한 거 몰랐죠?"

명주는 5년 만에 전화를 걸어와 자신의 근황을 남의 소식처럼 전했다. 명주가 연락을 하지 않아 모르고 지냈던 사실임에도 그 순간 희숙은 자신이 잘못을 저지른 것처럼 느껴져 당혹스러웠다.

"아니, 언제? 아가씨, 그런 큰일을 치르면서 왜 연락을 안 했어요?"

"한번 놀러 와요. 농사를 크게 지어요. 과수원 하는 사람이에요."

농사라니, 어울리지 않았다. 명주는 언제나 쉽고 편하게 돈 벌 궁리만 했다. 화장품 코너, 카페, 빙수 전문점, 옷 가게 등 명주의 사업 자금으로 내놓은 돈만 알뜰하게 잘 불렸어도 빌딩 한 채는 쥐고 있지 않았겠느냐고, 희숙이 영기에게 따져 물은 적도 있다. 영기는 반문했다.

"그게 네 돈이라도 되냐? 내 동생 내가 도와준 거 가지고 왜 트집이야?"

엄밀히 말하자면 희숙의 돈은 아니었다. 하지만 화장품 가게도, 카페도, 빙수 전문점도, 명주에게 주지 않았다면 희숙의 몫이 될 수도 있는 것들이었다. 밑 빠진 독에 물 붓기가 따로 없었다. 동생 부탁이라면 목숨도 내놓을 것처럼 굴던 영기조차 이제는 손을 놓아 버렸다. 5년 전 시부의 제사 자리에서 대성통곡을 하며 영기와 싸운 후 연락을 끊어 버렸던 명주가 어떻게 사는지 궁금하다는 생각은 종종 하고 있었다.

"이발이라도 하고 오지 그래요?"

"뭐 잘 보일 일 있다고."

영기가 흥 하고 코웃음을 치면서 퉁명스럽게 말을 받았다.

"그래도 친정 식구라고 처음 선뵈는 자리인데, 머리 좀 다듬고 와요."

염색은 하지 말고, 라고 말하려다 쓸데없는 잔소리를 한다는 핀잔이 돌아올까 봐 입을 다물었다. 결혼한 사람이 명주보다 열세 살 많다는 말을 들었기에 남편이 너무 젊어 보여도 자리가 불편할 듯했다.

아가씨도 이제 쉰이네, 희숙은 안전벨트를 매며 혼자 중얼거렸다. 희숙보다 명주는 다섯 살이 적었고, 남편 영기는 다섯 살 위였다. 명주가 서른다섯, 희숙이 마흔, 영기가 마흔다섯 살 되던 해부터 3년간 이들은 같은 집에서 살았다. 빙수 전문점을 차렸다가 가게는 물론 살던 집까지 날려 버린 명주가 캐리어 하나만 달랑 든 채 갑자기 집으로 들이닥친 순간을 떠올리면 아직도 섬뜩했다. 아들이 기숙사가 있는 고등학교에 진학하면서 조금이나마 편해지겠다고 생각하던 참에 시누이를 집에 들이게 되면서 속을 꽤 끓였다.

"잘됐지 뭐, 여자 혼자 늙어 가면 볼썽사납기만 할 텐데."

아파트 단지를 빠져나갈 즈음 영기가 말했다. 명주가 아닌 자신을 겨냥한 말이라는 걸 희숙은 알고 있었다. 희숙이 졸혼 이야기를 꺼낸 건 올해 초였다. 설 명절 직후였고, 추석 차례까지만 지내고 집을 나가겠다고 미리 말했으니 유예기간도 준 셈이다. 이제 추석도 한 달밖에 남지 않았다. 제대로 된 답을 달라고 희숙이 얘기했을 때 영기는 "나간다고 하면 누가 겁낼 줄 알아?"라고 버럭 소리만 질러 놓고 일주일째 말 한마디 하지 않았다.

부부가 탄 차는 시내를 벗어나 교외로 들어서고 있었다. 경기도와 충청도의 경계 근처라고, 명주가 주소를 보내며 설명했다. 그래도 결혼을 했다는데, 모른 척할 수야 없지. 든든한 오빠 내외의 모습을 보여야 명주 또한 남편 되는 이에게 면이 서지 않겠는가. 희숙은 마지막으로 올케 노릇을 한다는 마음으로 영기를 따라나섰다.

마당에 들어섰을 때 명주는 손님이 온 줄도 모르고 아궁이 앞에 붙어 부채질을 하느라 정신이 없었다. 아궁이 위에는 커다란 솥단지가 걸려 있었다. 희숙이 부르자 명주가 돌아보며 웃었다. 화장기 없는 얼굴이 땀으로 범벅이 되어 번들거렸다. 습하면서도 더운 여름날이었다. 가만히 앉아 있기만 해도 몸에서 땀이 배어나는 기분 나쁜 날씨였다.

"오골계 백숙을 끓이던 중이었어요. 장작불에 오래 끓여야 맛있거든요."

통이 넓고 색깔이 화려한 몸뻬 바지에 목이 늘어난

티셔츠를 입은 명주의 모습에 희숙은 어안이 벙벙해졌다. 영기 역시 놀람과 안쓰러움이 교차하는 눈빛으로 명주를 바라보고 있었다. 마당 한편으로 난 쪽문을 밀고 챙이 넓은 모자를 쓴 남자가 걸어 들어왔다. 과수원에서 돌아온 명주의 남편이었다. 생각했던 것보다 나이가 더 들어 보였다.

명주가 솥에서 새까만 오골계를 건져 낼 때만 해도 희숙은 얼굴을 찌푸렸다. 그릇에 담긴 오골계를 한참 젓가락으로 휘젓다가 회색이 도는 살 한 점을 떼어 눈을 질끈 감고 입에 넣었다. 고기를 씹는 순간 눈이 번쩍 떠졌다. 연하면서도 고소한 맛이었다.

"뒷마당에서 직접 키운 오골계입니다. 여름에 이만한 보약이 없지요."

명주의 남편 홍식이 뿌듯한 표정을 지으며 말했다.

"참 맛있습니다. 명주가 이런 것도 할 줄 알다니 놀랐습니다."

영기가 국물을 떠 마시며 웃었다. 닭은 검었지만 국물은 하얗고 뽀얀 빛을 띠었다. 백숙이 끓는 동안 평상에 앉아 멀뚱히 명주만 바라보고 있던 남자들 분위기가 음식이 나오면서 한결 부드러워졌다. 명주가 백숙을 끓여 내고 상을 차리는 동안 희숙은 선 채로 안절부절못했다. 명주가 가서 앉아 있으라며 손사래를 쳤지만 차마 그럴 수는 없어 명주 옆에 서 있기만 했다. 돕겠다고 팔을 걷어붙이며 일어서기는 했는데 남의 살림이라 뭘 어떻게 해야 할지 몰랐다. 명주에게 여러 번 물어도 그냥 괜찮다는 답만 돌아왔다.

"인삼주도 내오지 그래."

홍식의 말 한마디에 명주가 재빠르게 일어났다. 땀으로 티셔츠 앞자락이 다 젖어 있었다. 슬리퍼 소리를 내며 종종걸음으로 집 안으로 뛰어 들어가는 명주를 보면서 희숙은 묘한 기분이 들었다. 같이 살던 시절 제가 먹은 그릇 하나도 씻어 놓지 않던 시누이가 미워 나중에 더 독한 시집을 만나라며 속으로 빌곤 했다. 남편도, 자식도, 걸리는 거 하나 없이 제멋대로 살던 시누이가 부러워서 심술이 난 적도 있었다. 그런데 막상 명주가 결혼해 사는 모습을 보니 기운이 빠졌다. 이제 와 결혼을 왜 해서 이런 꼴을 보여 주나 싶어서 속상하기까지 했다.

"형님, 정식으로 한 잔 올리겠습니다. 이 인삼주는 제가 직접 담근 거랍니다."

홍식이 무릎을 꿇은 자세로 두 손으로 술병을 잡고 말하자 영기가 놀란 얼굴로 같이 무릎을 꿇었다.

"아이고, 왜 이러십니까. 연세도 저보다 세 살 많으시다 들었습니다."

"그래도 명주 오빠시니 제게는 형님이시지요."

"형님은 무슨, 처가 촌수 개촌수라고 하지 않습니까. 하하하, 편하게 하시지요."

영기는 재차 거절을 하면서도 형님 소리가 싫지 않은 눈치였다. 아니, 형님 소리가 나오면서부터 홍식에 대한 경계의 눈빛 따위는 모두 사라지고 웃음소리가 커졌다.

"한 잔 더 하시지요, 형님."

영기의 잔이 두 번째로 비워졌을 때 희숙이 걱정스러운 눈빛을 보내며 말렸다.

"그만 드세요, 여보. 운전 때문에 안 돼요."

"주무시고 가면 되지 뭐가 걱정입니까. 오늘은 저랑 진탕 취하시고 서울은 내일 올라가시면 됩니다."

홍식이 영기의 잔에 술을 또 따랐다. 영기는 이거 안 되는데, 하면서도 입맛을 다셨다. 벌써 얼굴에 붉은 기가 돌았다. 희숙이 정색을 하며 말했다.

"안 돼요. 오늘 밤에 태풍이 온다고 했어요. 내일은 비가 많이 온대요. 호우주의보까지 내려졌단 말이에요. 남부 지방은 벌써 태풍으로 난리래요. 지금 북상 중이라고요."

태풍이라는 말에 홍식의 얼굴이 갑자기 굳었다. 홍식은 손을 덜덜 떨며 자신의 술잔에 술을 가득 따라서 빠르게 한 잔 들이켰다. 그리고 세 잔을 연거푸 더 따라 마셨다. 홍식의 독작이 이어지자 밥상 주변 공기가 무거워졌다. 영기와 희숙은 서로 눈을 마주치며 영문을 모르겠다는 사인을 주고받았다. 집 안에 잠깐 들어갔다 나온다던 명주는 아직도 자리를 비우고 있었다. 한동안 침묵이 이어졌다. 손 떨림이 조금씩 잦아들 무렵, 홍식이 천천히 입을 열었다.

"죄송합니다. 아직도 태풍이라는 말을 들으면 가슴이 옥죄듯 아픕니다. 농사를 지으면서 그런 걸 겁내면 안 되는데 말입니다."

"무슨 말 못 할 사연이라도 있으신지……."

영기가 조심스러운 말투로 물었다. 홍식이 한 잔 더 술을 따라 마셨다. 이번에는 영기가 홍식의 빈 잔을 채워 주었다.

"저도 한때는 남부러울 게 없었지요. 지금은 촌구석에서 이러고 있지만 왕년에 잘나가는 상사맨으로 전 세계를 누비기도 했습니다."

왜 남자들은 술만 마셨다 하면 한때 잘나가던 시절 이야기를 못 해서 안달일까. 희숙은 이야기가 길어질 것 같은 예감에 벌써부터 몸이 꼬였다.

"아이고 지금도 부러울 게 없어 보이세요. 이런 과수원에 전원주택까지, 더군다나 젊고 예쁜 아내와 재혼까지 하셨지 않습니까."

영기가 달래듯 말하며 술을 다시 따라 주었다. 술을 더 먹여서 술버릇을 확인해 보고 싶은 마음도 있는 듯 보였다. 홍식은 정말 취했는지 묻지도 않은 전처 이야기까지 늘어놓았다.

"저랑 명주는 젊은 시절은 다 보내고 만났죠. 젊은 시절에 제가 사랑한 여자는 따로 있었습니다. 전처 말이에요. 결혼 후 일이 참 잘 풀렸어요. 회사에서 승진도 빨랐고 바라던 아이도 낳았죠. 내 인생은 탄탄대로라 여겼습니다. 한강이 보이는 아파트에 살았어요. 반포대교 남단에 있는, 거실에서 창밖을 바라보면 전망이 아주 좋았습니다."

"아, 강남 사셨군요. 저희 사는 집도 강남이긴 한데 거기보다는 조금 아래 개포동 쪽……."

영기가 반색하며 말했다. 그는 강남에서 오래 살아온 내력을 과시하길 좋아했다. 영기의 말이 길어지려는 순간, 홍식이 주먹을 쥐고 밥상을 내리쳤다.

"저는 지금도 모르겠습니다. 제가 왜 그 모든 걸 잃어야 했는지!"

홍식이 영기의 말을 끊으며 소리쳤다. 금방이라도 울음을 터뜨릴 것만 같은 얼굴이었다. 평소에도 이렇게 쉽게 흥분하고 소리를 지르는 버릇이 있는 걸까. 홍식이 명주와 단둘이 있을 때에도 자주 이러는 건 아닌지 걱정스러운 마음이 들었다. 희숙은 비어 있는 명주의 자리와 안채 쪽을 번갈아 힐끗거렸다.

"한강이 넘칠 정도로 비가 많이 오던 날이었습니다. 90년대 초에는 그런 일이 자주 있었지요. 저는 평소처럼 자가용을 타고 잠수교로 출근을 했는데, 그날 태풍으로 잠수교가 폐쇄될 예정이라는 뉴스를 라디오로 들

었습니다. 오후 4시쯤 일찍 퇴근하겠다고 집에 전화를
하고, 퇴근을 하는데 정말 비가 많이 내리더군요. 하늘
에 구멍이 뚫린 줄 알았습니다. 잠수교 대신 반포대교
를 넘어 집으로 갔죠. 주차장에 겨우 차를 대고 집에 들
어가는 동안 몸이 온통 젖었습니다. 집에 아무도 없더군
요. 폭우가 쏟아지던 날, 아내가 아이를 데리고 사라진
겁니다."

안채 쪽으로 시선을 두고 있던 희숙이 저도 모르게
홍식의 이야기에 빠져들고 있었다. 영기 또한 진지한 얼
굴로 홍식을 바라보고 있었다.

"아내가 유모차를 끌고 잠수교 쪽으로 걸어가는 모
습을 본 행인이 있었습니다. 잠수교가 곧 폐쇄될 거라고
어디 나가지 말고 집에만 있으라고 전화를 한 지 30분
도 안 된 시각이었어요. CCTV가 있던 시절이 아니었
죠. 그 행인 말만 믿고 잠수부를 동원해 한강 주변 곳곳
을 뒤졌는데 아내의 신발과 아이의 옷가지만 나왔어요.
지금도 정확한 행방은 모릅니다. 시신조차 찾지 못했으
니까요. 혹시나 하는 마음에 신문광고를 내고 전단지를
만들어 전국을 돌아다녀 보기도 했습니다."

희숙의 입에서 짧은 탄식이 터져 나왔다. 홍식이 사
별을 경험했다는 이야기는 명주에게 미리 들었지만 이
런 일을 겪었을 줄은 예상하지 못했다. 태풍이나 집중
호우가 지나간 다음 날 으레 신문의 사회면을 장식하곤

했던 흔한 사건 사고였지만 직접 겪은 사람을 마주하게
되니 마음이 착잡해졌다. 70~80년대는 물론 90년대까
지 한강이 넘치는 홍수는 종종 있어 왔다. 물난리 방지
는 당시 한강 개발의 중요한 목표이기도 했다. 사실 영기
네는 그런 개발 사업의 수혜자였다. 사대문 밖에서 농사
를 짓던 시부는 60년대에 서울의 구획이 개포동까지 넓
어져 갑자기 땅값이 올랐을 때만 해도 큰 표정 변화 없
이 논밭을 돌보던 농꾼이었다. 그 뒤로 한강 개발 사업
과 함께 강남이 뜨면서 땅값이 치솟았고, 영기네는 말
그대로 졸부 반열에 오르게 됐다. 영기는 지금까지 남
의 밑에서 일 한 번 안 해 보고 시부가 남긴 부동산을 이
리저리 굴리며 재산을 불려 왔다. 명주 입장에서는 억울
할 만도 했다. 명주가 영기에게 찔끔찔끔 몇 푼씩 내놓
으며 생색내지 말고 아버지가 남긴 몫 절반을 내놓으라
고 길길이 날뛰었던 까닭도 그 때문이었다.

　홍식은 이제 젓가락은 아예 손에서 놓고 안주도 없이
술만 따라 마시고 있었다.

　"경찰에서는 자살 가능성을 계속 묻는데, 어찌나 어
이가 없던지. 그럴 이유가 전혀 없다고 펄쩍 뛰었죠. 하
지만 계속 그 질문을 받다 보니 나중에는 자살을 했을
지도 모르겠다. 근데 죽으려면 혼자 죽지, 왜 아이까
지……. 아니, 죽으려면 나도 같이 데려가지. 지금도 이
해할 수가 없습니다. 그렇게 비가 쏟아지는 날 왜 아이

를 데리고 강가로 간 건지……. 전 재산을 날리고 아주 오랜 기간 폐인처럼 살았지요. 명주 아니었으면 지금도 어떻게 됐을지 모릅니다."

전 재산이라는 말에 희숙은 마음이 심란해졌다. 그럼 50줄에 재취 자리로 시집가면서 재산도 없는 늙다리랑 결혼을 했단 말인가. 명주는 철이 없으니 그러고도 남았다. 이 집과 과수원은? 본인 것이 아닌가. 농사일에 피부가 좀 그을리기는 했어도 홍식의 입성이 남루해 보이지는 않았다. 전 재산이라는 건 과장이고 재산을 조금 털어먹었다는 건가. 졸혼을 결심해 놓고 왜 남편 여동생 재혼 자리를 걱정하고 있는지 자신도 모를 일이었다.

희숙이 머뭇거리다가 입을 뗐다.

"그럼 이 집과 과수원은 어떻게 마련하셨어요?"

"제 것이 아니에요. 그 일을 겪고 나서 제가 유일하게 얻은 교훈입니다. 영원히 내 것은 없다. 재산이든 사람이든. 내 손에 있을 때만 내 책임이다, 그런 마음으로 사니 홀가분합니다."

홍식이 빈 잔에 술을 채워 마시며 답했다. 혀 꼬인 목소리로 뜬구름 잡는 답을 내놓는 홍식의 모습에 희숙은 피로가 몰려왔다. 영기는 홍식의 사연에 깊이 이입한 모양이었다.

"거참, 뭐라고 위로의 말씀을 드려야 할지 모르겠습니다."

영기가 자못 심각한 표정을 지으며 말했다.

"괜찮아요. 안 겪어 본 사람은 몰라요. 위로가 무슨 도움이 되나. 내 팔자려니 하고 사는 거지."

어느 순간부터 홍식이 은근히 말을 놓고 영기가 깎듯이 말을 높이고 있었다. 영기가 "맞습니다, 감히 제가 어떻게 알겠습니까? 죄송합니다. 술이나 한 잔 더 하시죠!"라고 외쳤고, 두 남자는 서로의 술잔을 부딪쳤다. 평소보다 목소리가 커진 것은 영기가 취했다는 신호였다.

희숙은 명주를 찾으러 안채로 들어갔다. 명주는 안방에서 드라이어로 머리를 말리고 있었다.

"언니, 괜찮으니까 방으로 들어오세요. 미안해요. 땀을 너무 많이 흘려서 샤워 좀 하느라고."

"아니에요. 음식 하느라 힘들었죠? 그리고 이거 얼마 안 돼요. 아가씨 필요한 데 써요. 축의금도 못 했네요."

희숙은 집에서 준비해 온 봉투를 내밀었다. 명주는 거절하지 않고 봉투를 받아 들었다.

"뭘 이런 걸 줘요. 고마워요, 잘 쓸게요."

"근데 아가씨 나 궁금한 게 있는데요, 하나만 물어볼게요."

"네, 말씀하세요."

"결혼 왜 한 거예요? 원래 아가씨 독신주의였잖아요."

"그냥 저 사람 너무 불쌍하더라고요. 내가 아니면 평생 망가진 채로 살아갈 사람이라서 떠날 수가 없었어요.

나도 한번 남들 사는 것처럼 살아 보고 싶기도 하고."

남들처럼 산다는 게 어떤 건지 명주가 알기는 할까. 희숙은 명주가 아무것도 모르면서 그 말을 하고 있다는 생각이 들었다. 희숙이 명주의 얼굴을 빤히 바라보며 물었다.

"행복해요?"

"모르겠어요. 다 늙어서 만난 사람들이 쉽기야 하겠어요? 맞춰 가면서 사는 거죠."

명주가 담담한 목소리로 머리를 매만지며 말했다. 명주의 입에서 나왔다고 믿기 어려운 말이었다. 사람은 변하지 않는다던데 명주는 정말 변한 걸까. 희숙은 이상하게도 명주의 변화가 달갑게 느껴지지 않았다.

희숙은 명주와 함께 방 밖으로 나가려다 침대 위에 나란히 개켜진 청람색 실크 잠옷 두 벌을 보고 걸음을 멈추었다. 저 잠옷, 까지만 내뱉고 더 이상 말을 잇지 못했던 것은 예전에 명주와 같이 살던 시절 희숙과 영기가 입던 커플 잠옷과 색깔과 디자인이 너무 유사했기 때문이다. 과거에 그들 부부는 같은 모양의 잠옷을 입고 한 이불을 덮고 잤다. 아들이 독립한 후 각방을 쓰기 전까지는 그랬다. 심지어 명주가 잠옷을 개킨 모양이나 놓은 위치까지도 과거 희숙의 침실과 똑 닮아 있었다. 그러고 보니 침실의 이불이나 커튼 색깔마저 희숙과 영기 부부의 그것과 비슷한 분위기였다.

"잠옷이 왜요, 언니?"

"아니, 어디서 많이 본 거 같아서."

"되게 흔한 거잖아요. 연속극에서 탤런트들도 많이 입고 나오고."

"아, 그런가요?"

"네 지난번에 천안에 있는 백화점 갈 일이 있어서 샀어요. 제일 잘 팔리는 인기 상품이래요."

"그렇구나. 나는 이런 옷 안 입은 지 오래됐어요. 나이 드니 만사가 귀찮아서. 아가씨네 신혼은 신혼 맞나봐요. 잘 살고 있는 것 같아서 보기 좋네요."

희숙이 괜한 너스레를 떨며 어색하게 웃었다.

"고마워요, 언니. 잘 살게요. 언니와 오빠처럼요."

명주가 희숙의 손을 지그시 잡으며 말했다.

"네, 그래요, 아가씨. 행복하게 살아요."

나는 오빠와 이제 그만 살 거예요, 라는 말은 굳이 덧붙이지 않았다.

서울로 돌아가는 길, 운전대는 희숙이 잡았다. 평소 집 가까운 마트나 백화점 정도만 다니던 운전 실력으로 장거리 운전은 자신이 없었지만 자고 가기가 더 싫었다. 어서 집에 가고 싶다는 생각만 간절했다. 아침까지만 해도 어떻게 하면 빨리 나갈 수 있을까 고민했던 그 집으로 일단은 가야 했다.

희숙은 집으로 가는 길 내내 유모차를 밀고 비가 쏟아지는 잠수교 쪽으로 걸어 들어가는 젊은 여자의 뒷모습이 그려져 눈앞이 어지러웠다. 한강 둔치에 주저앉아 목 놓아 우는 젊은 남자의 모습도……. 어떤 비극은 원인조차 알 수 없는 형태로 삶을 엄습해 온다. 한편 어떤 비극은 너무 비극적이라 그 원인조차 제대로 들여다볼 수 없게 만들기도 한다. 희숙은 문득 과거의 자신을 떠올렸다. 베란다에서 이불을 털다가도 순간적으로 생각하곤 했다. 이대로 이불에 딸려 아래로 추락해 버리면 어떨까. 사고사로 생을 마감하고 싶다는 충동에 몸을 떨었던 과거의 순간이 떠올랐다. 특별한 문제가 있어서는 아니었다. 아이는 잘 자라고 남편은 자기 역할에 충실했다. 그런데도 왜 이불을 쥐고 베란다 난간에 한참을 서 있었을까. 희숙은 지금도 그 이유를 정확히 설명하기 어려웠다.

"사람 어때 보여요? 나쁜 사람 같아 보이진 않죠?"

잡념을 떨쳐 버리려 희숙은 일부러 영기에게 말을 걸었다. 조수석에 앉은 영기가 좌석 등받이를 뒤로 젖히며 답했다.

"내 욕심에는 안 차지. 그래도 소중한 걸 잃어 본 사람이라 제 식구 소중한 건 알겠다 싶더라고."

"당신도 과거에 나를 잃었다면 지금과는 다르게 살았을까요?"

"무슨 소리야, 그게?"

"아직 늦지 않았어요."

"대체 무슨 말을 하고 싶은 거야?"

"머지않아 알게 될 거예요. 우선 집으로 가요."

희숙은 라디오 뉴스를 켰고, 액셀을 조금 더 힘주어 밟았다. 그들이 탄 차가 고속도로를 길게 뻗어 나갔다. 속도감을 느끼며 달리는 기분이 꽤 상쾌했다. 고속도로 운전도 생각보다 할 만하다고, 굳이 겁먹을 필요는 없었다고 희숙은 생각했다. 태풍이 북상하고 있으며 전국적으로 호우주의보가 발효될 예정이라는 뉴스가 교통방송에서 흘러나왔다.

돌보는 사람, 그리고 쓰는 사람.

아이가 태어난 후로 내게 그 두 가지 외 다른 정체성
은 허락되지 않았다.

팬데믹의 한가운데에서 어린아이를 키우며 소설 쓰
기를 계속해 나간다는 것은, 자긍과 자괴를 동시에 오
가는 경험이었다. 나는 그 자긍과 자괴 사이에서 종종
짓눌렸다. 어느 것 하나 제대로 해내지 못하고 있다는
생각이 나를 자주 괴롭혔고, 내가 대체 뭐 하는 인간인
가 하는 자문을 할 때도 많았다.

다행히도 부정적인 감정에 오래 잠길 겨를이 없었던
것은 지면이 계속 주어졌고, 그 밖에도 내가 해야 할 일
이 많았기 때문이다.

열 편의 소설이 모이는 동안 여러 일을 겪었다.

그 과정에서 나는 그저 '살아가는 사람'이라고, 돌보
는 일도, 쓰는 일도 삶의 일부라 생각하게 되면서, 내 안
의 거칠고 난폭한 마음을 얼마간 내려놓을 수 있었다.

이 책을 쓰고 묶는 과정에서 돌보는 마음과 쓰는 마음에 대해 그 어떤 때보다 많이 생각했다. 부족한 원고를 세심하게 살펴 준 김지현 편집자의 마음, 해설과 추천사를 보내 주신 허윤 선생님과 최은미 작가님의 마음을 오래 기억할 것이다.

사람의 마음을 들여다보고, 그것을 고민하는 것이 문학의 일이라는 내 생각에는 여전히 변함이 없으니, 나의 일을 오래도록 이어 가고 싶다.

2022년 봄
김유담

우리 집 이야기

허윤(문학평론가)

집을 떠난 우리들이 자라면 무엇이 될까. 자신이 원하는 삶을 찾아 가족과 고향을 떠나 대도시로 향한 여성들은 이제 서툰 초보 엄마가 되어 있다. 그런데 일견 평범해 보이는 이 이야기는 "뒷덜미를 세게 물린 것 같은 통증"*을 준다. 예를 들면 이런 식이다. 산후조리원은 아이를 낳은 여성들이 몸을 회복하고 아이를 돌보는 기술을 공유하는 공간인 동시에 여성들 사이의 계급과 지위가 확인되는 곳이다. 흥미로운 것은 이 위치가 사회·경제적인 것만은 아니라는 점이다. 산후조리원에서 제일 인정받는 여성은 "젖 잘 나오는 산모"**다. 직업도, 재산도 모유 수유 앞에서는 힘을 발휘할 수 없다. 모유가 인생의 성패를 가르는 것처럼 느껴지는 여성들만의 공간에는 낭만화된 자매애 대신 긴장감이 넘친다.

김유담 소설집 『돌보는 마음』은 다양한 세대의 여성들을 무대로 소환하여 집의 속내를 들여다보게 한다.

---

* 「안(安)」, 48쪽.
** 「조리원 천국」, 139쪽.

여성들은 가족을 벗어나기도 하고, 최선을 다해 유지하기도 하며, 자기만의 가족을 만들기도 한다. 그런 점에서 김유담 소설은 가족로망스에 근간한다고도 볼 수 있다. 소설의 기원으로 일컬어지는 가족로망스는 부모를 부정하며 집을 떠나 세계와 대결하면서 자아를 성장시키는 주체의 이야기다. 문학이론가 루카치가 소설을 '성숙한 남성의 형식'이라고 정의한 것은 가족이나 고향과 분리되어 자신의 세계를 개척하는 오롯한 개인의 탄생이 남성에게만 허락되었다는 점을 보여 준다. 그런데 김유담은 이를 뒤집어 집을 떠나는 여성을 형상화한다. 『이완의 자세』*에서 그린 '여탕의 에스노그라피'**처럼 여전히 여성 인물을 중심으로 한 서사를 보여 주고 있지만, 『탬버린』***을 통해 '삶의 징글맞음'을 토로하던 작가는 『돌보는 마음』에 와서는 삶의 서늘함에 주목한다.

돌봄 회로 위의 여자들

어머니처럼 살고 싶지 않아서 집을 떠난 여성들은 도시에 새로운 집을 짓는다. 그런데 이 집을 유지하기란 쉬운 일이 아니다. 회사도 다녀야 하고, 아이도 낳아야

---

* 창비, 2021.

** 이지은, 「세계의 중력과 온탕의 부력 사이에서」, 같은 책, 168쪽.

*** 창비, 2020.

한다. 표제작 「돌보는 마음」은 여성들이 수행하는 돌봄 노동을 둘러싼 모순을 드러낸다. 임신과 출산 계획이 없다고 밝혔기 때문에 회사에서 승진할 수 있었던 미연은 덜컥 임신 후 출산휴가를 사용했다. 더는 회사에 밉보이지 않기 위해서 복직을 더 미룰 수는 없던 그는 CCTV를 설치하고 베이비시터를 고용하려 한다. 미연은 무엇을 어떻게 지시하고 요구해야 할지 몰라 면접 과정에서부터 불편함을 느낀다. 소개소의 추천으로 온 정순은 첫 만남부터 겸손한 태도를 보였고, 아이를 돌보는 데도 능숙했다. 하지만 시터를 감시하려 설치한 CCTV가 미연에게 족쇄가 된다. 계약서상 갑은 미연이지만, 아이를 맡긴 터라 늘 시터의 눈치를 보게 되는 것이다. CCTV를 보던 미연은 정순이 점심을 먹지 않는다는 것을 눈치챈다. 밥을 잘 챙겨야 아이를 돌볼 수 있을 거란 생각에 급여에 점심값을 얹어 주고, 빵을 사다 둔다. 예상보다 돈이 더 들지만, 회사를 다니기 위해서는 어쩔 수 없는 일이다. 얼마 지나지 않아 미연은 집에서 세제나 치약, 비누 등이 없어진 것을 알게 된다. 정순의 도둑질을 눈치챈 미연은 그를 그만두게 해도 될 것인지를 주변과 상의한다. 분명히 잘못된 행위를 했음에도, 이것이 해고 사유가 되는지조차 독자적으로 결정할 수 없을 만큼 회사와 육아에 쫓기고 있는 것이다. 그래서 이웃인 102동 할머니 남희가 도움을 제안했을 때, 선

뜻 그 손을 잡을 수밖에 없었다. 남희는 아이를 돌보며 삶에 낙이 생겼다며 미연을 안심시킨다. 소설은 친절하고 다정한 할머니인 줄 알았던 남희가 치매에 걸린 시어머니를 학대하는 모습을 미연이 목격하게 되면서 반전된다. 당황한 미연에게 남희는 태연히 이 모든 난장판은 시어머니가 초래한 일이고 자신은 잘못한 것이 없다고, 오히려 괴롭힘을 당하고 있는 쪽은 자신이라고 말한다. 미연은 친구에게 이 상황을 털어놓고 조언을 구하지만 별다른 해결책을 찾지 못한 채 다음 날도 남희에게 아이를 맡긴다. 해결해야 할 회사 일이 있기 때문이다.

이 과정은 병원의 고객 서비스 만족부 팀장인 미연이 고객에게 사과하러 가는 과정과 겹쳐진다. 미연은 회사에서도 돌봄 노동을 하고 있다. 환자나 환자 가족을 달래는 역할을 하는 고객 서비스 만족부는 불만이 많은 고객들에게도 무조건적으로 친절해야 하는 부서다. 평상시에도 사무적인 태도로 실적이 좋지 않던 계약직 직원은 까다로운 남성 노인 고객으로부터 항의를 받는다. 옳고 그름을 따지고 잘 웃지도 않는 그가 고객 상담에 적합하지 않다고 미연도 생각하던 차였다. 서비스를 제공하는 자와 사용하는 자 사이에는 옳고 그름이란 존재하지 않는다. 고객의 요구가 부당함을 알면서도 미연은 문제를 해결하고자 무릎을 꿇고 사과하는 것을 수용한다. 돌보는 마음과 무관하게 돌보는 행위만 요구받는 상황에서 관리자인 미연은 회사를 위해 타인을 착취하는 돌봄 서비스 회로를 순환시키는 역할을 맡는다. 돌봄이 서로에 대한 관심과 애정이 아니라 의무이자 서비스가 되는 상황에서, 여성들은 자신의 경력을 위해 돌봄 회로를 계속 유지해야 하는 것이다. 사과를 마치고 돌아오는 길에 미연은 CCTV 앱을 켜 남희가 아이를 돌보는 모습을 확인하려 한다. 그러나 미연이 아무리 줌을 이용하고, 각도를 조절해 보아도 아이의 모습은 보이지 않는다. 남희가 아이에게 해코지를 하는지, 단지 아이가 사각지대에서 놀고 있을 뿐인지 알 수 없다. 이 서늘한 마지막은 돌봄 노동을 둘러싼 긴장이 쉽사리 해소되지 않을 것임을 암시한다.

결혼하여 정상 가족을 만든 여성들은 살뜰한 경영자가 되기를 요구받는다. 야무진 솜씨로 재테크를 해내든가 회사에서 돈을 벌어야 한다. 「내 이웃과의 거리」는 이 차이를 극명하게 보여 주는 소설이다. 맘 카페에서 만난 정윤과 혜미는 나이 차는 좀 있지만, 같은 또래 남자아이를 키운다는 이유로 친해진다. 쾌적한 신축 아파트 전셋집에서 회사에 다니며 맞벌이하는 정윤과 '영끌'로 구축 아파트를 산 전업주부 혜미는 육아 정보를 공유하고, 아이들을 함께 놀게 하면서 친구가 된다. 싹싹하고 알뜰한 혜미는 정윤이 밥을 사면, 자신의 집에 초대해서 음식을 대접했다. 만날 때는 으레 정윤이 돈을 내는 경우가 많았다. 정윤은 혜미의 살림 솜씨에 감탄하면서도 저렇게까지 아끼면서 살아야 하는지 이해하지 못한다. 하지만 이런 관계는 혜미의 집이 시가 10억이 되었다는 사실에 역전되고 만다. 정윤은 자신이 살고 싶지 않았던 구축 아파트에서 억척스럽게 산다고 얕봤던 혜미가 실제로는 훨씬 더 부유하다는 사실을 깨닫는다. 함께 아이를 키우며 도움을 주고받는 관계라고 생각했지만, 혜미보다 정윤이 손해 보는 관계였던 것이다. 이는 여성들이 자신이 만든 집을 유지하는 방식과 연결된다. '가부장'이 집의 주인이란 의미이기는 하지만, 집을 장만하고 운영하는 일은 의외로 여성들의 몫이었다. '복부인'으로 대표되는 집 장사는 여성들이 하는 일이었고 살 곳을 정하고 아파트를 분양받는 데는 여성들 사이의 정보력이 큰 힘을 발휘했다. 부동산 투기로 문제가 된 정치인들이 '아내가 한 일이라 모른다.'고 변명하는 것은, 어쩌면 사실이기도 한 것이다. 그러니 집을 제대로 운영하지 못하는 것은 오롯이 여성의 책임이 된다.

누군가를 돌보는 일이 여성의 몫인 사회에서 남편들은 보이지 않는다. 「돌보는 마음」에서 정순의 도둑질을 문제 삼는 미연에게, 남편은 시터가 없을 때 자신에게 부가될 돌봄 노동을 염려하며 비싼 물건도 아니니 정순을 해고하지 말자고 한다. 미연의 도덕적 갈등은 공감받지 못한다. 고부갈등을 호소하는 남희의 남편 역시 등장하지 않는다. 김유담 소설에서 가부장은 가족 구성원들을 꾸짖고 야단칠 때 등장한다. 「경자」는 아버지의 사촌여동생으로, 빼어난 외모 덕택에 독재정권하 유력한 정치인의 첩이 된 고모의 이야기다. 과거 '나'의 아버지는 집안 망신이라며 경자 고모의 출입을 허락하지 않았지만. 어머니는 군대에 간 외삼촌이 부당한 일을 겪자 울면서 경자에게 전화를 걸어 도움을 받은 적이 있었다. 비슷한 일은 현재에도 일어난다. 정규직 전환을 앞두고 있던 동생 우현이 상사의 강권으로 음주운전을 한 끝에 대인사고를 내자 이번에는 경자를 찾아가는 일이 '나'에게 주어진다. 경자 고모에게 도움을 요청하는 것은 어머니에게서 딸로 이어지고, 아버지와 남동생은 이야기 밖으로 사라진다. 30년 전 할아버지의 환갑잔치에서 아버지에게 쫓겨난 이래 만난 적도 없는 경자를 찾아 삼성동의 고급 아파트로 들어가는 '나'는 왠지 모를 위화감을 느끼면서 자신의 임무를 완수한다.

경자 고모처럼 가족으로부터 비난받은 여자들은 자기만의 집을 짓는다. 「연주의 절반」은 사고로 아이를 잃은 여성이 자신만의 집을 새로 만드는 과정을 제삼자의 시선으로 관찰한다. '나'는 가장 친하다고 생각했던 입사 동기 연주의 결혼 소식을 사내 게시판을 통해 알게 된 후 연주가 그동안 자신의 속내를 전혀 보이지 않았다는 데 섭섭함을 느끼고 소원해진다. 심지어 유명 호텔에서 열린 연주의 결혼식장에서 그가 병원장의 딸이라는 사실을 알게 된다. 지역에서 올라와 아르바이트를 하며 대학을 다닌 '나'와는 삶의 방식이 전혀 달랐던 것이다. 소설은 이렇게 서로 다른 두 여자가 큰 호수가 있는 공원에서 재회하면서 시작한다. 이들이 근교 베드타운에서 재회할 수 있었던 것은 연주가 자기만의 집을 만들기 시작해서다. 경력을 포기하고 출산과 양육을 선택했던 연주는 사고로 아이가 죽은 뒤 이혼하고 혼자 살고 있다. 친정과도 절연에 가까운 상태였다. 세련되고 단정했던 연주는 가부장제와 결별하면서 선캡을 쓰고 공원을 산책하는 '아줌마'가 된다.

소설은 친구가 필요한 '나'와 아이가 그리운 연주의 긴장 관계를 효과적으로 묘사한다. 잠시 휴식을 취할 동안 아이를 돌봐 주는 연주가 누구보다 필요했던 것은 '나'였다. 육아의 불안과 고독을 알아주는 것은 아이를 낳고 길러 본 연주이기에 가능했다. 그러나 연주와 아이를 단 둘이 두지 말라는 남편의 당부와 아이의 이름을 자꾸 바꿔 부르는 연주의 모습으로 인해 '나'는 점점 연주가 무서워진다. 이는 자신의 집을 지키기 위한 본능적인 불안이기도 하다. 하지만 '나'의 불안과 달리 연주는 새로운 가족을 만들 준비를 하고 있었다. 아버지의 집, 남편의 집을 떠난 연주는 혼자 임신을 하고 출산할 계획을 세운다. 저 멀리 유럽에서 임신한 채 웃고 있는 연주는 가족도, 친구도 없는 곳에서야 비로소 자기만의 집을 만든 것이다. 김유담은 돌봄 회로 속에서 집을 지키기 위해 발돋움하는 여성들을 통해 돌보는 마음이 무엇인지를 질문한다. 떠나고 싶은 집이든, 지키고 싶은 집이든 그 집을 만들고 짓는 것은 사실은 여자들이라는 사실말이다.

집을 짓고 부수는 여자들

김유담의 여자들은 집을 떠나고 싶은 만큼이나 집에 붙잡혀 있다. 『돌보는 마음』에서는 집을 떠나지 못하고 중년에 접어든 여자들의 이야기도 등장한다. 돌봄 노동을 통해 가부장제를 지탱했던 여성들은 중년이 되어 자신이 희생하여 쌓아 올린 질서로부터 소외되고 있다. 이과정에서 주목되는 것이 돌봄 노동의 외주화다. 요양병원, 산후조리원, 맘 카페 등 다양한 양상으로 산업화된 돌봄 노동은 이미 우리의 일상에 자리 잡고 있다. 특히 감염병의 시대는 가족 내 돌봄을 강화했다. 바야흐로 집이 일터고, 학교고, 현장이다.

「특별재난지역」은 코로나 집단 발병으로 코호트 격리가 이루어졌던 청도를 배경으로 한다. 주인공 일남의 평생은 돌봄의 연속이다. 동생을 낳고 어머니가 일찍 돌아가신 탓에 열 살 때부터 집안 살림을 도맡았으며, 고등학교에도 진학하지 못했다. 남편 경호와도 청도를 떠나지 않겠다는 약속을 했기 때문에 결혼했다. 지금도 노환인 아버지와 아들이 두고 간 손녀 가영까지 돌보며 살고 있다. 노량진 고시촌에서 동거를 하다 아이를 가진 상진은 30대 중반인 지금까지 가영을 부모에게 맡긴 채 여전히 공무원 시험을 준비하고 있다. 아버지, 남동생, 아들, 손녀, 남편까지 일남이 돌봐야 할 사람은 어째서 인지 늘어나기만 한다. 어느 날 갑자기 닥친 코로나19와 함께 일남의 삶에 균열이 생긴다. 경호는 소상공인 지원금을 받기 위해 개업 이후 처음으로 가게를 오래 쉬면서 집안 살림 곳곳에 참견을 하고, 손녀 가영은 할머니의 눈이 미처 닿지 않는 곳에서 아동 성폭력 피해자가 된다. 가해자는 가영을 일남에게 맡긴 후 한 번도 찾아오지 않은 엄마를 칭하며 스마트폰으로 사진을 요구한 그들은 가영의 사정을 알고 있는 게 분명하다. 거기에 코로나로 면회가 금지된 한 달 사이에 아버지의 상태가 급속히 나빠져 사망하고 만다. 남동생 정필이 해외에 있는 터라 일남은 경호와 함께 상주 역할을 한다. 딸인 상희 조차도 어머니 때문에 자신이 어릴 때 받은 상처를 토로하며 거리를 둔다. 아들, 딸의 신발조차 버리지 못할 만큼 가족을 돌보고 먹이는 일이 자신의 책임이라고 생각하며 살아온 그를 돌보아 주는 사람은 정작 없다.

커다란 대추나무가 있던 집을 아들에게 물려주었으

나 아들의 사업 실패로 그마저 잃게 된 노인의 말년을 다룬 「대추」는 아들과 손자를 끔찍이도 사랑하는 우리 네 할머니를 그린다. "할머니처럼 담배를 멋있게 피우는 여자를 본 적이 없"*을 만큼 당당했던 할머니는 요양병 원의 5인실 제일 구석진 자리에서 며느리와 딸을 부리 며 아들과 손자를 기다린다. 맛있는 대추를 찾는 할머 니를 위해 손자 영석은 이미 남의 것이 된 대추나무 집 의 담장을 넘는다. 손녀인 '나'는 영석의 효심에 감탄하 지만, 영석은 할머니가 올가을이 지나기 전에 빨리 죽었 으면 좋겠다고 말할 뿐이다. 이는 할머니가 그토록 지키 려 했던 가부장제가 결국 할머니의 죽음을 바라는 아 이러니를 보여 준다. 「입원」에서 치매에 걸린 아버지는 젊은 시절 바람이 나서 집을 떠나려던 시점에 고착된다. 계속해서 이혼을 요구하며 폭력을 휘두르는 '노망난' 남 편을 돌보던 분례는 결국은 견디지 못하고 남편을 요양 병원에 보내기로 결심한다. 마지막까지 그를 돌보고자 했던 분례의 욕망은 무엇이었을까. 자신의 책임을 다해 가족을 지킨다는 명예와 뿌듯함이, 가족이야말로 여성 의 자리라는 이데올로기의 호명이 돌봄 노동을 가능하 게 했을 것이다. 하지만 그 이데올로기는 여성들 자신을 소외시키고 만다.

---

* 「대추」, 12쪽

「안(安)」의 큰엄마 역시 일남이나 할머니와 마찬가지로 집을 지키는 사람이다. '나'는 엄마를 대신해서 자신을 돌봐 준 큰엄마를 고마운 사람으로 기억한다. 무능한 아버지 때문에 학원을 운영하느라 바빴던 엄마가 여자는 무조건 안정적인 직장이 있어야 한다며 '나'를 다그치는 억압적 가부장이었다면, 큰엄마는 "명절 차례를 포함해 1년에 열 번쯤 제사를 지내는"* 큰살림을 도맡아 하면서 막냇삼촌, 고모 등까지 책임지던 사람이다. 실제로 대가족을 건사한 것은 큰엄마였던 셈이다. 큰엄마의 부고를 받고 장례식장에 간 '나'는 눈물을 보이지 않는 올케의 심상한 표정에 불쾌함을 느낀다. 큰엄마처럼 좋은 분을 애도하지 않는 올케가 이해가 가지 않는다. 소설은 여기에 그림같이 화목한 '나'의 시댁을 배치한다. 결혼할 때 아파트를 사 줬으며, 주말마다 시누이 가족까지 모여서 함께 밥을 먹는 시댁이 '나'는 몹시 불편하다. 매주 시댁에 가느라 제대로 쉴 시간도 없다며 피로를 호소하자, 남편은 일을 그만둘 것을 제안한다. 엄마의 반대에도 불구하고 사회학과에 진학해 취직한 인터넷 언론사였다. '나'는 결국 평범하고 편안한 가족에 질식당한 끝에 이혼을 준비한다. 큰엄마와의 마지막 통화에서 부러 이혼한다는 이야기를 꺼낸 것은, 큰엄마

---

* 「안(安)」, 41쪽.

를 존경하면서도, 그의 세계에 균열을 만들고 싶어서다. 이처럼 소설은 화목한 가족이 누구를 위한 것인지 묻는다. '나'의 이혼으로 시댁은 주말마다 모이는 일이 없어졌다.

돌봄과 희생이 돌아오지 않는다는 것을 깨달은 여자들은 다시금 길을 떠난다. 「안(安)」의 '나'가 자신을 찾기 위해 집을 떠난 것처럼, 「태풍주의보」의 희숙 역시 새로운 삶을 준비한다. 희숙은 가부장적인 남편 영기를 참으며 결혼 생활을 유지해 왔다. 남편은 평생 쉽고 편하게 돈을 벌 궁리만 하는 동생마저 챙기던 사람이었다. 그렇기에 희숙의 제안을 터무니없는 것으로 여기고 웃어넘긴다. 소설은 희숙이 졸혼을 굳게 결심하는 장면으로 마무리된다. 이제 여자들은 또다시 길을 나선다.

다시 한번 집을 떠나며

『돌보는 마음』은 남을 돌보다 스스로를 돌볼 수 없게 된 여자들의 삶에 주목한다. 가족로맨스의 주인공으로 호명되지 못했던 이 '평범한' 여성들이 자신의 노동과 가족으로부터 소외되면서도 자기만의 집을 짓기 위해 분투하는 장면을 그리는 것이다. 그래서 그의 가족로맨스는 서늘하다. 어머니와 딸, 아내와 남편, 친구에 이르기까지 다양한 관계들은 사회적이고 정치적인 것으로서 우리의 삶을 둘러싼다. 어머니가 집을 떠나지 않고 가족을 지키며 유지되었던 돌봄은 이제 대부분 경제적 비용으로 환산된다. 이 과정에서 여성들은 기꺼이 이 비용을 지불할 것인지, 아니면 자신이 경력을 포기할 것인지를 결정해야 한다. 게다가 코로나19와 같은 대규모 감염병의 발생은 이 돌봄의 회로를 더욱 복잡하게 만든다. 학교, 보육시설, 요양병원 등이 제대로 기능하지 못하게 되자 가족 내 돌봄 노동이 가중되었지만, 한국 사회는 이러한 돌봄을 필수 노동으로 재해석하는 데 실패했다. 산후조리원에서부터 맘 카페, 베이비시터 등 친밀성 기반의 행위가 감정 노동, 돌봄 노동으로 산업화되었지만, 그 과정을 운영하고 관리하는 것은 여전히 여성들이다. 그래서 남성 청년에게는 모험이야기인 가족로망스가 여성들에겐 긴장감 넘치는 공포물이 된다. "그림 엽서같이 목가적"인 집은 "골목 밖 가로등 밑에서" "훔쳐볼 때"나 가능하다.*

그래도 희숙처럼, 분례처럼 우리네 집에는 다른 결말이 존재한다. 안정적인 집을 버리고 길을 나서는 '나'도 있다. 길 위의 삶은 누구에게나 그리 녹록지 않을 것이다. 그럼에도 소외된 삶으로부터의 탈주를 꿈꾸는 여성들의 이야기를 우리는 읽는다. 김유담의 '우리 집 이야

---

* 김승희, 「그림엽서」, 『달걀 속의 생』(문학사상사, 1989), 161쪽.

기가 여러 독자에게 가닿는 것은, 그 어떤 집도 평범하지 않다는 것을 실은 우리가 이미 알고 있기 때문이다.

가까운 이의 노동에 기대어 잠들어 본 적이 있다면, 내 안의 애정과 꼭 그만큼의 분노에 거듭 외로워진 적이 있다면, 서로를 돌보는 시간 속에서 '나쁜 사람'이 되지 않기를 바란 적이 있다면. 우리는 김유담의 소설들이 지금 우리가 겪고 있는 가장 뜨거운 마음을 다룬다는 것을 알 수 있을 것이다. 김유담의 여성 인물들은 자신의 어느 한때를 돌봐 준 또 다른 여성에 대한 기억을 경유해 지금 이곳, 가장 극한의 감정이 오가는 노동의 현장으로 향한다. 김유담의 소설이 이끄는 삶의 세목들을 겪고 나오면 알게 된다. 모욕과 의심과 불안을 지나 그럼에도 나는 당신이 필요하다고 하는 마음, 그럼에도 여전히 나는 당신이 힘들다고 하는 마음을. 그 마음들 사이, 지금 가장 절실한 기록과 질문이 시작되는 곳엔 늘 김유담이 먼저 도착해 있을 것이다.

— 최은미(소설가)

수록 작품 발표 지면

돌보는 마음

1판 1쇄 펴냄 2022년 3월 4일
1판 2쇄 펴냄 2022년 4월 22일

지은이 김유담
발행인 박근섭, 박상준
펴낸곳 (주)민음사

출판등록 1966. 5. 19. (제16-490호)
서울특별시 강남구 도산대로1길 62(신사동) 강남출판문화센터 5층
대표전화 02-515-2000 팩시밀리 02-515-2007
www.minumsa.com
ⓒ 김유담, 2022. Printed in Seoul, Korea
ISBN 978-89-374-4253-7 03810